MYST 025

怪奇孤兒院 2

空洞之城

HOLLOW CITY

蘭森・瑞格斯（Ransom Riggs）◎著
陳慧瑛、曾倚華◎譯

高寶書版集團

怪奇孤兒院 2

空洞之城

HOLLOW CITY

THE SECOND NOVEL OF
MISS PEREGRINE'S PECULIAR CHILDREN

獻給愛妻 Tahereh

看哪！遠處有名白頭老翁盪來一艘船，
哀嘆道：「可憐啊！卑賤的靈魂哪！
別指望重見天日啦，我是來引渡你們前往彼岸的，
直到那永恆的黑暗，烈火與冰霜之地。
而你，活靈，留在原地，快從這些人身邊退開，他們都死了。」
他看到，我不肯退開……

但丁《神曲．地獄篇》第三篇

特異人物表

雅各・波曼

我們的英雄人物，
他是少數能看見、
也感應得到嗜魂怪的人。

艾瑪・布魯

能用手生火的女孩，
與雅各的爺爺曾有一段情。

亞伯拉罕・波曼
（已歿）

雅各的爺爺，被嗜魂怪所殺。

布蘭溫・布朗利

力大無窮的女孩。

特異人物表

米勒・諾林

透明人男孩，
喜歡鑽研特異事物。

奧莉芙・愛勒芳塔

比空氣還輕的女孩。

霍瑞斯・桑納森

受預知景象和異夢所困的男孩。

伊諾・歐康納

可以短暫喚醒亡者的男孩。

特異人物表

阿修·艾皮斯頓

肚裡住著蜜蜂的男孩。
他可以操控蜜蜂，
也保護著牠們。

克萊兒·丹絲摩

後腦勺上長了另一張嘴的女孩，
是裴利隼女士照顧的孤兒中
最年幼的一位。

費歐娜·富勞恩菲

個性沉默的女孩，
可以讓植物快速成長。

阿爾瑪·拉菲·裴利隼

時鳥，可以改變形體，
能夠操控時間，是石洲島圈套的
操控者，受困於鳥的形體。

特異人物表

愛梅達・阿沃賽

時鳥，她的圈套
被偽人所掠奪破壞。

尋常人物表

富蘭克林・波曼

雅各的父親，愛鳥人士，
夢想成為作家。

瑪麗安・波曼

雅各的母親，全佛羅里達州最大
連鎖藥妝店的女繼承人。

瑞奇・匹克林

雅各唯一的正常人朋友。

高倫醫師
（歿）

偽人，以心理醫師的面目欺矇雅
各一家人，最後被雅各所殺。

愛默生
（歿）

散文家、文學家、詩人

第一部

第一章

我們划出海灣，看著從身邊一一掠過的景象，在海上擺盪的鏽蝕船隻，前端沉入水裡，碼頭上滿是甲殼殘骸，一群安靜的海鳥棲息在上頭。我們的船從一旁滑過，漁人困惑地放低手上的漁網，不知眼前是人是鬼。我們就像一批海上孤魂，或者遲早會成為野鬼的一行人。我們總共是十個孩子，加上一隻鳥，搭乘三艘晃動不停的小船。在靜寂中，專注地快速划向外海。在拂曉的藍金色光芒下，海港顯得崎嶇又神祕，方圓幾百里內，唯有這海港是安全的，卻得與它漸行漸遠。我們的目的地是布滿車轍般海蝕地形的威爾斯岩岸，目前仍距離遙遙，像遠在地平線上的一點。

經過寂靜的舊燈塔，難以想像昨晚才上演的激烈場景。砲彈不斷從身邊落下，差點不是全員葬身海底、就是被炸得粉身碎骨;至今仍無法置信，我拿出手槍，扣下扳機殺了人；從德國潛艇冰冷的鋼鐵船尾，一把救起裴利隼女士，然而，失而復得的院長卻受了傷，無法變回人身，我們根本無計可施。現在，她棲息在船尾，看著自己一手創造的神聖堡壘逐漸遠去，船隻每划一下，她就愈顯落寞。

最後，終於越過了防波堤，進入寬闊無邊的大海，海灣平如鏡的水面被一陣陣打在船身上的波浪取代。我聽見頭上有飛機攀入雲層，那景象讓我手中的槳發沉，不禁看著眼前的團隊，我選擇了這個世界，是我在這世上僅存的一切，而每位成員寶貴的生命，就這樣隨著三艘小木船，在波瀾壯闊的大海上漂流。

求上主憐憫。

三艘船並排，在波浪的引導下順利前進，岸邊一股順向水流助了我們一臂之力。大夥兒輪流划槳，免得耗盡力氣。我也不知打哪來的力氣，努力了近一個鐘頭還堅持不換手。在划槳的呆板節奏中，我渾然忘我，雙臂不斷在空中畫圓，彷彿想要從空中將什麼抓回來似地。阿修坐在我對面划著船，艾瑪則坐在他身後的船首位置，遮陽帽帽簷遮住了她的雙眼，垂著頭，看著攤在膝蓋上的地圖，不時抬起頭來確認海平線的位置。光是看著她的臉，就感到一股力量油然而生。

我自以為可以這樣永遠划下去。這時，霍瑞斯突然從另一艘船上喊著問，還要多遠才到得了陸地？艾瑪瞄了小島一眼，又看了看地圖，扳指算著，遲疑道：「大約七公里吧？」但是，同船的米勒在她耳朵邊喃喃幾句後，她修正，「應該是八公里半。」聽完她的話，大家頓時感到一陣虛脫，連我也不例外。

八公里半，幾週前把我載到石洲島的航程，雖然令人翻胃，卻花不到一個鐘頭。這段距離，對任何稍具動力引擎的大小船隻來說，輕而易舉。比起我那幾個肥頭大耳的舅舅在週末時參加的公益路跑，還少了一公里半的距離，也只比我媽吹噓在高級健身房的划船機器上創下的紀錄稍微多了一點距離。然而，這座小島與大陸間的渡口，再過三十年也不會有人營運。划船機器上面沒有乘客或行李，也不必隨時校準航向正確與否。更糟的是，如今我們跨越的是凶險的溝渠、惡名昭彰的沉船地點。這八公里半的航程，面對的是難以捉摸的大海。無情的海底躺著失事沉船殘骸，或者水手屍體，幽黯的海水中還潛藏著敵人。

我們深怕偽人就在附近，躲藏在海底下的德國潛艇中伺機而動。就算敵人還不知我們已經逃出小島，恐怕也瞞不了多久。他們費了一番工夫綁架裴利隼女士，可不會因為一次的失手就打消念頭。如蜈蚣般緩慢前進的一艘艘戰艦就在不遠處，英國戰機也在空中偵察，因此德國潛艇不敢在大白天裡輕舉妄動。然而，當夜色降臨，我們就會成為俎上肉。敵人將趕來，抓走裴利隼女士，把我們一個個沉入海底。因此，我們只能不斷地往前划，一心盼望在天黑前抵達陸地。

大夥兒划著船，直到肩膀僵硬、雙臂疼痛不堪。清晨的微風暫歇，陽光彷彿透過凸透鏡直射而下，大家滿頭大汗。我猛然想起，沒有人記得帶水，而一九四〇年的防曬乳液根本不存在，防曬？站到陰涼處就可以了。掌心的皮膚磨破，每划一下都想著再沒力氣了，卻仍一次又一次地繼續划下去。

「你汗流浹背的，讓我接手吧，不然你快融化了。」艾瑪說。

她的聲音把我從茫然中驚醒。我感激地點點頭，讓她跟我換座位。但是，二十分鐘過後，我改變主意。因身體一放鬆，可怕的念頭隨即湧上。想像我爸一覺醒來，發現我逃家了，只見艾瑪留在我房裡那封不知所云的信；最近發生的恐怖場景也一一浮現：怪物要把我吞進嘴裡；高倫醫師死亡的情景；躺在冰櫃中的死人從陰間被召回，以嘶啞的聲音在我耳邊低語。即使筋疲力竭，就算我的背永遠直不起來、雙手磨破，仍盡可能地不去胡思亂想，賣力划向前方。這沉重的船槳是保命符，也是一種苦刑。

布蘭溫獨力划著一艘船，像是永不疲乏的女戰士。奧莉芙坐在她對面，卻一點忙也幫不上。個頭嬌小的她一用力就會升空，要是划起船來，恐怕會像風箏般飄到空中，永遠消失在雲霧裡。奧莉芙只能對布蘭溫喊話打氣，看她做著兩人份，甚至是三、四人份的工作。她的船因為所有人的行李箱和盒子而顯得沉重，因裡面塞滿衣服、食物、書本和地圖，還有一些看來並不怎麼實用的東西。比方說，伊諾的粗呢登山包裡，晃著浸在藥罐裡的爬蟲類心臟；還有裴利隼女士被炸飛的孤兒院大門門把，那是阿修在逃命路上發現的，他說沒這東西會讓他活不了；還有霍瑞斯從大火中救出的大枕頭，他說那是用來在海上免受夢魘之苦。

所有物品對孩子們來說如此珍貴，必須緊緊守在身邊，就算划船時也不例外。費歐娜的雙膝夾著一個罐子，裡面裝著含蚯蚓的肥沃土壤。米勒用被炸得粉碎的紅磚粉塵塗在臉上，比著怪異的手勢，看似在做晨禱之類的儀式。他們死命守護的東西儘管看來荒謬，也不禁令我感到同情，因為那是老家碩果僅存之物。失去了一切，誰能放得下。

我們像古代船上的奴隸般划了三個鐘頭之後，小島縮得只剩巴掌大。幾週前，我曾仰望那彷彿被懸崖圍繞的堡壘，如今看來卻不堪一擊，像隨時會被波浪侵蝕殆盡的斷垣殘壁。

「快看！小島快消失了。」伊諾站在我們旁邊的船上大聲叫道，一陣神祕的霧籠罩整座小島，我們頓時停住划槳的手，看著它消失在眼前。

「跟我們的小島道別吧，這輩子可能不會再相見了。」艾瑪站起來，一面說、一面揮著她的大帽子。

「再見了，小島。你對我們太好了。」阿修說。

「再見，大房子。我會想念每一個房間、花園，尤其會想念我的床。」霍瑞斯放下船槳，揮手說著。

「再見了，圈套。」奧莉芙吸了吸鼻子說，「謝謝你保護我們這麼多年。」

「再見了，過去的日子。」布蘭溫說，「那是我一生中最美好的時光。」

同樣地，我也在心裡默默道別，這地方改變了我的一生，並充滿了與爺爺有關的回憶和祕密，比起任何一座墓地更能讓我緬懷他。他與小島間有那麼多連結，現在兩者皆已逝去，我懷疑自己究竟能否理解發生了什麼事、自己將會變得怎麼樣。當初，來到島上的目的是解開爺爺的謎團，如今卻發掘出新的自我。看著石洲島消失，就像眼看著可以解開重大謎團的關鍵鑰匙，被黑暗的波浪所吞沒。

然後，整座島就這樣不存在了，被山一樣高的霧吞噬了。

彷彿，它從未存在過。

沒過多久，這陣濃霧也追上我們。霧氣愈來愈濃，終於完全遮蔽視線，陸地變得模糊不清，陽光也褪成蒼白的顏色，我們在潮汐的渦流中打轉，失去了方向感。大家停手，放下船槳，在一片頹然沉默中等待，期盼霧氣消散。這種情況下，一動不如一靜。

「這不太妙。」布蘭溫說，「如果等太久，很快就入夜了。在夜裡，會有比天氣還難應付的東西。」

就在此時，天氣彷彿聽了她的話，刻意讓我們一語成讖，天氣驟變，吹起一陣大風，霎時天地變色。四周海面白色泡沫狂打著船身，冷冽的海水濺入船裡，潑在我們腳邊。接著是雨，像小子彈般打在身上。很快地，我們像澡盆中的橡膠玩具似地在海面上左搖右晃。

「快轉進浪裡。」布蘭溫用槳削弱波浪的力道，叫道，「如果一直待在浪潮側邊，一定會翻船的。」

但我們大多已在平靜無風的海上划到筋疲力竭，更不用說要怎麼對抗這洶湧的海浪。其他人害怕到連槳都不敢拿，緊緊抓著船舷上緣保命。一面水牆使勁地朝著我們打來。小船被大浪頂到高處，船身幾乎成垂直狀。艾瑪緊抓著我，我緊抓著槳架，阿修在後面用兩手抓著座椅。我們攀上浪潮頂峰，像在搭雲霄飛車似地，我感覺自己的胃沉到了腳邊。當我們迅速下降，所有不是釘在船上的東西，比方說艾瑪的地圖、阿修的袋子，還有我打從佛羅里達州一路拖著的紅色行李箱，都從我們頭上飛越，一一拋入海裡。

現在不是擔心掉了什麼東西的時候，因為連其他人的船都已不見蹤影。當船身稍稍恢復平穩，我們向著旁邊的漩渦大聲吼著朋友的名字。一陣恐怖的死寂，然後終於有了回音，伊諾的船從霧中悄悄出現，船上四個人揮著手，一個也沒少。

「大家都還好嗎？」我叫道。

「看那裡！」他們對我大聲吼著。「看那裡！」

我發現他們不是在報平安，而是焦急地指向水中某處，三十公尺外，有一艘船翻了。

「那是布蘭溫和奧莉芙的船！」艾瑪大叫。

那艘船呈現倒栽蔥，鏽蝕的船底指向天空。船的四周也不見兩個女孩的蹤影。

「靠近一點。」阿修吼道。我們忘了身體的疲乏，抓緊船槳用力往前划，在風中呼喊著她們。

附近的波濤中，有一批從裂開行李箱迸出的衣服，每一件在水中打轉的衣服，看起來都像極了溺水的女孩。我的心臟在胸膛裡狂跳，全身溼漉顫抖，卻感覺不到冷。我們與伊諾的船在這艘翻過來的船旁邊碰頭，大夥兒往水面下搜尋著。

「她們人呢？」霍瑞斯低聲哀號。「萬一她們，萬一……」

「在下面！」艾瑪指著船底下，說，「她們可能困在船底下。」

我從槳架上抽出一根槳，敲打翻過來的船底。

「如果妳們在底下，」我叫道，「快游出來，我們會救妳們。」

又是一陣可怕的死寂，感覺到救援的希望渺茫。突然間，從翻過來的船底下，傳來一聲回敲。然後，一記拳頭打穿了船底，木片碎屑飛揚，我們都嚇了一跳。

「是布蘭溫！」艾瑪尖聲叫道，「她們還活著。」

布蘭溫又加上幾拳，把整個船底打出一個人大小的洞。我將船槳伸給她，讓她抓住，我、阿修和艾瑪協力將她從漩渦中拉出，來到我們的船上，看著她的船下沉，消失在波濤之中。她驚慌失措、歇斯底里、上氣不接下氣地叫著奧莉芙的名字。原來，奧莉芙並沒有跟她一起躲在船底下。她失蹤了。

「奧莉芙，趕快救奧莉芙。」她一跳進船裡，就氣急敗壞地說著。她顫抖著，被海水嗆得咳個不停。站在傾斜的船上，指向暴風雨中的天空。

「那裡！」她叫道，「看見沒？」

「我什麼也沒看見！」我把手放在眼前遮住刺人的雨水，仔細瞧著，卻只見波浪與霧氣。

「她在那裡！」布蘭溫堅持說，「那條繩子！」

然後，我終於看到她所指的方向，不是在水中快滅頂的女孩，而是一條被她拖著的粗編麻繩，在這片混沌之中幾乎不可見。一條緊繃的褐色繩索從水裡直直伸進天空，另一端則消失在雲霧間。奧莉芙一定是被綁在看不見的另一端。

我們把船划向那裡，布蘭溫迅速收捲起繩索，過了一分鐘，奧莉芙從我們頭上的雲霧中穿出來。繩子的尾端綁在她的腰際。她的鞋子在船翻過去時掉了。幸好布蘭溫早把她綁在小船拋錨用的繩索上，因這時繩索的另一端已跟著小船沉到海底，否則這孩子早消失在虛無縹緲的雲霧間，再也見不著。

奧莉芙伸手抱住布蘭溫的脖子，嗚咽著：「妳救了我！是妳救了我！」

兩人相擁，看著她們讓我喉嚨裡好像打了結。

「危機尚未解除。」布蘭溫說，「我們必須趕在日落前快點靠岸，要不然真會有大麻煩。」

暴風雨暫歇，海浪也不再洶湧，然而，就算是平靜無風的海面，我們也沒力氣再划了。我們尚未完成旅途的一半，我已經覺得疲倦至極且無望。雙手抽痛，兩條手臂像樹幹般沉重。在海上一路的顛簸，我開始反胃。看看四周大夥兒臉色發青，我似乎也不是唯一的一個。

「大家可以休息一下。」艾瑪想辦法提振大家的士氣，說，「等霧散了，再設法划船離開這裡。」

「這種鬼霧會拖上幾天，只有它自己知道，」伊諾說，「再過幾個鐘頭就天黑了。想要在夜裡不被偽人追上，只有靠老天保祐。沒人能保證我們撐到早上。入夜後，就等著束手就擒吧。」

「而且我們沒有水。」阿修說。

「也沒有食物。」米勒說。

「我知道在哪裡。」奧莉芙舉手發言。

「什麼東西在哪裡？」艾瑪問。

「陸地啊。我在繩子的另一端上看到了。」奧莉芙解釋，當她飄到雲霧之上，曾短短瞥了一眼，清楚瞧見那陸地。

「那可真是有用啊。」伊諾嘟囔著說，「妳掛在高空中的時候，我們少說也跑了六趟回頭路。」

「那就讓我再上去一次。」

「妳確定嗎？」艾瑪問她。「那很危險。要是妳被一陣風帶走，或者繩子突然扯斷了，怎麼辦？」

「把我放上去。」她重述，一臉堅決。

「這種時候，跟她說什麼也沒用。」艾瑪說，「布蘭溫，請妳拿繩子來吧。」

「妳是我所見過最勇敢的女孩子。」布蘭溫稱讚她，然後就去做準備。她把沉在水裡的船錨拉到我們船上，把繩子多出來的部分將兩艘船捆在一起，接著像放風箏似的，用捲軸把奧莉芙穿過濃霧，放回天空中。

大夥兒仰望著天空，看著一條繩索，期盼從空中傳來佳音。這場景簡直有些怪異。

「喂，怎麼樣啊？」伊諾失去耐性，打破沉默問。

「我看得見。」奧莉芙回答，在白色波濤的喧囂聲中，她的聲音微弱似小鳥啁啾。「直直往前！」

「這對我來說就夠了。」布蘭溫說。

其他人忍著飢腸轆轆，無用地坐回原位。布蘭溫坐進領頭船，拿起船槳一股作氣地划起來，只靠著奧莉芙那一絲細微的聲音引導。

「往左……再往左一點，啊……回來一點。」

就這樣我們朝陸地出發了，濃霧一路尾隨，彷彿伸出手來的幽靈，想把我們抓回去。小島似乎也捨不得讓我們離開。

第二章

兩艘船在崎嶇的淺灘靠岸了，夕陽躲在灰色的雲後顯得黯淡。約莫只剩一個鐘頭，天色就要變黑。這是個岩岸，岸邊堆滿潮汐沖刷而來的雜物。對我來說，卻有種美感，更勝家鄉那種觀光勝地，香檳色的沙灘。我們做到了。很難想像，對這些一輩子沒離開過石洲島的孩子們來說，這代表什麼。他們張望四周，對於自己至今仍倖存感到茫然，也不知現在該做些什麼。

我們終於可以抬起橡皮般的雙腿，走下船。費歐娜從海灘上拾起幾顆石子，放進嘴裡嘗，看來她是想用所有的感官來確認自己不是在做夢。就像我第一次踏入裴利隼女士的圈套時一樣。那是我此生中，首度不敢相信自己的眼睛。布蘭溫呻吟了一聲，重重地坐在海灘上。她已經累得說不出話。大夥兒圍繞著她、關心她，她被聲聲感謝淹沒了。那感覺很奇怪，她的恩情如此浩大，再多的致謝仍顯得微不足道。她想把我們揮開，但是累得無法舉起手來。這時，艾瑪和幾個男孩用線軸把繩索捲回，將奧莉芙從空中拉回來。

當奧莉芙一現身穿過雲霧，艾瑪叫道：「妳臉色發青了。」她跳起來將女孩擁入懷裡。奧莉芙渾身溼透、牙齒發顫，簡直快凍僵了。當下沒有毛毯，連一件乾的衣服也沒有。艾瑪伸出如火般溫暖的雙手圍著奧莉芙，直到她身體不再戰慄。然後，她派費歐娜和霍瑞斯到附近找尋漂流木，以便生火。我們聚在船邊清點剩餘物品，簡直少得可憐。所有帶出來的行李，幾乎全都躺在海底了。

如今，我們僅存身上的衣物、一些鏽蝕的食物罐頭，再加上布蘭溫那只看起來堅固耐用又具防水性、像船般大的巨型衣箱。那只大衣箱重得只有布蘭溫才有辦法扛。我們焦躁地扳開衣箱，檢視有無可用之物，期望看到食物。誰知裡頭只裝了三大本厚重的《特異孩童故事全集》，書頁因海水而有些受潮發脹，還有一件看起來很時髦的浴衣，上面繡著裴利隼院長姓名的縮寫A．L．P。

「噢，感謝上帝，竟然有人記得帶浴衣耶。」伊諾臭著臉說，「我們得救嘍！」

所有的東西都掉了，包括兩份地圖，艾瑪用來引導大家航出峽灣的小地圖，還有米勒的精心收藏品，那本有牛皮封套、標示所有圈套的大地圖集。米勒發現寶貝遺失，開始啜泣。「世上僅存五份的珍貴地圖集，這一份就這樣沒了。」他哀嚎，「我一生的研究筆記都在裡面！」

「好險《特異孩童故事全集》還在，睡前沒聽那些故事，我會睡不著。」克萊兒一面把水珠從金色捲髮中擠出來、一面說。

「要是我們根本找不到路了，童話故事有什麼用？」

我心想，找到什麼路？回想當時為了逃離小島，光是想像能夠靠著幾艘小船成功抵達陸地，已經過於樂觀，壓根沒討論過上岸後要做什麼，這看似遙遠的主題，根本不在當時討論的範圍內。我看著艾瑪尋求定心丸，發現這已經變成習慣。艾瑪低頭凝視著海灘。崎嶇的岩岸上，鋸齒草在低矮的沙丘後方搖曳生姿。後面是一大片樹林，看似難以穿越的綠色屏障，範圍擴至目視所及之處。艾瑪之前靠著那份小地圖，指引我們往某個小港前進。打從暴風雨出現後，能往任何陸地前進已成了當時唯一的目標。現在沒辦法確認我們離原訂目標多遠，別說沒看到道路或標誌，連個足跡也沒有。只有一片荒蕪大地。

當然，我們真正需要的並非地圖，而是原本那位能夠帶領我們、指引我們到安全之地的裴利隼女士。如今，棲息在大石頭上，甩著羽毛上水的大鳥，本尊就像牠壞掉的翅膀一樣令人擔心。我知道孩子們看她變成這樣，都覺得很痛心。她原該扮演他們的慈母及監護人。她曾是整座小島世界的女王，然而，現在她不能說話、不能調整時間，也不能飛。孩子們看見她，臉色凝重，不忍地別過頭去。

裴利隼女士嚴峻的黑眸定睛於石灰色的海面上，眼神中充滿難以形容的哀戚。牠的眼神似乎在說著，我對不起你們。

費歐娜原就狂亂無比的頭髮，如今被風吹得像暴風雨中的一朵烏雲，霍瑞斯手壓帽子，一面蹦跳著，兩人在砂礫上繞著一條彎路跑回來。霍瑞斯想必在海上一路護著這頂帽子直到生還，即使帽子歪向一邊像極一根排氣管，還是不肯把它放下。據他說，這是他的高級訂製西服必要配件。

兩人兩手空空地回來。「這附近根本沒有木頭。」霍瑞斯走近時說。

「你們找過樹林裡了嗎？」艾瑪指著沙丘後面暗黑的樹林說。

「那裡太嚇人了，」霍瑞斯回答，「我們聽到一隻貓頭鷹的聲音。」

「你是打從什麼時候開始怕鳥兒啊？」

霍瑞斯聳聳肩，望著地上的沙礫。費歐娜用手肘推他，他才回過神來說：「我們是看到別的東西啦。」

「避難所？」艾瑪問。

「一條路？」米勒問。

「可以煮來吃的鵝？」克萊兒問。

「都不是，是氣球。」霍瑞斯回答。

一片短暫茫然的沉寂。

「你在說哪一種氣球？」艾瑪問。

「在空中飛，很大的那種，還有人在裡面。」

「帶我們過去看看。」艾瑪臉色凝重。

大夥兒沿著他們剛走的路折回去，繞過一條彎路，攀過一道低矮的岸堤。我心想，如果有熱氣球經過，我們怎麼可能沒看見，直到登上山丘才看到。不是月曆或觀光行程海報上常見的那種五彩繽紛、水珠狀的熱氣球，而是兩艘小型齊柏林飛船。掛滿氣囊的飛船，支架底部吊著駕駛艙，每個駕駛艙裡是一名飛行員。飛船不大，且飛得很低，慢吞吞地曲折前進。它細微的引擎推進聲響被浪濤聲所淹沒。艾瑪要大家趕緊藏身進鋸齒草堆中。

「那是用來搜查潛水艇的，從天空俯瞰是找尋敵方潛水艇的最佳方式。」伊諾不等大家問起，主動講解起來。米勒是地圖和書本知識專家，然而談到軍事方面的專家就非伊諾莫屬。

「那他們為什麼飛這麼低？為什麼離海岸邊這麼近？」

「這我就不知道了。」

「也許是在找……我們？」霍瑞斯試探地問道。

「你是指偽人嗎？別傻了，偽人是在德軍那一方。我們上次看到他們，是在德國潛水艇上。」阿修說。

「偽人可以跟對自己有利的任何一方合作，」米勒說，「他們在二次大戰中，同時滲透到同盟國和軸心國兩邊，也不是完全不可能。」

空中那奇異的裝置，令人目不轉睛。飛船看起來很不自然，彷彿腫脹成卵狀的金屬蟲子。

「我不喜歡這飛船走的路線，他們在搜查海岸，而不是在搜查海上。」伊諾用銳利的雙眼審視著。

「搜查什麼？」布蘭溫問道，然而答案太恐怖，以致沒有人想大聲說出口。

他們在搜尋我們。

我們一起擠在草堆中，感覺到艾瑪的身子緊緊靠著我。「等下我說跑，大家就一起跑。」艾瑪低聲說，「我們先把船藏好，然後躲起來。」

我們一直等到飛船慢慢離開，然後滾出草堆，一心祈求所在的位置夠遠，別被看見。我一面跑，心裡巴不得那陣折磨人的霧氣再度出現，掩護我們的行蹤。這時我才恍然大悟，那陣濃霧救過我們，否則飛船早在幾個鐘頭前就發現我們。那時，茫茫大海，我們根本無處可逃。小島就是以這樣的方式，再次救了這群特異孩童。

我們將兩艘船拖到海邊的山洞，石礫堆積成的石丘上，黑色縫隙就是入口。布蘭溫在海上已耗盡全身力量，現在頂多僅能拖著自己的身子，並無法協助搬運小船。剩下的人只好拉起繩索，使盡力氣將船從潮溼的沙灘上拉出來。走在岸邊的半路上，裴利隼女士尖聲示警，兩艘齊柏林飛船突然冒出來，進入眼簾。我們被一股腎上腺素激發，飛快衝進山洞，兩艘船就像架在鐵軌上的臺車似地滑了進去，裴利隼女士受傷的翅膀在沙地裡拖行，一瘸一瘸地跟在我們身旁。

當飛船離開視線，我們放下船隻，倒臥在翻過來的船底，在潮溼幽黯的山洞中，我們的喘息聲傳出回音。「拜託，拜託，希望沒人看見我們。」艾瑪出聲祈禱。

「啊，糟了！沙灘上的痕跡！」米勒尖叫一聲，立即脫下外套，快速往外衝出去，湮滅兩艘船拖行所留下的痕跡。從空中往下看，那簡直就像指向藏身處的箭頭。我們只見他的腳印往外走。除了他，任何人現在走出去都會立即被發現。

幾分鐘後，他顫抖著回來了，胸前出現一條紅線，沙地上也滴著血。他喘著氣說：

「他們過來了，我盡力了。」

「你又開始流血了！」布蘭溫焦急地說。前一晚，在燈塔附近的混戰中，米勒被一顆子彈擦傷，本已經好多了，但尚未完全復原。「你原本包紮用的繃帶呢？」

「被我丟了。那東西綁得太複雜，沒辦法快速解開，隱形人一定要能隨時脫光衣物，否則這能力等於無用。」

「死了才真的是沒有用，你這頭頑固的驢子。」艾瑪說，「好了，現在忍耐一下，別動，別咬到舌頭。會很痛。」她將兩根手指往另一隻手的掌心鑽，過了一會兒，她抬起兩根又紅又燙的手指。

「呃，那個，艾瑪，我寧可妳不要……」米勒退縮。

艾瑪將手指壓在他受傷的肩膀上，米勒喘著氣。我們聽到一陣肉燒焦的聲音，一縷煙從他的皮膚上升起，過了一會兒，血止住了。

「這樣我會留下疤痕的。」米勒哀號說。

「喔？誰看得見啊。」

他生起悶氣，不說話了。

飛船的引擎聲愈來愈大，聲音傳到山洞裡更加響亮。我想像飛船在洞穴頂上盤旋的景象，也許敵人正在研究我們的足跡，計畫向我們突襲。艾瑪與我並著肩，小女孩們躲進布蘭溫的懷裡，她摟著她們。我們除了自己的特異能力，對於一切感到萬分無助，只能坐在這裡縮成一團，在昏暗中彼此乾瞪眼，在冷空氣中流著鼻水，期盼敵人趕快離開。

終於，敵人引擎嗡嗡聲逐漸變小，我們又可以聽到彼此的聲音了。克萊兒頭埋在布蘭溫膝上說：「講故事給我們聽，好不好？溫，我很怕。真的很討厭這樣，讓我聽個故事，可以嘛？」

「嗯，請妳講個故事吧。」奧莉芙也懇求她。「講特異孩童那本書裡面的故事，我最喜歡那種的。」

布蘭溫具有十足母性的特質，對這幾個孩子來說，她比裴利隼女士更像扮演母親角色的人。晚上帶她們上床睡覺、說床前故事、在額頭上親吻道晚安的人是她。她強有力的手臂用來給予孩子溫暖的擁抱、寬闊的肩膀用來背孩子，像是她的天賦。但現在不是講故事的時候，她只能這麼說。

「為什麼？當然可以啊。」伊諾聲音平板地諷刺說，「這次就跳過那些童話故事吧，講講裴利隼女士的孤兒們，怎麼從沒有食物、沒有地圖指引的情況之下找到安全的窩，也沒在半路上被嗜魂怪吃掉。我超想聽聽這個故事的結局會如何。」

「如果裴利隼女士可以告訴我們就好了。」克萊兒抽抽噎噎地，從布蘭溫懷中爬出來，對著一直棲息在翻過來的船底上看著我們的鳥，說，「院長，我們現在該怎麼辦？快變回人形啊，快醒醒啊！」

裴利隼女士咕咕叫了一聲，用翅膀輕撫她的頭。奧莉芙也加入行列，臉上掛著兩行淚。「裴利隼女士，我們需要妳。我們迷路了，又冷又餓。還遇到了危險。我們沒有家了，也沒有朋友，只剩下彼此。我們需要妳！」

裴利隼女士的黑眼珠閃閃發光，這時卻轉過身去，令人難以捉摸。

布蘭溫跪在這些女孩身旁說：「親愛的，她沒辦法立刻變回來，但我們會把她治好的，我保證。」

「可是要怎麼做？」奧莉芙問。她的聲音從石牆上彈回，回音就像在重複地問著這個問題。

「我來告訴妳該怎麼做。」艾瑪站起身來，所有人看著她。「我們就靠自己的雙腳，一直走到鎮上。」她的語氣之堅決，簡直令我感到害怕。

「如果這方圓五十公里內都沒有城鎮呢？」伊諾說。

「那就走五十一公里，不過，我知道我們沒偏離方向那麼遠。」

「那如果偽人從空中看到我們呢？」阿修說。

「不會的，我們會很小心。」

「假如他們就在小鎮上等我們呢？」霍瑞斯說。

「我們偽裝成尋常人，可以騙得過去。」

「我最不擅長偽裝了。」米勒笑著說。

「米勒，根本沒人看得到你。你可以當我們的嚮導，還有負責取得必需品的神祕任務。」

「我可是非常有天分的小偷，」他驕傲地說著，「我的手指可靈巧得很。」

「那又怎樣，」伊諾酸溜溜地嘰咕著，「就算找到食物填飽肚子、找到溫暖的地方睡覺，但我們仍是暴露在外的一大群人，沒有圈套的保護，根本不堪一擊。而且，裴利隼女士仍……仍然……」

「我們會找到圈套。」艾瑪說，「會有記號和指標留給看得懂的人去找。就算沒有，我們也會找到像我們一樣的人，同樣是特異人士的夥伴，可以為我們指引最近的圈套位置。圈套中會有時鳥，她會提供裴利隼女士所需的協助。」

我從沒見過像艾瑪這麼自信又大膽的人。她的一舉一動在在顯示出，那挺直腰桿的姿態、心意已決時咬緊牙關的模樣，說話時，話尾總是強有力的結束，毫無一絲疑惑。這點極富感染性，我也愛上她這點。我差點忍不住當著大家的面親吻她。

阿修咳了一聲，幾隻蜜蜂從他的嘴裡冒出來，在空中顫動地形成一個問號。他問：「妳怎能這麼肯定？」

「因為我就是知道，就這樣。」艾瑪摩擦雙手，彷彿那就是證據。

「妳的演說很振奮人心，我並不想潑你冷水。」米勒說，「但是，就我所知，裴利隼女士已是最後一隻沒被綁架的時鳥。你們記得那天阿沃賽夫人說的話嗎？偽人襲擊所有的圈套，綁架其中的時鳥，已經好幾個星期了。也就是說，就算我們找到其他圈套，也無法肯定裡面是否還有時鳥，或者根本已被敵人占據。我們可不能一一去每個圈套敲門，奢望裡面不會成為偽人的巢穴。」

「或者充滿飢餓的嗜魂怪。」伊諾說。

「我們不需要奢望什麼，」艾瑪說，一面對著我這邊微笑，「雅各會告訴我們。」

我全身血液凝結。「我？」

「除了看得見嗜魂怪外，你還能從遠處感應到那怪物，不是嗎？」艾瑪說。

「怪物接近時，我會有種想吐的感覺。」我承認道。

「靠得多近時？」米勒問，「如果得等到只剩幾米的距離，大家還是免不了一死。我們如果要靠你，那必須從很遠就取得怪物接近的訊息。」

「我並未真正測試過，對這能力還很生疏。」

我唯一曾接觸過的是高倫醫師的那隻馬爾薩斯，就是殺了我爺爺的怪物，它也差點在石洲島的沼澤中殺了我。我首次發現它在外埋伏，它當時到底離安格伍鎮的老家外有多遠？這些都已無法解開。

「你的能力將來會增進，這是一定的。」米勒說，「特異能力就像肌肉一樣，可以愈練愈強大。」

「這太瘋狂了，」伊諾說，「你們已絕望到把一切性命賭在他身上了嗎？為何？他只不過是個乳臭未乾又弱不禁風的普通人，對我們的世界根本一竅不通。」

「他不是普通人！」艾瑪說，一臉怒氣，彷彿聽到什麼不堪入耳的話。「他跟我們是一夥的。」

「一派胡言！」伊諾吼著，「我絕不會只因他身上流著幾分特殊血統，就和他稱兄道弟。更別想要我認同他當我的保鑣。我們連他的能力如何都不清楚，他有可能連現在到底是五十公尺外有嗜魂怪或肚子脹氣都分不清楚。」

「他不是用一支大羊毛剪戳進怪物的眼睛，殺了一隻嗜魂怪嗎？」布蘭溫說，「你曾幾何時聽過這年紀的特異孩童做過同樣的事蹟？」

「只有亞伯做過。」阿修說。提起他的名字，大家肅然起敬。

「聽說他曾經徒手殺了一頭怪物。」布蘭溫說。

「我聽說他曾經用針和線殺了一頭怪物，」霍瑞斯說，「其實，我夢見了，所以我確定那是真的。」

「這些故事多半都經過渲染，尤其經過這麼多年後，故事情節愈傳愈離奇。」伊諾說，「就我所知，亞伯根本沒做過半件英雄事蹟來救我們。」

「他是一名偉大的特異孩童。」布蘭溫說，「他頑強抵抗嗜魂怪，還為我們殺了那麼多怪物。」

「然後他逃走了，獨留我們在大屋中像難民一樣。他把我們拋諸腦後，到美洲旅行扮英雄去了。」

「你根本不知道自己在說什麼。」艾瑪臉色惱怒發紅地說，「事情沒那麼簡單。」

「隨妳怎麼說，那都不是重點。」他說，「無論妳對亞伯的觀感如何，這孩子也不是他。」

在那當下，我真的很討厭伊諾。然而，針對他的疑慮，我卻無法責怪。而其他對於自己特殊能力既肯定又熟悉的人，怎麼可能輕易相信我的能力。這所謂的能力，對我來說，根本是幾天前才開始了解的東西。我是誰的孫子根本不重要。重點是，我根本也不知道我在做什麼。

「你說得對，我不是我爺爺。」我說，「我只是個來自佛羅里達的孩子。上回殺了嗜魂怪，可能純粹是運氣好。」

「胡說八道，」艾瑪說，「有一天，你會和亞伯一樣，成為百分之百的嗜魂怪獵人。」

「希望那天不要太晚到來。」阿修說。

「那是你的命運。」霍瑞斯說。他說這話的模樣，讓我覺得他似乎知道某些事。

「就算不是，」阿修說著，一面在我背上拍了拍。「但我們現在也只有你了。夥伴！」

「如果是這樣的話，那只有老天保祐了。」伊諾說。

我感到天旋地轉，快被這眾所矚目的盼望給壓垮。我站起身，不太平穩地朝洞外走出去。

「我需要一點新鮮空氣。」我說，推開伊諾直往前走。

「雅各，等等！」艾瑪大叫，「外頭有飛船啊！」

但是飛船早就離開了。

「讓他去吧，」伊諾咕噥道，「幸運的話，搞不好他會自己游回美洲去。」

我往岸邊走到近水處，想像在新朋友眼中的我，或者該說他們所期待的我。不是追著冰淇淋車小販跑而跌破膝蓋的我，也不是應老爸要求在學校一連三次爭取進入尋常的田徑隊都失敗收場的我，不是這個雅各，而是另一個雅各，是黑影調查員，體內出現腸胃翻滾徵兆時，自有一套獨門的解讀方法，可以預知怪獸出現，進而殲滅怪獸。而這一切還直接關係到那一班快樂的獨特孩童的生死。

我要如何活在爺爺傳奇的壓力之下？

我爬上水邊的一堆石頭，呆立在那裡，等著和緩的微風將我浸溼的衣裳吹乾。在夕陽餘暉中，一層層灰白色堆疊，天色漸漸暗了。遠處有燈光不時閃爍，那是石洲島的燈塔，傳達著問候與最後的道別。

我的思緒飄移，開始做起白日夢。

我看到一名中年男子，身上沾滿汙泥，踩在尖銳的石頭上吃力地緩慢行走，一頭稀疏的亂髮溼漉漉地貼在額頭上。海風拍打船帆似地拍打他的夾克。他以肘著地，兩肘撐進草皮上的凹洞，那是幾星期前所設的觀察點，用來觀察海灣附近正值交配期的燕鷗與海鷗的巢。他舉起望遠鏡，卻是望向另一個方向，越過鳥巢，海岸邊因潮汐而堆疊聚集一堆雜物之處。那裡有漂流木、水草、船隻破碎的殘骸，當地的人說，偶爾，還會有屍體。

那人是我爸，他在找尋心中焦急盼望絕對不要找到的東西。

他在搜尋我的屍體。

我感覺腳上有東西，睜開眼，從白日夢中醒來。天快黑了，我坐下，雙膝抱在胸前。我突然看見艾瑪，微風輕拂她的髮梢，她正站在沙灘上，從下面望著我。

「你還好嗎？」她問。

這問題不需要大學程度的數學，或者討論一個鐘頭後才能解答。然而，我卻覺得心中有上百種彼此矛盾牴觸的想法，只感到又冷又累，並不特別想說話。因此我只淡淡回答：

「我很好，只是等衣服吹乾。」我拍拍上衣前襟示意。

「我可以幫你。」她爬上石堆，站在我身邊。「伸一隻手給我。」

我伸出一隻手，艾瑪把我的手擱在膝上。她將手圍在嘴邊，低頭對著我的手腕深吸一口氣，然後透過手掌呼出熱氣。那股不可思議的熱氣沿著我的前臂，幾近疼痛。

「這樣會太熱嗎？」她說。

我有些緊張，感覺一股戰慄，搖搖頭。

「很好。」她沿著我的手臂遠處，又吹出一口甜美的熱氣。她又說，「希望你不要介意伊諾說的話。雅各，我們其他人都完全相信你。伊諾有時很沒血沒淚，尤其是他吃醋的時候。」

「我覺得他說得沒錯。」我說。

「不會吧，你不是說真的。」

這時，我一股腦兒地全發洩出來。「我根本就不知道自己在做什麼，」我說，「你們怎麼能靠我呢？就算我有特殊能力，那也只是一丁點兒。頂多是四分之一的能力，不像大家是百分之百的血統。」

「這東西不是那樣算的。」她邊說邊笑。

「但是我爺爺確實比我特別多了。他就是這樣，他那麼強壯……」

「不是這樣，雅各。」她對我瞇著眼睛說，「其實，令人吃驚的是，從很多方面來說，你和他相似到極點。雖然你比較溫和貼心，但你是特異孩童這件事，無庸置疑。連你現在講的話，亞伯剛來與我們同住時也說過。」

「真的嗎？」

「沒錯，他當時也很迷惘。以前也從沒遇過其他特異人士。他不了解自己的能力，也不懂怎麼做或他可以做什麼。說實話，剛開始我們也不知道。這樣的能力很少見，非常稀罕。然而，你的爺爺最後還是學會了。」

「怎麼學的？在哪裡學？」我問。

「在戰場上學的。他是英軍的祕密武器，屬於一支由特異人士組成的隊伍。他可以同時對抗嗜魂怪和德軍。沒有人知道他們立下的汗馬功勞，沒有勳章，他們都是無名英雄，其中最英勇的就是你爺爺。他們的犧牲，讓那些惡人在幾十年前敗退，救了無數特異人士。」

但是，他卻沒能救到自己的父母。我在內心暗自想著。這是多麼諷刺的悲劇。

「我可以告訴你，」艾瑪繼續說，「你和你爺爺一樣特別，絲毫不遜色，而且，也同樣勇敢。」

「哈，這分明只是用來安慰我的話。」

「不是，」她直視我的眼睛，對我說，「雅各，你終將學會。總有一天，你會成為比你爺爺還厲害的怪物獵人。」

「是啊，是啊，大家都一直這麼說。妳怎能這麼一口咬定呢？」

「我就是有一股強烈的預感。」她說，「我想，那是你的天職。就像你來到石洲島也是必然的。」

「我不相信命運啊、星座啊，什麼的那種東西。」

「我沒說是命運。」

「相信事情應該是怎樣，就是相信命運。」我說，「命運是講給相信石中劍之類童話故事的人聽的。那全是廢話。我會來到這裡，是因為我爺爺在死前一刻喃喃說了堆與你們的小島有關的事。事情就是這樣。純粹是意外。我很高興他留下了遺言，但是幾乎聽不清楚。與其這樣，倒不如講一串購物清單。」

「但他還是留下了這些遺言。」她說。

我嘆氣，一時又激動了起來。「假設我們啟程去搜尋每個圈套，大家一心一意靠我擺脫怪物的糾纏，結局是我害大家都被殺了，這樣也算是命運嗎？」

她皺起眉頭，把我的手臂放回我的大腿上。「我沒提到命運兩字。」她重述道，「我只是相信，人生中的大事件，不會是單純的意外。每件事的發生自有其原因。你在這兒想必有其用意，不會是為了失敗和死亡。」

我不想吵架，我說：「好吧，聽起來不太可靠，不過，我希望妳說的可以成真。」我後悔方才對她無的放矢，但是我又冷又怕，而且深覺被冒犯。我現在的感覺很難形容，時而正面，時而負面，自信與恐慌交錯出現，目前大致是一比三的狀態。在恐慌感浮現時，感覺像被推進坑裡，像是在戰局不明朗之際，被推上戰場前線當志願兵。「命運」二字聽起來就像是一種義務。倘若我必須加入戰局，對抗噩夢般的怪物，那應該出於自願。

雖然，當我自願留下，隨著一群特異孩童航向不明的未來，在某種意義上，這件事已成定局。然而，對我來說，這並非事實。捫心自問，我並沒有自認帶著如此任務。小時候，我曾夢想過這樣的冒險生活。那時的我，小小的心靈百分百相信命運。聽著爺爺不凡的冒險故事，令兒時的我滿腔熱血。每每幻想著，有一天我也會變成那樣。如今令我不情願接受的義務，卻是當時心中發誓想追求的夢想──像爺爺一樣，離開只能過庸碌生活的小鎮，走出不凡的人生。而且，總有一天，我會像爺爺一樣，闖出名號，做一番大事。他曾這樣對我說：「雅各，有天你會成為一位偉大、很偉大的人。」

「就像你一樣嗎？」我總是這樣問。

「比我更棒。」他也總是這麼回答。

當時的我滿心相信，我現在也想。然而，愈知道他的偉大事蹟，他帶來的陰影就愈大。想要成為他那樣的人物，就已變成愈來愈遙不可及的夢。甚至連嘗試都有可能危及生命。而當我想像自己去嘗試，我爸那一生被作家夢所折磨的形象立刻栩栩如生地出現，揮之不去。我也難以想像，任何一個偉大的人怎能拋家棄子。

我渾身戰慄，「你會冷，」艾瑪說，「我把剛剛要做的事做完。」她舉起我的另一隻手臂，像是以呼氣親吻整條手臂。我有些難以承受。她對著肩膀呼氣時，這次沒將我的手臂放回腿上，而是將之環在她的頸項上，我也舉起另一隻手臂，雙手環住她，並將她的手臂圍著我。我們頭靠著頭，互相依偎。

艾瑪小聲說：「希望你沒後悔之前做的決定。我真的很高興你留下來，跟我們在一起。如果你要走，我真的不知道該怎麼辦。我恐怕會承受不住。」

我確實偷偷想過回去。有那麼一會兒，我不斷在腦中排演，用其中一艘小木船，自己划回小島，然後回家。

但我無法這麼做，根本連自己都難以想像。

我低聲說：「我怎麼辦得到？」

「等裴利隼女士變回人形，如果你想回去的話，她會有辦法把你送回原本的世界。」

然而，我指的不是邏輯上的問題。我的意思是，我怎麼能離開妳？但這些話卻說不出口，只能藏在心底，取而代之，我吻了她。

這次輪到艾瑪呼吸急促。她舉起手在我的臉頰邊，卻因為害臊而不敢碰觸。我感受到她手掌傳來的一股熱波。

「摸我。」我說。

「我不想燒著你。」她說，胸中燃起的熱火讓我心裡喊著「我不在乎！」，我拿起她的手指，沿著我的臉頰輕撫。我們兩人喘息著。感覺很熱，但我並不退縮。她怕傷到我，停下動作。我們的唇再度碰上、再度擁吻，她那股特別的熱力穿透了我。

我閉上眼，世界的一切全被拋到九霄雲外。

就算在夜晚的大霧中，我也不冷。就算大海在耳邊呼嘯，我也聽不見。就算坐著的岩石又尖又硬，我也不在意。世上彷彿只剩下我們兩個，外在的一切全是多餘。

突然間，有個很大的碰撞聲，但是我腦中一片空白。我的身體一點也不想離開艾瑪。

這時，聲音更大了，還伴隨著尖銳的金屬碰撞聲，一股刺眼的光芒向我們投射過來，讓我們不得不抬起頭來。

我心想，是燈塔，燈塔掉進海裡了。然而，燈塔從遠處看只是一個光點，並不像這彷彿烈日的刺眼強光。燈塔的光只會照往同一個方向，不像這左右來回探照搜尋。

那不是燈塔，是探照燈，是來自岸邊的海水底下。

那是潛水艇的探照燈。

恐懼令我們手腳一時間不聽大腦使喚。我留心注意觀看和細聽這艘離岸邊不遠的潛水艇。從海中升起的龐然大物，水流自兩邊落下，船上人員從艙口湧出，大聲叫著，將探照燈瞄向我們。然後，我的腿恢復正常，我們從岩石上滑下，俯臥在岩石後，低著身子開始沒命地狂奔。

探照燈將我倆的影子投射在海灘上，影子拉長有十呎高如怪物般。子彈貫穿砂礫，留下彈孔，在空氣中嗡嗡作響。

有個聲音透過擴音器喊著：「停下來！不准動！」

我們衝進洞穴中，叫道：「他們來了！他們來了！起來，快起來！」大部分的孩子已聽到外面不平靜的喧囂聲，早站了起來。唯有因在海上過度勞動而筋疲力盡的布蘭溫，靠在洞穴石壁邊睡得正香，怎麼也喚不醒。我們搖晃她，對著她的臉吼叫，她卻只是咕噥一聲，把我們揮開。最後，我們只好將她攔腰舉起，就像抬起一堵磚牆般。幸好，雙腳一著地，她便睜開泛紅的眼眶，自己撐住了身體。

我們抓起個人的物品，暗自慶幸行李變得輕便許多。艾瑪將裴利隼女士塞進懷裡，我們鼓起勇氣走向外頭。正當我們走進沙丘，我看到一些人影離岸邊只有幾步之遙。那些人將步槍高舉過頭，免得受潮。

我們以短跑衝刺的方式，穿越一排被風吹斜的樹，進入可隱匿蹤跡的樹林中。月色被雲朵遮蔽掩映，透過茂密樹林的枝椏，蒼白的月光亮度幾近於零。我們的眼睛還來不及適應黑暗，也沒時間留意腳下的路，只能喘著氣沒命狂奔。一群人跌跌撞撞，兩手往前伸長探索著。一路上努力避開偶爾突然出現眼前，在空中交會的樹枝。

就這樣跑了幾分鐘，我們停下來聽，胸口劇烈起伏。聲音仍在後面，只不過現在有另一種聲音加入，是犬吠聲。

我們繼續狂奔。

第三章

我們在這片黑色森林中一路顛簸，感覺像過了好幾個鐘頭，但因看不見月亮或星星的運行，無法得知究竟過了多久。我們一面跑、一面聽著人的吼叫聲和犬吠聲從四面八方圍繞，感覺四面受敵。為了避免被狗嗅出行蹤，我們跋涉一條冰冷小溪，沿著溪水走，直到腳失去知覺。走出小溪之際，我跌跌撞撞地走著，感覺像是走在扎人的樹樁上。

過了一會兒，我們腳步變慢。某人在黑暗中呻吟了一聲，奧莉芙和克萊兒開始落後，布蘭溫用手臂挾著她們，但是接著連她也跟不上了。最後，霍瑞斯被樹根絆倒，躺在地上求大家休息。我們遂停下腳步。「起來，懶蟲！」伊諾噓他，自己卻也上氣不接下氣。他靠在樹上喘息，看來爭端已停。

每個人的體能都已到達極限，必須停下來。

「這樣在黑暗中繞著圈圈跑也沒用，」艾瑪說，「最後很可能只是跑回原點。」

「我們在白天會比較有方向感。」米勒說。

「那就請上帝保祐我們活到那時候。」伊諾說。

一陣雨緩緩落下。費歐娜像哄小孩般，拍拍樹皮，對著樹幹輕聲細語，讓樹群彎下枝椏，組成遮風避雨的小窩，高度剛好能讓人坐著。大夥兒爬了進去，聽著外面的雨聲和遠處的犬吠聲。那些帶著槍的人仍在森林某處搜尋我們。每個人各懷心事，我猜大家都在想像，假如被抓，會有什麼樣的下場。

克萊兒開始輕聲啜泣，愈哭愈大聲，最後她的兩張嘴同時放聲大哭，抽抽噎噎地喘不過氣來。

「拜託妳稍微控制一下自己。」伊諾說，「他們會聽到的。那時我們就全都有得哭了。」

「他們會把我們抓去餵狗的！」她說，「他們會把我們射穿，然後把裴利隼女士抓走。」

布蘭溫溜到她身邊，擁著這個小女孩。「加油！克萊兒，想點別的事。」

「我有啊！」她哀號著。

「再努力一點！」

克萊兒緊閉雙眼，深吸一口氣後憋氣，感覺像顆快要爆破的氣球。然後爆出一聲咳嗽，接著嚎啕大哭，哭聲嘹亮無比。

伊諾用手遮住她的嘴。「噓……噓……噓。」

「對……對……對不起。」她大聲哭著說，「讓我聽故事，我就好了……如果可以，我想聽特異孩童的故事……」

「別提了，」米勒說，「我倒希望掉在海裡的是那幾本該死的大書，而不是其他的東西。」

裴利隼女士也以肢體表達意見，在布蘭溫的大衣箱上蹦跳，用鳥嘴啄著。衣箱裡，除了僅存的殘餘物品，就是那幾本童話故事書。

「我同意裴利隼女士，」伊諾說，「快試，快讓她停止鬼哭神號。」

「好吧！小朋友。」布蘭溫說，「只能講一個喔，妳得答應不哭了。」

「我答……答應。」克萊兒抽噎著。

布蘭溫打開大衣箱，取出一本被水泡軟的《特異孩童故事全集》。艾瑪溜過來，燃了一丁點火光在她的指頭上，讓她方便閱讀。裴利隼女士顯然急切地想安撫克萊兒，牠用鳥嘴咬著書的封皮，像是隨意挑選了其中一篇。布蘭溫用迫切的語調開始讀起故事。

「很久很久，在一段特別的時間以前，在一座很深的古老森林裡，住著許多動物。就像其他的森林一樣，有兔子、鹿和狐狸。但是還有一些不一樣的動物，比方說腿長得像竹竿的熊、雙頭山貓，以及會說人話的長頸鹿－鴯鶓。很多獵人喜歡獵殺這些特別的動物，做成標本掛在牆上當作裝飾，用來向朋友炫耀。獵人更喜歡把牠們賣到動物園，關在籠裡，收取門票，供人觀賞。你可能以為，被關在籠裡，總比被一槍打死、然後掛在牆上來得好。但是，身為特異動物，牠們需要暢快自由的生活才會快樂，過不了多久，關在籠裡的動物生命開始枯萎，竟羨慕起那些被掛在牆上的夥伴們。」

「這故事太悲傷了。」克萊兒埋怨道，「換別的故事。」

「我愛聽這故事。」伊諾說，「再多講講獵殺和做標本的事。」

布蘭溫不理會兩人，繼續講故事。「這是地球上還有巨人的時代，就像在阿爾丁（Aldinn）時代，只是人數變得愈來愈少。森林附近有一個巨人，他很善良，總是輕聲細語，也只吃植物，名字叫做庫斯柏。有天，庫斯柏來到森林採野莓，適巧碰見獵人正想獵殺那隻長頸鹿－鴯鶓。庫斯柏心地善良，立即一把抓起長頸鹿－鴯鶓的頸子，將牠放在山頂上安全之地。其實，庫斯柏踮起腳尖伸展全身時，就可直達山頂，只是他很少這麼做，因為全身的老骨頭會喀喀作響。他光用腳趾就把那個獵人踩成果凍了。

庫斯柏的好名聲傳遍整座森林，很快地，天天都有特異動物來到庫斯柏跟前，請求他協助，將牠們放到山頂上的安全之地，遠離所有的危險。庫斯柏說：『我會保護你們，各位小兄弟姊妹。但我想要得到的回報是，你們陪我說話、跟我作伴。世上僅存的巨人不多了，我常常覺得很孤單。』

牠們回答說：『當然了，庫斯柏，我們會的。』

就這樣，庫斯柏每天拯救愈來愈多的特異動物，把牠們從後頸一把提起放到山頂上，最後，山頂上變成一個特異動物園。動物們過得很快樂，因為牠們從此不再擔心受怕；庫斯柏也很快樂，因為他只要踮起腳尖、下巴枕在山頂上，就可以隨時和新朋友說話。某天，有個女巫來找庫斯柏。他當時正在一座湖裡洗澡，湖水中有山的倒影。她說：『很抱歉，我現在要把你變成石頭了。』

『你為什麼要做這種事？』巨人問，『我是個好巨人，都會幫助別人。』

『你踩扁了獵人，他的家人僱我來報仇。』她回答。

『啊，我都忘了他。』巨人說。

『很抱歉。』女巫重複說，揮舞一根樺木魔杖，可憐的庫斯柏就這樣變成石頭。

突然間，庫斯柏沉甸甸地沉進湖裡。他的身體不斷地往下沉，直到湖水淹沒他的頸項。他的動物朋友目睹慘事發生，都覺得這件事太可怕了，卻都無法為他做什麼。

『我知道你們救不了我。』庫斯柏對朋友大聲喊道，『但是至少過來跟我說說話。我被困在這裡，我很孤單。』

『但是，如果我們下去，人類會獵殺我們的。』牠們這樣喊著回答。

庫斯柏知道動物說的沒錯，卻繼續哀求牠們。

『跟我說話，』他哭叫，『請快過來跟我說話。』

動物們從山頂上的安全處對著庫斯柏大聲唱歌，也出聲喊著。但因距離太遠，聲音又太小，即使庫斯柏的耳朵很大，牠們的音量還比不上風中的樹葉低吟。

『跟我說話，』他哀求，『快過來，跟我說話。』

但是，牠們都沒有做到。最後，他的喉嚨都已跟全身一樣變成石頭，卻仍在哭著。──完──。」

布蘭溫闔上故事書。

克萊兒一臉驚駭。「就這樣？」

伊諾開始笑起來。

「就這樣。」布蘭溫說。

「這故事**太可怕**了。」克萊兒說，「再講一個別的！」

「一個故事就是一個故事。」艾瑪說，「睡覺時間到了。」

克萊兒噘嘴。但她確實不哭了，故事仍然發揮了效用。

「明天不會比今天來得輕鬆，」米勒說，「大家盡量休息吧。」

我們收集了富彈性的苔癬，用來當枕頭。艾瑪用手生火將苔癬烤乾，然後把苔癬摺起來枕在頭底下。沒有毯子，大夥兒相互依偎取暖。布蘭溫抱著兩個小女孩，費歐娜和阿修蜷臥在一起，阿修打呼時，蜜蜂從他的嘴裡冒出來，看守著熟睡的主人。霍瑞斯和伊諾兩人都太好面子，僅背靠著背，寧可忍受寒意顫抖著。而我和艾瑪簇擁著睡。我仰臥著，艾瑪睡在我的臂彎裡，頭枕著我的胸膛。她的額頭離我這樣近，我可以不厭倦地一再親吻，直到沉沉睡去。她就像張電毯般，我很快進入夢鄉，做著平靜的好夢。

我從來不記得做過的好夢，只會記得噩夢。

在這種情況下，還能睡得著，對我來說簡直是奇蹟。就算在這裡，在逃命的路上，睡在荒郊野外，面對死亡威脅，我還能夠擁有平靜的時刻。

裴利隼女士守著大家，牠的黑眸子在黑暗中發亮，雖然身體受損、能力消逝，牠仍是大家的守護者。

夜深了，變得更加寒冷，克萊兒發著抖，咳了起來。布蘭溫輕輕搖醒艾瑪，說：「布魯小姐，小傢伙需要妳。我怕她病了。」艾瑪輕聲向我道歉，然後從我懷裡溜出去照顧克萊兒。我胸中湧起一股妒意，卻又自責怎麼跟生病中的小孩子計較。我獨自躺著，任性地感覺被遺棄，對著黑夜乾瞪眼，一股前所未有的倦怠感襲來，令我難以入眠。聽著大夥兒在睡夢中翻身和低吟聲，即使是做著噩夢，也比不上現實中的這個噩夢來得可怕。終於，天空逐漸褪去層層的深黑色外衣，不知不覺中已變成一片蒼白的青藍色。

天剛破曉，我們在晨曦中爬出小窩。我清除纏在頭髮上的苔癬，但想拍去長褲上的灰塵卻徒勞無功，反倒讓整條褲子染黑，看起來就像剛從土裡鑽出的蟲子。我從沒感受過這樣的飢餓感。肚子像被從裡面啃蝕著。因為一路經過划船、奔跑，再加上睡在荒郊野地，此刻全身痠疼無比。然而，值得慶幸的是，昨晚的雨停了，今天氣溫上升，無論是因為狗群停止吠叫，或是因為距離太遠，以致我們聽不見，至少我們暫時擺脫了敵人。

然而，為了逃命，我們已完全迷失方向。這片森林在白天也不比晚上容易探索。樹幹粗大的冷杉，成排成排不規則地無限蔓延。從每個方向看，外觀都一模一樣。地面上鋪滿落葉，為我們昨晚的行跡做了掩護。一早醒來，發現自己置身在一片綠色迷宮中，手上沒有地圖，也沒有指南針。裴利隼女士的翅膀受傷了，不能飛越樹頂為我們指引方向。伊諾建議將奧莉芙放上天空，讓她越過樹木，像上次在霧中一樣，但是我們手上沒有繩索可以綁她，她光是在空中摔個跟斗，就可能直往天上去，永遠找不回來了。

克萊兒的病情加重，蜷臥在布蘭溫懷裡，即使空氣寒冷，她的額頭仍冒著冷汗。她乾瘦如柴，透過洋裝都看得到她的肋骨。

「她還好嗎？」我問。

「她發著高燒。」布蘭溫說，一面用手測試她的臉頰。「她得吃藥。」

「我們得先找到路，走出這座被詛咒的森林。」米勒說。

「我們得先吃東西。」伊諾說，「吃完再討論吧。」

「有什麼值得討論？」艾瑪說，「不就是選一條路，一直走下去。沒有人比較厲害。」

在一片不悅的沉默中，大夥兒坐下來吃東西。我從沒吃過狗食，不過我相信這一餐肯定比那更糟。我們手邊沒有餐具，只能用手指從鏽蝕的罐頭裡挖出褐色的凝結肉塊和脂肪。

「我明明帶了五隻野味燻雞，還有三罐鵝肝醬和酸黃瓜。」霍瑞斯苦澀地說，「現在卻只剩這種東西可以吃。」他捏住鼻子，把一塊膠狀物放進嘴裡，直接囫圇吞下。「我想，我們是在受懲罰。」

「為什麼被懲罰？」艾瑪問，「我們這麼善良，嗯，大部分人啦。」

「也許前世造了孽，我不知道。」

「特異人士沒有前世，」米勒說，「我們只會活一次。」

大夥兒飛快解決這一餐，把空罐頭埋在土裡，整裝準備上路。正當要出發時，阿修突然穿過灌木林，回到我們的臨時營地。蜜蜂在他頭上形成一朵不斷晃動的黑雲。他一臉興奮，上氣不接下氣。

「你剛剛去哪兒了？」伊諾質問道。

「我需要一點私人空間做早晨的儀……呃，不關你的事。」阿修說，「我剛發現……」

「誰准你離開所有人的視線？」伊諾說，「我們剛剛差點就落下你了。」

「誰說我需要任何人允許，而且，我看到……」

「你不可以這樣到處亂跑，萬一迷路了怎麼辦？」

「我們早就迷路了。」

「你這笨蛋，萬一找不到路回來呢？」

「我留下蜜蜂做記號，我一向都這麼做的……」

「你可以好心點讓他把話講完嗎？」艾瑪叫道。

「謝謝！」阿修說，一面轉身指向後方，「我看到水了。很多的水，穿過這邊的樹就看到了。」

艾瑪臉一沉，說：「我們想遠離海岸，卻又走回來了嗎？晚上絕對不可以再走回頭路了。」

我們跟著阿修走回他找到的地方。布蘭溫肩上帶著裴利隼女士、兩手抱著病弱的克萊兒。走了將近一百公尺，在樹叢後面可見波光粼粼，閃爍著灰色光芒。那是一整面水塘。

「喔！太可怕了，他們會追上來的，我們自投羅網了。」霍瑞斯說。

「我沒聽見軍人的聲音，」艾瑪說，「事實上，我什麼也沒聽見，也沒有海浪聲。」

伊諾說：「因為這不是海，你們這群呆子。」他站定，然後突然衝向水邊。我們跟上他的腳步，這才看見他光著腳站在潮溼的沙地上。臉上洋溢著滿滿自信，彷彿在說：「哼，我不是說嘛！」他判斷的沒錯，這不是大海，是一座霧濛濛、寬廣的灰色大湖，水面平靜無波，四周有冷杉圍繞。要不是克萊兒指出來，我剛開始還沒注意到它最顯著的特徵。湖水中有一顆巨石從附近淺灘中出現。原本只是匆匆一瞥，後來愈看愈覺得有些奇怪又眼熟。

「那是故事中的巨人！」克萊兒說，從布蘭溫的懷裡伸出手指著。「庫斯柏在那裡！」

布蘭溫拍拍她的頭，說：「噓，親愛的，妳在發燒。」

「別笑死人了，」伊諾說，「只不過是顆大石頭。」

然而，它確實不尋常。雖然外型已被風雨侵蝕磨損，它看起來確實就像個在湖裡被水淹至脖子的巨人。大家可以一眼認出巨人的頭、頸項、鼻子，甚至還有喉結。頭上長著幾株矮樹，看起來就像一頭亂髮上的皇冠。更離奇的是，它頭部的姿勢，仰著頭張大了嘴，彷彿我們昨晚才聽到的故事中的巨人，被變成石頭前還在對山上的朋友哭喊。

「看！」奧莉芙指著遠方的斷崖說，「那座山一定就是庫斯柏的山！」

「巨人是真的，」克萊兒喃喃自語，音調微弱且充滿疑惑，「童話故事是真的！」

「別妄下斷語，這結論太荒謬了。」伊諾說，「哪一種比較可能？昨晚故事的作者看過一顆長得像的巨人頭的石頭，啟發了創作故事的靈感，還是這顆長得像頭的巨石就是巨人？」

「每件事你都覺得好笑。」克萊兒說，「我相信巨人，你不信就算了！」

「故事就是故事嘛。」伊諾還在絮絮叨叨。

「真有趣。」我說，「認識你們之前，我也把你們當成故事中的虛構人物。」

「雅各，你真傻！」奧莉芙笑起來，「你從前真的以為我們是假的？」

「當然啦，就算認識你們以後，我有時還是會這樣想，覺得自己應該是瘋了。」我說。

「無論是不是真的，這樣的巧合確實不可思議。」米勒說，「昨晚才讀到的故事，隔天早上就看到啟發故事的靈感，一模一樣的地理景觀？這種巧合的機率又有多高？」

「我不認為是巧合，」艾瑪說，「這篇故事是裴利隼女士自己挑的，記得嗎？她一定是刻意選了這篇故事。」

布蘭溫轉向肩頭上的大鳥問：「真的嗎？為什麼呢？裘利隼女士。」

「這其中必有緣故。」艾瑪說。

「隨你們怎麼說啦。對啦，」伊諾說，「用意就是要我們爬上山頂，看清怎麼走出這座鬼森林的路。」

「我是說，那故事有其含意。」艾瑪說，「故事中，巨人想要什麼？他一次又一次的求著？」

「想要有人跟他說話！」奧莉芙像個愛求表現的學生般搶答。

「正是如此！」艾瑪說，「既然他那麼愛說話，我們就去聽聽看他到底想說什麼。」

就這樣，她直直走進湖水裡。

大家一臉茫然，看著她行動。

「她要去哪裡？」米勒問，好像期望我能回答，我連忙搖搖頭。

「還有偽人在後面追著我們。」伊諾對著她的背影吼著。「我們根本不知道自己在哪裡。妳到底想要做什麼？」

「我正在用特異的方式思考。」艾瑪吼著回答。她在淺灘上一步步踩著水，走到石頭底部，攀上去直達巨人的下巴，往他的嘴裡瞧。

「嗯，有看到什麼嗎？」我叫道。

「不知道。看起來可以下到很深的地方。我想靠近一點看！」

艾瑪把自己撐起來，爬進巨人石化的嘴裡。

「妳最好趕快下來，小心不要受傷。」霍瑞斯大叫。「妳這樣讓我們很緊張。」

「我看你也少有不緊張的時候。」阿修說。

艾瑪往巨人的喉嚨裡投了一顆石頭，等著看有什麼回音。「我想這裡應該是……」她在鬆散的石礫上滑了一下，差點跌下去，幸好及時撐住。

「小心！」我喊著，心臟狂跳。「等等，等我過去。」

我也走進湖水中。

「那裡可能是……什麼？」伊諾問。

「只有一種辦法可以知道。」艾瑪興奮地說著，往巨人嘴裡深處爬進去。

「喔！天哪！她別又來了……」霍瑞斯說。

「等等！」我又喊了一次。但是她已經不見蹤影，從巨人喉嚨裡消失了。

攀到巨石上才發現，他遠比從岸邊看還要大得多。從他的喉嚨往下看，我彷彿可以聽見他的呼吸聲。我用手圈在嘴邊，呼喊艾瑪。得到的卻只是自己的回音。其他人也涉水進湖裡，但我等不及了。萬一她在底下遭遇什麼意外，那可怎麼辦？於是我咬緊牙關，將腿伸向黑暗的喉嚨深處，然後放手。

感覺往下跌了好久，整整有一秒鐘。然後是水花濺起的聲音，發現自己跳進一池冰冷的水中，我喘著氣，全身肌肉緋緊。我得提醒自己不斷踩水，否則就會沉下去。我處在一個昏暗、充滿水的狹小空間。巨人的喉嚨深長且平滑，根本沒有回頭路。沒有繩子、梯子或踏腳處。我呼喊著艾瑪，四周卻沒有她的蹤影。

「天哪，她溺水了！」我這麼想著。

這時，卻有人往我的手臂輕搔了一下，四周出現水泡。接著，艾瑪浮出水面，喘著氣。在昏暗的光線下，她看來無恙。「你在等什麼？」她用手潑著水，希望我跟著她潛進水裡。「快點！」

「妳瘋了嗎？我們被困在這裡了。」我說。

「我們當然沒有被困。」她說。

「哈囉……」布蘭溫的聲音從上面傳來，「我可以聽到你們的聲音，在下面有發現什麼嗎？」

「我猜是某個圈套的入口。」艾瑪喊回去。「叫大家都跳下來，不用怕。雅各和我會在另一邊等大家。」

然後她拎起我的手，雖然我還不太了解狀況。我深吸一口氣，讓她把我推進水裡。我們縱身一躍，以蛙式的踢水法往深處游去。底部有個人形大小的洞口，隱約透出微光。她把我推進去，接著跟進來，我們游過一道大約十呎長的狹長管道，然後直通湖裡。我看得見頭頂上的湖面漣漪，在那之上透過折射的藍天，愈靠近水面，溫度驟然升高。我們破水而出，喘著氣。我隨即察覺到，這裡的天氣不一樣。光線看來像是個陽光普照的午後，空氣又熱又溼。湖水的高度也改變了，現在水面高至巨人的下巴。

「看吧！」艾瑪咧嘴笑，「我們在另一個世界了。」我們就這樣進入了圈套，從一九四〇年的清晨，來到了更久遠年代的某個下午。處在森林裡，遠離文明世界，不容易看出這裡究竟屬於哪個年代。

孩子們一一浮出水面，看到景物的改變，頓時了解發生了什麼事。

「你們懂這含意了嗎？」米勒叫道，「那些童話故事裡暗藏玄機，是用來傳達知識的。」他興奮地潑著水、轉著圈圈。

「故事不是沒用的，對吧？」奧莉芙說。

「喔！我等不及要開始做研究，為這些書加註解了。」米勒說著，一面搓著雙手。

「米勒．諾林，你休想在我的書上面亂寫亂畫！」布蘭溫說。

「但這是誰的圈套？」阿修問，「誰住在這裡呢？」

「當然是庫斯柏的朋友嘍！」

伊諾眼珠骨碌碌地轉著，卻不再重複說「故事只是故事啊！」之類的話，或許，連他的想法也改變了。

「每個圈套都有時鳥在操控。」艾瑪說，「就算是童話中的圈套也不例外。走吧，我們去找她。」

「好啊，」米勒說，「往哪兒去呢？」

「故事中除了湖以外，唯一提到的地點就是那座山。」艾瑪指著樹叢後的斷崖說，

「大家準備好爬山了嗎？」

每個人其實又累又餓，然而發現了圈套，足以令人精神大振。我們拋下巨人，沿著森林走向斷崖的山腳下，在熱氣中，原本滴著水的衣服很快就乾了。靠近斷崖，路面有了坡度，一條小徑出現，我們沿路往上爬，沿途穿越一群群毛茸茸的冷杉和石徑。最後，路面變得極陡，我們只能手腳並用地爬著，徒手抓著路面往前進。

「路的盡頭最好是有好東西在等著我們。」霍瑞斯擦著額頭上的汗水，說，「一名紳士怎麼可以流汗呢。」

小徑變窄，最後僅剩帶狀。我們右手邊的山拔高，左手邊只有一片綠林像地毯般蔓延。「抱住山壁！」艾瑪提醒，「小心，這裡很高。」

光是往小徑左下方瞥一眼，就足以令我頭昏腦脹。突然間，覺得胃部抽緊，很像是懼高症狀，我只好專心一意地專注在每一個踏出的腳步。

艾瑪摸摸我的手臂。「你還好嗎？」她輕聲說，「你的臉色發白。」

我謊稱自己沒事，故作鎮定，拐了三個彎之後，我的心臟狂跳，雙腿開始抖動，再也無法自制，只好在前進的半途中坐下，擋住後面所有人的去路。

「喔，天哪！」阿修喃喃道，「雅各不行了。」

「我不知道這是怎麼回事。」我喃喃說著。我從來不曾有過懼高症，但是現在只要看小徑一眼，胃就開始翻滾。

這時，我突然想到一件恐怖的事。萬一這不是因為懼高症，而是因為有嗜魂怪在附近？

這不可能，因為我們正處在一個圈套裡。嗜魂怪應該進不來。然而，我愈細究這種五內翻滾的感覺，就愈確定這並不是自己怕高，而是另一種東西出現了。

我必須靠自己去看清楚。

每個人在我耳邊焦急地喋喋不休，關心我的情況。我把他們的聲音屏除在外，將手撐高，往小徑左方爬去。愈靠近斷崖邊坡，反胃的感受愈強，彷彿被從裡到外撕成碎片。我匍匐在地面上，伸長手緊緊扣住邊坡的山壁，然後往外窺探。

我花了點時間才看到嗜魂怪，剛開始只見崎嶇的山腰上發出些許微光，空氣中熱氣蒸騰，彷彿從車裡散逸出來。這些不尋常的徵兆太細微，令人難以察覺。對於一般人、其他的特異孩童，或者任何不具備我這種能力的人來說，頂多只能看到這些。

這時，我的能力恢復了。很快地，腹中翻滾疼痛的部位集中在某一點，然後沿著一條對角線，像指南針似地，指向左方一百公尺外，怪物所在的位置。熱氣與閃光聚攏凝成一個黑色人形物體，掛在山壁上，彷彿只由觸角和黑影所組成。

這時，牠也看到我了，那可怕的軀體也全身緊繃。牠蹲在石頭上，張開嘴露出滿口利牙，發出一聲驚天動地的尖叫。

我的朋友們不需要等我描述，光是聽到這叫聲就夠了。

「**嗜魂怪！**」某人叫道。

「快跑啊！」另一人吼道。這句話顯然是多餘的。

我從斷崖邊爬回原處，趕緊站起身來，然後我們成群往同一方向逃命。我們不是往山下跑回平地的圈套出口，而是奔向不明的山頂。這時就算想回頭，也為時已晚。我感覺得到那隻怪物在峭壁上攀岩，卻是朝著山下的方向，目的想阻斷我們往山下逃跑的路。牠已把我們當作陷阱中的獵物。

對我來說，這是一種全新體驗。從前，我見過嗜魂怪，卻不曾像現在，體內彷彿有根指針告訴我，牠就在後面，我幾乎可以描繪牠在地面上匍匐前進的模樣。就像是見到嗜魂怪之後，在體內啟動了歸航信標。

我的懼高症狀迅速消失。我們奔跑繞過一個轉彎處，遇到一面光滑的岩壁。這裡是路的盡頭，地面是恐怖的傾斜角度。這面岩壁沒有踏腳處，也沒有扶手之處。我們發狂似地尋找出路，希望在岩壁上找到祕密通道、門或洞穴，但那裡什麼都沒有，只能往上走，卻看不到往上的路。看來，除非出現一只熱氣球，或是傳說中的巨人伸手拯救。

我們陷入恐慌，裴利隼女士尖聲怪叫，克萊兒哭起來，霍瑞斯呆站著慟哭道：「這就是結局，我們全部都會死的。」其他人想堅持到最後，不放棄一線生機。費歐娜用手輕撫岩壁，搜尋暗藏著一點泥土的石縫，好讓她生出一根藤蔓或任何植物讓大家攀爬。「如果有降落傘，我們就可以往下跳了。」

「我可以當大家的降落傘！大家抓我的腳！」奧莉芙說。

然而，懸崖底下是深不可測、又黑又危險的叢林。布蘭溫認為，最好是先讓奧莉芙沿著岩壁往上升，勝過往下降。她一手抱著發燒無力的克萊兒、一手牽著奧莉芙來到岩壁旁邊。「把鞋子脫給我，」她對奧莉芙說，「妳盡快帶著克萊兒和裴利隼女士到這面岩壁頂上。」

奧莉芙一臉驚懼，「我不知道自己夠不夠強壯。」她哭著說。

「妳一定要努力，小可愛。妳是唯一能夠保護她們安全的人了。」布蘭溫蹲下，讓克萊兒站在地上。這位小病人蹣跚地倒進奧莉芙的臂彎裡。奧莉芙緊緊摟住她，從自己沉重的鞋子滑出來。她們開始緩緩上升，布蘭溫將裴利隼女士輕輕從自己肩上轉放到奧莉芙的頭上。受到重量下壓，奧莉芙上升得很緩慢，裴利隼女士便拍起沒受傷的翅膀，幫助她升到空中。奧莉芙發出短促的叫聲，踢著腳，這時三個人才真的啟程了。

那隻嗜魂怪已經快要從岩壁爬到地面上，彷彿在我眼前似的肯定。同時，我們在地上搜尋可以當武器的東西，卻只見石礫。「我可以當武器。」艾瑪說。她一面拍手、一面將兩手拉開，雙手間立即出現一顆嚇人的火球。

「別忘了，我還有蜜蜂！」阿修邊說邊張嘴放出幾隻蜜蜂。「牠們生氣的時候可不好惹。」

最擅長在不恰當時機笑的伊諾，哄笑了起來。「那又怎樣，敵人會被授粉致死嗎？」

阿修沒理會他，只是轉身對我說：「你會是我們的眼，雅各。只要告訴我們敵人在哪，我們會把牠連腦子都叮出來。」

我的痛覺指針讓我知道牠在小徑上，而且正在快速逼近中。「馬上就要來了，」我指著之前經過的拐彎處說，「準備好！」要不是體內激發腎上腺素，那痛的程度足以令人癱軟。

我們進入備戰姿勢，有人像拳手般握拳，有人像短跑選手在鳴槍之前的姿勢。雖然，沒有人知道可以往哪裡跑。

「經過一切冒險犯難，這結局太慘也太讓人傷心了。」霍瑞斯說，「在威爾斯偏僻的死路，被嗜魂怪一口吞下！」

「我以為牠們不能進入圈套，」伊諾說，「牠們到底是怎麼進來的？」

「看來牠們進化了。」米勒說。

「誰管牠怎麼進來的！」艾瑪打斷說，「怪物就快來了，牠可是餓得很。」

接著，我們頭上有個細微的聲音叫著，「下面的人，注意！」我伸長脖子，看見奧莉芙露臉，然後又退回山頂上。過了一會兒，從懸崖頂垂降下一條繩索，底部緊連著一個網子，啪地一聲落在地上。「快！」奧莉芙的聲音再度出現，「這裡有個槓桿，大家趕快進網子裡抓好，我會把它拉上來。」

我們跑向網子，但是它小得連兩個人都裝不下。網子上還別著一張照片，上面是個男人抱膝屈坐在那張網子裡，沿著岩壁往上升。照片後面印著說明文字：

獸園入園唯一通道：請爬入！

載重：一人

請嚴格遵守限制

這玩意兒是原始的升降器，而且只能搭載一個人，不是八個人。但已經沒時間了，我們只能忽略此規定，疊羅漢地爬進去，每人盡量彼此依偎，將手腳從網孔中伸出去。

「拉上去吧！」我叫道。我疼痛難耐，嗜魂怪快出現了。

大事發生前的幾秒鐘，如地獄般難熬。這時，怪物從拐彎處突然出現，牠的四肢萎縮，像無用之物掛在那裡，只以好幾根強壯的舌頭當腳用。接著，山頂上傳來金屬發出的吱嘎聲，繩索收緊，我們歪斜地掛在空中往上升。

怪物差點追上我們，牠張大了嘴，像鯨魚在海裡準備飽餐一頓浮游生物般。我們還在沿著岩壁上升的半途中，牠已經趕到底下往上瞧，蓄勢待發地準備縱身一跳。

「牠準備要跳了！」我喊道，「快把腿縮進網子裡！」

怪物驅動舌頭抵著地面，往上彈跳。網子爬升得很快，我們原以為可以就此逃過，沒想到怪物這一躍，在高空中伸出舌頭的其中一根，套住了艾瑪的腳踝。

艾瑪尖叫，用空著的另一隻腳踢牠，網子升降梯頓時停住，因為滑輪承受不住我們加上怪物的重量。

「把牠從我身上弄走！」艾瑪大叫，「弄走！弄走！弄走！」

我也想辦法踢牠，但牠的舌頭堅硬如鋼鐵，上面還布滿上百個蠕動中的吸盤。有誰膽敢摸那舌頭，就等著被吸進去。然後，那隻嗜魂怪蹣跚地爬上來，下巴不斷接近，我們已經可以聞到牠嘴裡那地獄般的惡臭。

艾瑪大聲呼救，希望有人能撐住她。我用一隻手從背後抓住她的衣服。布蘭溫放開雙手，僅靠著雙腿掛在網子上，伸出她強壯的手臂環住艾瑪的腰。然後，艾瑪也放手了。她現在完全仰賴我和布蘭溫的力量撐住，然後彎身向下，用雙手對著舌頭周圍拍打。

那隻嗜魂怪尖叫一聲，舌頭上的吸盤冒著煙縮回去，舌肉上發出嘶嘶聲。艾瑪更使勁壓，閉上眼睛嚎叫。我想著，這不是因為痛而哭嚎，而是宣戰用的嚎叫。怪物的觸角受傷，被迫放開艾瑪的腳踝。有那麼超現實的一刻，不是怪物抓著艾瑪，反倒是艾瑪抓著怪物。那東西在我們底下扭動哀嚎，燒著冒出的苦煙，熏得大夥兒只能大叫，請艾瑪放手。艾瑪睜開眼，鬆開了雙手，彷彿剛剛想起自己置身何處。

嗜魂怪跌跌撞撞地滾開，在空中亂抓一通後，跌入崖底。之前將我們的升降器往下拉的力量瞬間消失，網子載著我們迅速攀升。我們飛越山頂，在山頂上摔成一團。奧莉芙、克萊兒和裴利隼女士站在那裡迎接我們。我們從纏繞的網繩中脫身，跌跌撞撞地遠離崖邊，奧莉芙歡呼，裴利隼女士拍著一邊翅膀尖叫，克萊兒則從地面上抬起頭，對我們虛弱地微笑。

幾天來，這是我們第二次對自己依然倖存感到頭暈目眩。「妳救了我們兩次，小可愛。」布蘭溫對奧莉芙說道，「還有艾瑪小姐，我知道妳很勇敢，但妳簡直無人能比。」

艾瑪聳肩，「因為結局不是牠死、就是我亡。」她說。

「妳竟然敢出手碰那隻怪獸，我差點不敢相信我的眼睛！」霍瑞斯說。

艾瑪在衣服上擦擦手，舉起來聞，做了個鬼臉。「我只希望這垃圾堆般的怪味趕快消失。」她說。

「妳的腳踝還好嗎？」我問她，「會痛嗎？」

她蹲下來把襪子往下拉開，露出腳踝的紅腫處。「沒事啦。」她一面說、一面小心翼翼地觸摸腳踝。然而，當她站起身，我注意到她因疼痛而做出退縮的反應動作。

「你還真是幫了大忙呢！」伊諾抱怨道，「嗜魂怪鬥士的孫子只會說：『快跑！』」

「如果我爺爺當初懂得跑，也許現在還活著。」我說，「這可是個好建議。」

這時，我聽到我們剛爬上來的岩壁之下，有個重擊聲，那種詭異的感覺又開始在我體內竄動。我跑到崖壁邊往下探，那隻掉進崖底的嗜魂怪還活著，正忙著在岩壁上鑽洞，用來以舌頭踩踏攀爬。

「糟了，」我說，「那隻怪物沒有摔死。」

艾瑪慢慢走到我身邊，「牠在做什麼？」

我看到牠的舌頭扭動鑽進自己挖出的孔洞，把身體撐起來，再往上鑽洞。牠在製造踏腳處，正確來說，是供牠的舌頭踩踏的攀爬點。

「牠想爬上來，」我說，「天哪！牠簡直就像是魔鬼終結者。」

「你說像什麼？」艾瑪問。

我差點就開始解釋，卻只是搖搖頭。這不過是個愚蠢的比喻，事實上，嗜魂怪比任何電影怪物來得更嚇人、更為凶險。

「我們一定要阻止牠！」奧莉芙說。

「快跑吧！」霍瑞斯說。

「別再逃跑了，我們能不能一次把牠給解決了？」伊諾說。

「當然好，」艾瑪說，「問題是怎麼做？」

「比方說，來一大盆滾燙的熱油？」伊諾說。

「這東西怎麼樣？」我聽到布蘭溫說話了，回頭只見她舉起一顆巨大石礫在頭上。

「可以！」我說，「妳瞄準的功夫如何？可以準確投到我指出的目標嗎？」

「我會盡力。」布蘭溫蹣跚地走進崖邊，頭上頂著石頭看來有些不穩。

我們正在崖邊觀看，「就在那個方向。」我說，一面要她往左一點。就在我差點下指令要她扔巨石的當下，嗜魂怪竟一躍換到另一個踩踏點，如此一來，她的投射位置就錯了。

那隻怪物鑽踏腳處的動作愈來愈快，現在變成了移動中的目標。更要命的是，布蘭溫手上這顆巨礫是附近唯一的一顆，要是失手，我們不會有第二次的機會。

我強迫自己凝視嗜魂怪，儘管心中只想撇開臉。有那麼一會兒，有種奇怪的感覺，頭暈目眩，耳邊那些朋友的聲音全消失了，只聽得見自己血液奔騰和胸口心臟狂跳的聲音。

我想起那隻殺了我爺爺的怪物，那傢伙留下我爺爺扭曲垂死的身軀，無恥地逃入樹林裡。

我的眼中泛淚、雙手顫抖，極力想穩住自己。

這是你與生俱來的任務，你是生來殺死這種怪物的。我暗自想著。我在心中默念，像咒語般念著。

「快呀，雅各，拜託！」布蘭溫說。

怪物有時做出往左的假動作，然後往右跳。我不想亂猜，進而喪失殺掉牠的大好時機。我一定要百分百確定。再者，不知從哪來的自信，我確信自己可以辦到。

我靠近崖邊跪下來，艾瑪的手指穿過我的皮帶扣，從後面拉住，以防我摔下去。我在心中念著咒語，生來就是為了殺死你、為了殺死你。全神貫注在怪物身上。雖然這時怪物還在移動中，我體內的指針卻清晰尖銳地指出右邊一處，但怪物並不在那裡。

這彷彿是個預告。

布蘭溫快承受不住巨礫的重量，全身顫抖著。

「我快撐不住了！」她說。

我決定相信我的直覺。即使體內指針所指的方向現在仍是空著的。我對布蘭溫大聲叫，指出投石的地點。她瞄準那個方向，一面發出吼聲，一面扔下去。

她一放手，怪物也在這時往右跳，恰恰跳進指針所指的位置。怪物抬頭看到巨石，準備跳開，卻已來不及。那顆巨石砸中怪物的頭頂，將牠從岩壁往底下掃去。怪物與巨石同時著地，發出轟然巨響。石塊之下可見怪物伸出的一根根觸角舌頭顫抖著，直到沒了氣息。黑色的血液流出，在石塊下形成一窪黏稠的水坑。

「正中目標！」我大喊。

孩子們歡呼跳躍。「怪物死了！怪物死了！」奧莉芙叫道，「可怕的嗜魂怪死了！」

布蘭溫給我一個擁抱，艾瑪在我頭上親了一下，霍瑞斯對我握手道賀，阿修拍我的背，連伊諾也向我道賀。他有點不情願地說：「幹得好，但是也別太沖昏頭了。」

這時的我高興過頭也不為過，但卻有些感覺遲鈍，隨著對嗜魂怪的扎人痛感逐漸消失，只覺得全身僵硬麻木。艾瑪看得出我累壞了。她貼心地靠過來，在沒人察覺的情況下，扶著我的手臂，半撐住我，陪我從崖邊走回來。「我知道這不是靠運氣，」她在我耳邊說，「我沒有看錯你，雅各．波曼。」

之前消失的小徑，現在又出現了，環繞山丘，沿著山脊，一路蜿蜒向上。

「繩索上面的告示寫著入園通道。」霍瑞斯說，「你們覺得路的盡頭就是獸園嗎？」

「你是能做預知夢的人，應該是你來告訴我們才對吧？」伊諾沒好氣地說。

「獸園是什麼意思啊？」奧莉芙問。

「就是養了一群動物的地方，類似動物園那種地方。」艾瑪解釋道。

奧莉芙高興地拍手叫道：「那就是故事裡庫斯柏的朋友們嘛！噢，我等不及要看看牠們了。你們想，時鳥也住在那兒嗎？」

「按照先前的經歷看來，最好別先想得太美好。」米勒說。

我們往前出發，我仍因之前與嗜魂怪的相遇而頭暈。我的能力增強了，就像米勒曾說的，愈使用愈會像肌肉一樣成長。只要見到嗜魂怪，我就能開始追蹤牠；只要以正確的方式全神貫注，還能預測牠的下一步。那種預知是一種憑藉直覺得知的感覺，而非理性判斷。靠著自己的經驗無師自通，發展自己天賦的新知，讓我很有成就感。但是，這裡並非安全的學習環境。這裡沒有安全圍欄，也沒有重來的機會。若有任何失誤，就可能立即危害到自己和身邊的人。我深怕大家把我想得太神，更怕自己也信了。我自知，若開始自傲自滿，而不是見到嗜魂怪就嚇得屁滾尿流，那可怕的事恐怕就會發生了。

應該是運氣好，我的自信與恐懼的比數，一直維持在低點，大約是一比十。我把手插進口袋裡，用來遮掩顫抖的雙手。

「看！」布蘭溫在半路停了下來，說，「雲裡有間屋子。」

我們在爬往山頂的路上，前頭彷彿有間屋子蓋在雲霧中。我們往前走，雲開霧散，房屋全貌呈現在眼前。它其實不在雲霧裡，而是蓋在一堆鐵軌枕木堆成的高塔之上，那裡是一片綠油油的高原。我從未見過這麼奇特的人造建築。高塔周圍有些低矮棚屋，遠處還有一小片樹林，但我們沒仔細看那些，而是把全部焦點放在眼前的高塔上。

「那是什麼啊？」我低聲耳語。

「可能是瞭望塔？」艾瑪猜測。

「也許是飛機的停機坪？」阿修說。

但是四周沒有半架飛機，也沒有飛行過的痕跡。

「也許那是齊柏林飛船的航站。」米勒說。

我想起自己曾在紀錄片中看過命運多舛的興登堡號飛船，印象中它曾停在類似雷達塔的地方，跟這個地方很像。我的內心升起一股寒意。如果這裡就是在海邊追逐我們的飛船基地，而我們竟這樣愚蠢地自投羅網，跑進偽人的巢穴裡？

「那裡也可能是時鳥的家啊！」奧莉芙說，「為什麼大家遇到事情，總是先往壞處想

呢？」

「我認為奧莉芙說得沒錯，這裡沒什麼好怕的。」阿修說。

這時，旋即有個聲音回答了他。遠處傳來一聲動物的嚎叫聲，方位似乎來自高塔底下的陰影中。

「那是什麼？」艾瑪問，「不會是另一隻嗜魂怪吧？」

「我不覺得是。」我說。這時，體內對嗜魂怪的感覺還在消退中。

「我不知道，也不想知道。」霍瑞斯說著，一面往後退。

我們也別無選擇，牠就是想來見我們。嚎叫聲再度出現，我的手臂上寒毛豎起，過了一會兒，從高塔最底下的兩階枕木間露出一張毛茸茸的臉。牠像隻得了狂犬病的狗般對著我們嚎叫，嘴裡露出又長又尖的牙齒，淌著口水。

「這到底是什麼鬼怪？」艾瑪喃喃道。

「來到這圈套裡真是個鬼主意！」伊諾說，「到目前為止，所有際遇簡直都太美妙了。」

那不知名的東西從枕木縫隙爬出來，走進太陽光底下，牠蹲屈著身子，歪頭斜眼地對著我們微笑。彷彿在想著我們的腦袋不知是什麼滋味。我實在難以分辨，牠究竟是人、還是動物。牠的外型像人，但走起路來像猩猩，彎腰駝背的模樣很像進化過程停留在幾百萬年前的史前人類。牠的眼珠和牙齒都是暗黃色，皮膚蒼白，上面布滿斑點，滿頭亂髮像顏色黯淡的鳥窩。

「誰來把牠殺死吧！」霍瑞斯說，「拜託，至少叫牠別看著我！」

布蘭溫把克萊兒放下來，準備就戰鬥位置。這時，艾瑪也摩拳擦掌想生出一團火，但她顯然是有些驚呆了，以至於只劈啪製造出一些煙塵。那人樣的東西縮緊身子、嚎叫一聲，之後就像奧林匹克短跑選手般繞著我們跑，一面在石子上開心跳躍，一面露出尖牙咧嘴笑著。牠看起來像是在跟我們玩，就像貓在展開殺戮前玩弄獵物般。

牠看似準備衝著我們跑過來，但是說時遲那時快，有個聲音對牠下了指令，「坐下！乖一點！」那東西順從照做，蹲坐下來，咧嘴傻笑著。

我們轉身看見一條狗穩定地小跑步過來。我越過牠身後瞧著，遍尋不著剛剛說話的人。那隻狗卻開口說：「別在意葛蘭特，牠本就沒什麼規矩，只是想用牠的方式向你們道謝。因為那隻嗜魂怪真是煩死人了。」

那隻狗像是在對我說話，我驚訝得說不出話來。牠不僅像人一樣說話，講起話來帶著一口優雅的英式口音，寬厚的下顎，嘴裡還叼著一根菸斗。臉上架著一副淺綠色圓眼鏡。「噢，希望你們不要覺得被冒犯了。」那隻狗誤解了我的沉默，繼續說，「葛蘭特是想表達善意，請你們一定要諒解。牠可以算是，被關在畜欄裡長大的。而我，我的背景是具有優良血統的獵犬家族，是在家族莊園中受教育成長的。」牠以狗身所能下腰的程度對我們鞠躬，連狗鼻都碰到地面上了。「在下愛迪森．麥克亨利，樂意為各位效勞。」

「以狗來說，這名字可還真響亮。」伊諾說著，顯然他一點也不稀罕見到會說話的動物。

愛迪森從眼鏡後方凝視著伊諾，說：「那麼，我可以問問，您的尊姓大名嗎？」

「伊諾．歐康納。」伊諾挺起胸膛，驕傲地回答。

「對一個髒兮兮的小胖子來說，這名字挺響亮的。」愛迪森說著，一面用後腿站立，幾乎與伊諾同高。「我是隻狗沒錯，但我是隻特別的狗。那麼，我何需屈就人類給我取的狗名？以前的主人叫我『小盒子』，我不屑這名字，對我無意是羞辱。所以，我咬了他的臉，然後用他的名字走天下。我認為，這名字恰可匹配我的聰明才智。不過，那都是鷦鷯女士發現我、帶我來這裡之前的事了。」

一聽到時鳥的名字，我們的眼睛發亮，大夥兒心中都燃起了希望。

「是鷦鷯女士帶你來這兒的？」奧莉芙說，「那巨人庫斯柏呢？」

「誰？」愛迪森問，然後搖搖頭。「喔，對了，那個故事。我恐怕得告訴妳，那只不過是個……故事。很久以前，某位作者受了底下那個人形巨石和鷦鷯女士的獨特獸園得到靈感啟發，所寫出來的故事。」

「我早就說了嘛！」伊諾喃喃道。

「鷦鷯女士在哪裡？我們有事要找她。」艾瑪說。

愛迪森抬頭看了高塔上的房屋一眼，說：「那裡就是她的居所。只是，她現在不在家。幾天前她啟程到倫敦，去協助她的時鳥姊妹。那裡發動了戰爭，你們應該知道吧……我猜，你們應該聽到消息了！這也許就是你們變成這副難民模樣的緣故吧？」

「我們的圈套受到突襲，」艾瑪說，「我們的隨身行李全掉進海裡了。」

「差點連我們自己都掉進去了。」米勒補充說。

一聽到米勒的聲音，那隻狗嚇了一跳。「一個隱形人！這真是難得一見。還有個美國人呢。」他邊說邊對我點點頭。「你們真是獨特的一群啊，就算以特異孩童來說，仍是夠特別了。」牠重新以四腳著地，轉身向著高塔。「來吧，容我將其他夥伴介紹給你們。他們一定會很榮幸見到你們。你們一路上餓壞了吧？可憐的孩子們。營養的糧食會及時奉上。」

「我們還需要醫療，」布蘭溫說著，蹲下來抱起克萊兒。「這小傢伙病得不輕。」

「我們會盡力幫助她，」那隻狗說，「這是我們欠你們的。因為你們幫我們解決了那隻小嗜魂怪的麻煩。那怪物真是個煩人的東西，我說了。」

「他剛剛說，營養的什麼……」奧莉芙問道。

「營養的、可以吃的一份又一份套餐。」狗回答說，「給你們國王般的享受。」

「可是我不喜歡狗食。」奧莉芙說。

愛迪森笑了，那音頻分明就是人的聲音。「我也不喜歡呢，小姐。」

第四章

愛迪森用四腳走路，高舉著牠上翹的短扁鼻頭，那隻叫做葛蘭特的人形動物蹦蹦跳跳地圍繞著我們，像隻瘋癲的狗。從小樹林後四散的低矮棚屋，我看到一些臉龐躲在裡頭窺探我們，大部分都是毛茸茸的臉，大小不一。當我們來到高原的中央，愛迪森用後腿站立，大聲宣布：「兄弟們，別怕，來見見這群特異孩童，就是他們擊退了那隻不受歡迎的怪物。」

慢慢地，一隻隻特異動物試探地走出來。隨著牠們的出現，愛迪森向我們一一介紹。首先出現的動物，是一隻小型長頸鹿的上半身，縫合在驢子的下半身上。牠用後腿站立，沒有手。「這位是蒂蕊，」愛迪森說，「牠是長頸鹿－鴯鶓，長得像長頸鹿和驢子的混合體，只是少了兩隻手，還有脾氣奇差無比。牠打撲克牌時，牌品很差。千萬不要和長頸鹿－鴯鶓玩撲克牌。」牠偷偷說著，「嗨，蒂蕊！來打聲招呼吧！」

「再見！」蒂蕊說，牠有張寬大的馬嘴，嘴唇往後露出暴牙。「今天天氣真差！很不幸地見到你們！」然後牠笑了，發出尖銳的嘶鳴，說，「我是逗你們玩的啦！」

「蒂蕊自認頗有幽默感。」愛迪森解釋說。

「你長得像驢子和長頸鹿，」奧莉芙問道，「那為什麼大家不說你是長頸鹿－驢子？」

蒂蕊皺眉，回答說：「那是什麼怪名稱？長頸鹿－鴯鶓念起來才順口，妳不覺得嗎？」

然後，牠伸出三呎長的肥厚粉紅色舌頭，用舌尖頂了下奧莉芙頭上戴的皇冠。奧莉芙尖叫一聲，躲到布蘭溫身後咯咯笑著。

「這裡所有的動物都會說話嗎？」我問道。

「沒有，只有蒂蕊和我會。」愛迪森說，「這也算是好事。那些母雞連一個字都不會說，就已經整天沒辦法閉上嘴了。」才剛講到這兒，一群咕咕叫的母雞正巧從一座燒焦熏黑的雞舍搖搖晃晃地走過來。「啊！女孩們過來了！」

「牠們的屋子怎麼了？」艾瑪問。

「每次幫忙修好了，牠們自己就又把屋頂給燒燬。」牠說，「還真煩人呢！」愛迪森轉過身對著另一個方向。「你們可以稍微往後退開些，因為牠們太興奮時……」

「砰！」地一聲，彷彿土製炸藥的轟然巨響，我們驚跳開來。那個雞舍本就所剩無幾的屋頂，又炸飛四散到空中。

「……牠們下的蛋會炸開。」愛迪森把話講完。

煙塵散去，我們看見那群母雞還在向我們走來，牠們毫髮無傷，對爆炸習以為常，羽毛像肥厚的雪片般從牠們四周飄下來。

伊諾瞠目結舌地問：「你是說，這些母雞會下炸藥般的蛋？」

「只有在興奮的時候啦！」愛迪森說，「牠們下的蛋大多都很安全，也很美味！但是，也因為偶爾會下那種炸彈雞蛋，所以牠們有個渾名叫做末日雞。」

「快離我們遠一點，」艾瑪叫道，「你們會把我們全都炸飛的。」

愛迪森笑出來，「我向妳保證，牠們很親人、不傷人的，而且只在自己的窩裡下蛋，不會到處下蛋。」那群母雞開心地在我們腳邊咯咯叫著。「看見沒？」那隻狗接著說，「牠們喜歡你們唷！」

「這簡直像瘋人院！」霍瑞斯說。

蒂蕊笑著說：「這哪有什麼不對，這裡是獸園啊。」

愛迪森又向我們介紹了幾隻動物，牠們的特異處比較沒那麼顯眼，有一隻停在樹梢上的貓頭鷹，看起來沉默警戒，還有幾根老鼠骨骼，一下顯現，一下又隱而不見，好像牠有一半的時間是在另一空間的感覺。那裡還有一隻山羊，有對彎曲的大羊角，眨著又黑又大的眼珠，牠是從前還在山底下生活的羊群中遺留下來的孤兒。

所有的動物都到齊了，愛迪森大叫：「為嗜魂怪殺手來三個歡呼！」蒂蕊粗厚的嗓音發出驢叫聲，山羊重踩地面，貓頭鷹嗚嗚叫，母雞咕咕叫，葛蘭特則是發出呼呼的贊同聲。在所有動物的歡呼聲中，布蘭溫與艾瑪暗中交換眼神，布蘭溫向著自己外套底下裴利隼女士躲藏處使眼色，然後抬頭問艾瑪：「現在嗎？」

「還不是時候。」艾瑪搖頭回答。

布蘭溫把克萊兒放在大樹樹蔭下的草地上。克萊兒發著燒，顫抖著，時睡時醒，意識不清。

「我看過鷦鶵女士調製一種萬能藥水，可以用來退燒。」愛迪森說，「難喝得要命，但是很有效。」

「這種時候，我媽都是燉雞湯給我喝。」我提供意見。

母雞群嚇壞了，驚聲尖叫。愛迪森嚴厲地瞪了我一眼，「他是在開玩笑！」他說，「只是無聊的玩笑話啦！哈哈！世上沒有什麼雞湯那種東西。」

愛迪森和長頸鹿－鴯鶓去準備藥水，也帶著葛蘭特，因為他的靈巧雙手可以派上用場。不一會兒，他們端著一碗看似洗碗水的東西回來。克萊兒將藥水喝得一滴不剩，隨即沉沉睡去。動物們開始為我們擺設簡單的餐宴，許多新鮮麵包，燉蘋果和白煮蛋，是不會爆炸的那種。所有美食都直接放到我們手上，因為牠們不用任何盤子之類的器皿。我在五分鐘之內，狼吞虎嚥三顆白煮蛋和一大片麵包，這才驚覺自己飢餓的程度。

我打了個飽嗝，擦擦嘴巴，往上看到周圍的動物也急切地看著我，牠們的眼神如此聰慧，讓我一時語塞，有種彷佛置身夢境的感覺。

米勒坐在一旁，我轉身問他：「你以前聽過特異動物嗎？」

「只有在特異孩童故事集中讀過。」他邊說，嘴裡還塞著一大片麵包。「真的好奇怪，就是那個故事把我們帶到牠們這裡來的啊！」

唯一不覺奇怪的人是奧莉芙，也許是因為年紀小，或者是心智年紀小。總之，對她而言，故事與真實人生並無太大的區別。「其他的動物在哪裡？」她問愛迪森，「在庫斯柏的故事裡，有一隻腿長得像竹竿的熊，還有雙頭山貓。」

突然間，動物們歡樂的情緒消失，頓時黯然神傷。葛蘭特將臉埋進他寬大的手掌裡。蒂蕊發出哀嘆的嘶鳴，「別問！別問！」牠一面說、一面垂下大大的頭。但是，已經太晚了。

「這些孩子幫助了我們，」愛迪森說，「只要他們開口，他們有權聽我們的悲傷故事。」

「若你不介意的話，我們會想聽。」艾瑪說。

「我愛聽悲傷的故事。」伊諾說，「尤其結局是公主被恐龍吃掉，最後大家都死了的那種故事我最愛。」

愛迪森清了清喉嚨，說：「以我們來說，比較多恐龍被公主吃掉的情況。數不清的幾百年前，有很多像我們這樣的動物活了不知多少年。」那隻狗來回踱步，言詞間頗有牧師講道般的威嚴。「很久以前，地球上充滿特異動物。在阿爾丁時代，特異動物的數量比特異人類還多。各式各樣，種類形狀大小不一而足。像鳥一樣會飛的鯨魚，像房子一樣大的蟲，比我還聰明幾倍的狗。你恐怕是會難以置信。某些動物有自己的王國，統御一切。」牠的狗眼中閃現一絲令人難以察覺的光芒，彷彿牠親身經歷過那個年代，然後，牠深深嘆了一口氣。眼中的光芒消逝，繼續說，「如今，我們的數量大不如前。幾乎到了瀕臨滅種的邊緣。你們知道，當年那些曾經叱吒風雲的特異動物，最後的結局是如何嗎？」

我們只能安安靜靜小聲地吃著，後悔剛剛的吃相不夠端莊。

「很好，來吧！我帶你們去看看。」他說著，旋即走進陽光底下，還回頭等著我們跟上。

「愛迪森，拜託，」長頸鹿－鴯鶓說，「別急著現在看嘛！我們的客人還沒吃完呢。」

「他們既然開口問了，我就要回答啊！」愛迪森說，「過幾分鐘再回來吃也不遲！」

這時，我們只好不情願地放下食物，跟著那隻狗。費歐娜留下來照顧還在睡夢中的克萊兒，長頸鹿－鴯鶓和葛蘭特大步跳著跟在後頭。我們穿過高原，來到邊境的小片樹林

TO
DEAR LITTLE
JOSIE
IN LOVING GRATITUDE FOR
HIS SWEET AFFECTION
JOCK
A TRUE AND
FAITHFUL FRIEND
NEVER FORGOTTEN
GYP
BOB
BROWNIE
TRIX
LULU
SCOTTIE
SNAP
POMPEY

邊。樹林裡有一條碎石小路，我們踩在路上發出嘎吱聲響，前方有片空地。在我們抵達前，愛迪森說：「請容我介紹，史上所曾存在過最棒的特異動物！」愈往前走，樹林往兩側退開，露出一塊小墓園，裡面是一排排乾乾淨淨的白色墓碑。

「噢，不！」我聽到布蘭溫說。

「這裡埋著的特異動物總數，應該超過現在歐洲倖存的特異動物總數。」愛迪森邊說邊走到某個墓碑前，把前足倚在上面。「這一位是邦皮，牠是一隻好狗，牠會以舌舔傷，擁有治癒病患的神奇能力。神奇之至！然而，你們絕對無法想像，這就是牠的下場。」愛迪森嘖嘖出聲，葛蘭特急忙捧來一本書，交到我手上。那是一本相簿，一隻被套上馬具的狗，像隻馬或驢一樣在拉車。「牠被人奴役，用來在遊樂場載客，」愛迪森說，「被迫拉那些被寵壞的胖小孩，被當作馱重物的畜生對待，有時還會被甩鞭子。」牠眼中燃燒著憤恨的怒火，「被鵪鶉女士救出來之前，牠悲觀絕望至極。來到這裡，只生活了幾個禮拜，就被埋在此處。」

我讓大家傳閱那本相簿。每個人看著照片嘆息或搖頭，難過地喃喃自語。

愛迪森又走向另一座墓碑，「這裡躺著偉大的卡布．瑪格達，」牠說，「牠是一隻角馬，有十八支又尖又長的角，曾在外蒙古一帶掌管那裡的圈套。牠長得可嚇人了，跑起來整個大地都在震動。有人說，牠在西元前二一八年，曾跟著漢尼拔軍團翻越阿爾卑斯山脈。但是，幾年前，有獵人殺了牠。」

葛蘭特指出一張照片，上面有個看似剛從非洲大草原旅遊返鄉的老婦人，坐在一張用

角做成的造型怪異椅子上。

「我不懂，」艾瑪說盯著照片問道，「卡布．瑪格達在哪裡？」

「被人坐在上面，」愛迪森說，「獵人把牠的角做成一張造型椅。」

艾瑪差點把相簿摔開，「那太噁心了！」

「牠被做成椅子，」伊諾拍拍那張照片說，「那這裡埋著的是……」

「就是那張椅子。」愛迪森說，「真是白白浪費了這麼獨特的一條寶貴生命。」

「這座墓園充滿這樣類似瑪格達的故事。」愛迪森說，「鷓鴣女士成立這座獸園，希望成為動物的避難所，最後卻看著它慢慢變成了墓園。」

「就像我們的圈套，」伊諾說，「就像整個獨特孩童的王國。本身就是個失敗的實驗。」

「鷓鴣女士常說：『這地方正在衰敗，步向死亡，我只不過是這地方墓園的監工罷了。』」愛迪森吊著嗓子學她說話的模樣。

愛迪森講起她，眼光變得柔和，但是，很快又轉回生硬的眼神。「她從前也是很愛演啦！」

「請不要用追悼過去的方式講我們的時鳥。」蒂蕊說。

「她是，」牠趕緊改口，「是很愛演，有點情緒化啦。」

「惡人追殺你們，」艾瑪說，她的音調感性溫和，「把你們做成標本或送進動物園。」

「就像庫斯柏故事裡的獵人那樣。」奧莉芙說。

「沒錯，」愛迪森說，「有的傳奇故事把事實呈現得非常貼切。」

「但是，這裡沒有庫斯柏，也沒有巨人，只有一隻鳥。」奧莉芙開始了解情況了。

「沒錯，而且是一隻很特別的鳥。」蒂蕊說。

「你們很擔心她。」我說。

「當然擔心。」愛迪森說，「就我所知，鷦鷯女士是至今唯一一隻還沒被綁架的時鳥。她一聽到姊妹們有難，立刻動身前往倫敦。她一心一意只想著幫助他人，完全不顧慮自己的安危。」

「也沒想到我們的安危。」蒂蕊喃喃道。

「倫敦？」艾瑪說，「你確定被綁架的時鳥是被帶到那裡去嗎？」

「百分之百肯定。」那隻狗回答，「鷦鷯女士在城裡有眼線，有一群鴿子在城裡監視，並且按時回報。最近有幾隻回報時，都是冒著極大的危險。消息來源都確定同一件事，就是所有的時鳥都被抓走了，關在懲戒圈套中。」

所有的孩子都驚嘆一聲，只有我不懂那隻狗在說什麼。「什麼是懲戒圈套？」我問。

「那是建造來關被逮到的偽人，專門關那些喪心病狂的危險罪犯，當作牢籠之用。」米勒解釋道。「那與我們的圈套可大不相同，是很骯髒污穢的地方。」

「如今，那裡轉而由偽人掌控，無庸置疑，嗜魂怪已變成那裡的守衛。」愛迪森說。

「天哪！」霍瑞斯大聲叫道，「簡直比我們想得還要糟啊！」

「別開玩笑了，」伊諾說，「這正是我最害怕發生的事。」

「不管偽人最終有什麼邪惡目的，」愛迪森說，「顯然，他們需要所有的時鳥來一起完成。如今，只剩下鷦鷯女士倖存……為朋友赴湯蹈火勇敢的鷦鷯女士……誰知道她還能撐多久？」然後，牠低下頭，耳朵往後收捲，像隻聽到雷聲的狗般嗚咽。

我們走回樹蔭底下，繼續剛才尚沒吃完的餐點。直到我們再也吃不下任何一口了，布蘭溫對著愛迪森說：「狗先生，你知道嗎？其實，事情還不到完全絕望的地步。」然後，她看了艾瑪一眼，使了眼色，艾瑪這次點點頭。

「是這樣嗎？」愛迪森回答。

「是的。事實上，我這裡有樣東西可能會讓你振奮一點。」

「我很懷疑，」狗喃喃說，但牠還是從前腳上抬起頭來張望。

布蘭溫打開外套，然後說：「容我為你介紹，目前倖存的第二隻時鳥，阿爾瑪．拉菲．裴利隼女士。」一隻鳥在陽光下探出頭來，眨了眨眼睛。

這次換這些動物感到驚訝。蒂蕊驚呼一聲，葛蘭特又叫又跳地拍著手，母雞群拍著無用的翅膀。

「可是，我們聽說你們的圈套被攻下，」愛迪森說，「時鳥也被綁架了！」

「牠是被綁架了，」艾瑪自豪地說，「但是，我們又把牠搶回來了！」

「真是這樣，」愛迪森一面對著裴利隼女士敬禮、一面說，「夫人，那我真是榮幸之至。請容在下為您服務。您需要一個地方變身嗎？我很樂意指引您到鷦鶲女士個人專用的房間。」

「牠不能變身。」布蘭溫說。

「怎麼回事？」愛迪森說，「是害羞的緣故嗎？」

「不是，」布蘭溫說，「牠被困住了。」

菸斗從愛迪森的嘴上掉落，「噢，不會吧！」牠說，「你們確定嗎？」

「牠變成這樣已經兩天了，」艾瑪說，「我想，如果牠可以變回人形，應該老早就變了。」

愛迪森摘下眼鏡，牠睜大雙眼，注視著鳥，眼神充滿憂慮。「我可以檢查一下嗎？」牠問。

「牠就是我們的杜立德醫生，」長頸鹿－鴯鶓說，「我們生病時，都是愛迪森治療的。」

布蘭溫從外套底下取出裴利隼女士，將牠放在地上。「小心牠受傷的翅膀。」她說。

「當然。」愛迪森說。然後，牠開始緩步圍著那隻鳥繞圈走，從不同角度觀察，接著用溼潤的鼻頭嗅聞鳥的頭和翅膀。牠終於開口說，「告訴我發生了什麼事，從頭到尾，時間，過程，一切細節都交代清楚。」

艾瑪開始回溯所有過程，裴利隼女士如何被高倫醫師綁架、如何差點在海上被淹死在鳥籠裡，而我們又是如何從偽人主掌的潛水艇救回了牠。所有動物聽得全神貫注。等我們講完，那隻狗整理了下思緒，然後道出牠的診斷結果。「我確定，她被下毒了。她被控制住了，才會困在鳥形中，無法變回人形。」

「真的嗎？」艾瑪問，「你怎麼知道？」

「要將人形的時鳥綁架和運送的過程都比較危險，而且時鳥可能會乘機操控暫停時間，讓他們的奸計無法得逞。身為鳥形時，她們的能力比較受限。如此一來，你們的院長就被壓縮了，既方便攜帶隱藏，也比較沒有殺傷力。」牠望著院長說，「那個把妳抓走的偽人對妳噴了什麼東西嗎？」牠問道，「液體或氣體的東西？」

裴利隼女士在空中快速擺動牠的頭，看似在點頭。

布蘭溫驚呼一聲。「噢，院長，真是對不起。我們居然一點都不知情。」

我自覺有股罪惡感襲來。就是我引狼入室，才讓偽人跟進石洲島圈套中的。我應該為發生在裴利隼女士身上的慘事負責。是我害了這群特異孩童失去家園，至少我必須負起一部分的責任。這股羞恥感像顆石頭梗在我的喉嚨裡。

我說：「她會好起來的，對吧？她會變回來的吧？」

「她的翅膀可以復原，但若得不到協助，她是回復不了人形的。」

「她需要什麼樣的協助？」艾瑪問，「你可以做到嗎？」

「只有另一隻時鳥可以協助她。但她剩下的時間不多了。」

我全身緊繃，這是新的狀況。

「你是什麼意思？」艾瑪說。

「我不喜歡傳達壞消息，」愛迪森說，「只是對一隻時鳥來說，維持這個狀態，兩天已經有點久。她被困在鳥形中愈久，屬於人的部分就會流失得更多。她的記憶、詞彙，所有屬於她的部分都會消失，最後，她再也不是一隻時鳥，而只會是一隻鳥兒，永遠無法挽回。」

我腦中浮現裴利隼女士被綁在急診室手術檯上，旁邊圍著一群醫生，她屏住呼吸，每過一秒鐘，她的頭腦就被注入更多新的和難以挽救的傷害。

「多久？」米勒問，「她還剩多少時間？」

愛迪森歪著頭，搖搖頭。「如果她夠強壯，還剩兩天。」

我們喃喃自語，喘息著。全體臉色發白。

「你確定嗎？」艾瑪問，「你是百分百確定？」

「我之前看過類似的事情發生。」愛迪森走向一隻棲息在附近樹梢上的小貓頭鷹。「奧莉維亞曾是一隻小時鳥，在受訓時受到了意外傷害。牠在意外發生的五天後才被帶來這裡。鶴鶉女士和我竭盡所能地想救牠，設法想將牠變回人形，卻已經太遲了。這是十年前的事，牠自此就成了這個樣子。」

那隻貓頭鷹無聲地盯著大家看。牠只是隻動物，裡面已沒有任何人的成分。從牠的眼神可以看出，牠腦中只是一片空白。

艾瑪愣住，看起來像是想說些什麼。我想她應該會說些鼓舞士氣的話，要大家趕快行動之類的演說。但她彷彿沒能把話說出口，就被一股嗚咽哽住了，蹣跚地從我們身邊跑開。

我在後面叫著她，但是她並沒有停下腳步。看著她離開，所有人因壞消息感到震驚，也對艾瑪難得顯露出脆弱的一面感到吃驚。她在大夥兒面前一直表現得那麼堅強，讓我們都習慣了，而忘了她並非刀槍不入。她是個特異孩童，卻也是個普通人。

「你最好趕快追上她，雅各先生。」布蘭溫對我說，「時間所剩不多，我們不能在這裡耽擱太久。」

我追上艾瑪，她正站在高原邊境，望著底下的鄉野景色。山下的綠色山坡底通往遠處一片平疇綠野。她聽到我走近，卻沒有回過頭來。

我慢慢靠近她，想著如何安慰她。「我知道妳害怕，再說……三天，真的是太短了……但是……」

「兩天，」她說，「可能只剩兩天。」她的唇在顫抖，「這還不是最糟的。」

我停下腳步，「怎麼說，還有什麼更糟的事？」

她努力地想忍住眼淚，卻仍禁不住的哭出聲來。她蹲在地上痛哭，像一陣暴風雨來襲。我蹲下來用手臂環住她、抱著她。「真的很對不起，」她以嘶啞的嗓音連續道歉，「你不該留下來的，我早該讓你走。但是，我太自私了……根本就是不可原諒的自私！」

「別這麼說，」我說，「我在這裡，我就在這裡，我不會去其他的地方。」

這反倒讓她哭得更厲害。我將嘴唇壓在她的額頭上，親吻她，直到那陣風暴過去。哭聲漸漸轉弱為啜泣。「跟我說說話吧，告訴我哪裡出問題了。」我說。

過了一分鐘，她坐起來拭淚，想辦法平復情緒。「我曾希望自己可以永遠不必講到這個，我以為絕對不會有問題。在你決定跟著我們一起走的當晚，我曾跟你說過，也許你會永遠回不了家了，你還記得嗎？」

「我當然記得。」

「我現在才感受到這句話的真實性。雅各，我親愛的朋友，我怕我就這樣害了你，讓你被困在一個垂死的世界裡，壽命縮減。」她顫抖著，吸了一口氣，繼續說，「你是通過裴利隼女士的圈套來到我們的世界，這代表只有裴利隼女士或她的圈套才能將你送回去。現在，她的圈套就算還沒消失，也快了。你回家的路，只剩裴利隼女士是你唯一的希望。假如她永遠不能變回人形……」

我喉嚨發乾、吞嚥困難。「那麼，我就會永遠困在過去的時光中了。」

「沒錯！想要回到你原本熟悉的世界，只剩下等待，日復一日、年復一年的漫長等待。」

七十年。等到那時候，我的父母、所有認識或關心的人，都已經死去。而對他們來說，我早已離世。當然，假設我們無論如何曲折離奇地存活下來，我可以在爸媽已出生的某些年代設法找到他們，但那又有什麼意義？他們只是兩個孩子，對我來說也只是陌生人。

我不知在自己世界的爸媽，何時會放棄尋找我。他們要如何面對我的失蹤？我究竟是蹺家？發瘋？還是從海邊的斷崖上跳海自殺了？

他們會為我舉辦喪禮嗎？為我準備一副棺木？為我立墓碑？

我會成為他們一生無法解開的謎、永遠無法療癒的痛。

「我對不起你。」艾瑪又說，「如果早知道裴利隼女士的情況這麼糟，我可以向你發誓，絕不會要求你留下來。我們存在的世界對我們來說，不算什麼。但在那裡生活太久，也會逼瘋人的。但是，你，你在自己的世界還有個家啊！一個完整的人生……」

「不！」我以手捶地，拋卻開始在腦中成形的自憐心態，大吼著說，「那都過去了！是我選擇了**這裡**！」

艾瑪把手搭在我的手上，溫和地說：「如果這裡的動物們說的是真的，所有的時鳥都被綁架，很快地，連**這裡**也會不存在。」她抓起一些沙子，撒向風中。「沒有時鳥維護圈套，我們的圈套會瓦解。偽人會利用時鳥，重新進行那瘋狂實驗，讓世界回到一九〇八年，一切重頭來過。結局可能是實驗失敗，一切生物皆滅亡；也可能成功，偽人變成不死之身，我們將會被那些怪物所主宰。無論是哪一種結局，我們可能會比特異動物更快瀕臨絕種。現在，我讓你陷入這種無望的混亂之中，這一切到底是為了什麼？」

「會發生的事情都是其來有自。」我說。

我連自己都不敢相信，這話是從我的口中道出。但是，當此話一出口，我也深覺它的真實性。這句話在我腦中如鐘聲回響。

我在這裡是有原因的。這裡有什麼事是我該去做，而不僅只是在這裡就夠了。並不是應該逃跑或躲開，或者僅因為情況可怕或困難就輕言放棄。

「我還以為你不相信命運。」艾瑪說，懷疑地看著我。

我並不信命運，不算是，但我也很難形容自己究竟相信什麼。我回想爺爺過去常對我說的故事。那些故事除了充滿驚奇冒險外，有著更深層的東西在裡面，一種永恆的感恩。當我還小時，注意的是故事中的神奇小島、有神奇能力的特異孩童。然而，他的故事其實主要是在講裴利隼女士。提及她如何在他最需要時，給了他幫助。當我爺爺抵達威爾斯，初來乍到的他，是個連話都不會講的孩子，同時被兩種怪物追著跑。一種怪物最終會殺光他的親族，另一種怪物則像是從噩夢中走出來的，像卡通中怪獸般的龐然大物，只有他看得見。在那樣的情況下，裴利隼女士藏匿他，給他一個家，幫助他發掘自己。她救了他一命，後來才會有我的父親，再往後延伸，我也因此才能夠存在。我的父母生養我、愛我，我欠他們生養撫育之恩。然而，更深一層來說，若非當年裴利隼女士對爺爺發揮了無私的大愛，我根本不可能出世。我開始相信，自己會被送到這裡來，就是為了還她這份恩情。為我自己、父親，還有爺爺。

我盡可能地解釋。「這並非命運二字可以簡單解釋的。」我說，「但是，我確實相信，這世上自有一種平衡機制，有時那些我們所不了解的力量會介入，調整事物。裴利隼女士救了爺爺一命，如今輪到我來救她。」

艾瑪瞇起眼睛，緩緩點頭。我不確定她當真贊同我的說法，或者只是想委婉地告訴我，其實我瘋了。

接著，她抱了我一下。不須我多做解釋，她已經了解。其實，她也欠裴利隼女士一條命。

「我們只剩下三天。」我說，「我們要去倫敦，解救一隻時鳥，把裴利隼女士治好。這並非完全沒可能。我們會救她，艾瑪，就算要我們拚命也要試。」這些話是如此堅決與勇敢，根本就不像我會講的話。

艾瑪出乎我意料地笑了，好像聽到什麼好笑的事一樣，她把頭轉開了一會兒。當她回過頭來時，她不再發笑，眼中卻充滿光芒。她又回復自信模樣。「有時候，我真的不知道，你究竟是個瘋癲的傻子，還是某種奇蹟！」她說，「不過，我漸漸開始相信你是後者。」

她用手臂環著我，我們彼此擁抱了一會兒。她把頭靠在我肩上，呼氣暖乎乎，令我的頸項熱了起來，頓時，我只想著跨越兩人間的所有距離，與她合而為一。然而，她把我推開，在我額頭上親了一下，就開始往回走向大家所在的地方。我意亂情迷地跟在她身後，感受到一種新的發展，體內似乎有個齒輪在快速轉動，令我發昏。她離我愈遠，那齒輪就轉得愈快。我與她之間彷彿有條看不見的線牽動著，她若走得太遠，那線會扯斷，而我也活不了。

我不知道，這種奇妙的、甜蜜的痛楚是否就是愛情。

其他人群坐在大樹蔭下，孩子們和動物們都在。艾瑪和我大步走向他們。我有股衝動，差點就在眾人面前挽住她的手，但我忍住了。當伊諾回過頭來，我隨即發現，他從前單單對我個人的敵意，現已升高為衝著我和艾瑪兩人而來。對他來說，我們變得像是自成一國，獨立於全體之外，擁有自己的祕密與承諾的小圈圈。

我們一走近，布蘭溫立刻起身。「艾瑪小姐，妳還好嗎？」

「很好，很好。」艾瑪飛快地說著，「只是有東西進了眼睛，沒什麼。現在，大家盡快收拾東西。我們得即刻往倫敦出發。必須趕緊想辦法幫助裴利隼女士復原才好！」

「真令感動，你也同意啊！」伊諾翻著白眼說，「大概十分鐘前，我們早就下了同樣的結論，就是你們倆還在那兒卿卿我我的時候。」

艾瑪臉紅了，但她知道伊諾是在刻意挑釁，她不會上當。眼前的任務比無謂的衝突來得重要，我們必然得面對許多未知的艱難危險。「我想，你們都知道，」艾瑪說，「無論從什麼角度來看，這個計畫都困難重重，成功的機率並不高。」她把所有難處攤開來講。我們離倫敦很遠。不能以我的世界來看，那時可沒有衛星導航、沒有特快車只花幾個鐘頭就將人送到另一個城鎮。在一九四〇年代，倫敦飽受戰爭浩劫，當時的倫敦根本是另一個世界。鐵路可能被難民潮堵塞、被炸彈炸斷或被軍團監控，任何一種狀況都會拖上裴利隼女士的寶貴時間。更糟的是，幾乎所有的時鳥都被綁架了，如今敵人想追殺我們，比從前更甚。

「旅途的事不是你們最該擔憂的，」愛迪森說，「那根本不值得掛心。可能之前我與你們討論時，講得不夠清楚。你們應該是不夠了解時鳥的禁錮狀況。」牠一字一句地強調著，彷彿我們有重聽似的。「你們讀過特異孩童歷史，沒有人聽過懲戒圈套嗎？」

「我們當然聽過。」艾瑪回答。

「那麼，你們應該知道，想攻破那個地方，等於是自殺式的攻擊。那地方布滿死亡陷阱，每個都是倫敦史上最為血腥的一頁，一六六六年的大火、八四二年維京人洗劫倫敦，還有可怕的瘟疫！沒人製作這些地方的臨時地圖是有原因的。除非你們之中，有人了解特異世界的祕密地點等專門知識……」

「我是專門研究陰險恐怖的圈套的學生，」米勒開口，「我維持這項嗜好很多年了。」

「太棒了！」愛迪森說，「那麼，我猜你已經找到方法，可以躲開那些看守懲戒圈套入口的嗜魂怪嘍？」

突然間，每個人的眼光都落在我身上。我困難地嚥下口水，高抬下巴，說：「嗯！事實上，我們可以。」

「最好是啦！」伊諾咕噥道。

布蘭溫接著說：「雅各，我相信你。我認識你不久，但我覺得了解你的心。你很堅定、真誠，有顆特別的心，你值得我信賴。」她倚著我，用一隻手摟了我的肩膀，我覺得喉嚨緊縮。

「謝謝你！」我說，在她的滿腔熱血下，感覺自己笨拙又渺小。

那隻狗嘴裡發出嘖嘖聲，「瘋了。你們幾個孩子連一點自衛能力的本能都沒有。真是令人不敢相信，你們到底是怎麼活到現在的。」

艾瑪走到愛迪森面前，想讓牠住嘴。「是啊，很棒不是嗎？」她說，「謝謝你和我們分享你的想法。現在，把劫數預言放在一邊吧！我要問問你們，有人反對我們的計畫嗎？我不希望有人是因為受到壓力才被迫參加。」

霍瑞斯困窘地慢慢舉起手來。「如果倫敦到處都是偽人，那我們豈不是去自投羅網嗎？這會是個好主意嗎？」

「這是聰明的主意，」伊諾焦躁地回答，「偽人相信我們這些特異孩童都很軟弱聽話。他們絕對想像不到，我們竟然膽敢追著往他們的地方去。」

「那如果我們失敗了呢？」霍瑞斯說，「如此一來，我們等於親手將裴利隼女士送到敵人的巢穴裡。」

「我們還不知道，」阿修說，「倫敦是否已經成了偽人的巢穴。」

伊諾輕蔑地說：「別粉飾太平了。如果偽人已攻入禁錮圈套，甚至還用那個地方來關押我們的時鳥。那麼，你就可以想像，整座城都被搜遍，到處都有敵人蹤影，記住我這句話！如果不是這樣，敵人不會千里迢迢跑到小小的石洲島。這是初級的軍事戰略，你在戰事中不會先瞄準敵人的粉嫩腳趾頭，而是直接刺穿他的心臟！」

「拜託一下，」霍瑞斯哀嘆道，「大家講太多什麼襲擊圈套、刺穿心臟的事了。你們會嚇到小孩子的！」

「我不怕！」奧莉芙說。

霍瑞斯縮回去坐著，有人喃喃說：「懦夫。」

「他不是懦弱，」艾瑪挺身反駁，「會害怕並沒有錯。這表示你在認真考慮做這件事。因為，沒錯，這麼做會很危險，難度又非常高。我們根本還不知道能否順利抵達倫敦，沒有人能保證我們找得到時鳥，更不一定能救出一隻。我們很有可能會被抓進偽人的牢籠關一輩子，或被嗜魂怪吞進肚裡消化掉。每個人都聽懂了嗎？」

大家嚴肅點頭表示理解。

「伊諾，我的說法有任何粉飾太平的成分嗎？」

伊諾搖搖頭。

「假如我們試了，」艾瑪繼續說，「毋庸置疑，我們有可能失去裘利隼女士。但是，假如我們不嘗試，就在這裡裹足不前，我們一定會失去她。而偽人最後也很可能會抓到我們。現在，任何人若不想參加，可以留下來。」大家都知道她指的是霍瑞斯。後者正盯著地上的一點。「可以留在這個比較安全的地方，等到一切都解決了，我們會回頭來找人。沒什麼好可恥的。」

「我的心嚮往之，」霍瑞斯說，「我一旦說出口，就不會反悔。」

就連克萊兒都拒絕留下來。「我只是活了八十年快樂的無聊日子。」她說，正用一隻手肘撐在原本睡著的樹蔭下。「在你們一群人冒險時，獨自一人留在這兒？門兒都沒有！」但是，當她準備起身，卻發覺自己站不穩。她只好邊咳邊躺回原處，頭暈目眩地。那洗碗水般的藥水雖然讓她退了燒，但是她絕對無法上路前往倫敦。她不可能在今天或明天就痊癒，更不用說裘利隼女士的時間只剩兩天。復原期間，一定得有人留下來照顧她。

艾瑪徵求自願留守者。奧莉芙舉起手來，卻被布蘭溫斷然拒絕。她年紀還太小。布蘭溫想舉手，卻猶豫不決。她說自己快崩潰，因為一面想要照顧克萊兒，另一面又被保護裴利隼女士的責任心給困住。

伊諾用肘推推霍瑞斯，「你怎麼了？」伊諾逗弄他說，「這可是你留下來的大好機會！」

「我想要去冒險！我全心全意想去。」霍瑞斯說，「但是我也想過自己的一百零五歲生日。如果可以的話，可不可以答應我，我們不會妄想拯救全世界？」

「我們只是要救裴利隼女士，」艾瑪說，「但我可不能保證任何人的生日。」

霍瑞斯對這答案看似滿意，他的手平放身旁，沒有再舉起來。

「還有人嗎？」艾瑪環顧四周問。

「沒關係，我可以自己照顧自己。」克萊兒說。

「絕對不可以！」艾瑪說，「我們特異孩童是團結的。」

費歐娜的手慢慢舉起。她一直都很安靜，我差點忘了她就坐在一旁。

「費！妳不可以！」阿修一臉受傷地說，彷彿費歐娜決定留下來，就等於是拒絕他一樣。她睜著大又悲傷的眼睛望著他，手仍舉在空中。

「謝謝你，費歐娜。」艾瑪說，「加上一點運氣，我們過幾天就能再見到你們倆！」

「願鳥兒保祐大家！」布蘭溫說。

「願鳥兒保祐大家！」大家異口同聲地跟著說。

下午的時光飛逝，轉眼近黃昏。再過一個鐘頭，動物的圈套就要天黑了。等到天一黑，下山的路會更加危險。正當我們收拾行囊、準備動身之際，動物們好心地為我們添上新鮮的乾糧，還有以特異綿羊的羊毛織成的毛衣。蒂蕊說這毛衣有特殊的功能，但是牠想不起來究竟是什麼。「我想是防火，不然就是可以防水啦，對！應該是不會沉入水中，可以當蓬蓬的救生衣。不然，就是……噢！不知道啦，反正穿著也很保暖就是了！」

我們謝過牠，把毛衣摺好放進布蘭溫的大行李箱。葛蘭特拖著一綑紙包著的東西走過來。「這是母雞們送的禮物，」蒂蕊解釋，牠眨著眼看葛蘭特把那東西放在我手上。「可別弄掉了！」

任何比我聰明的人，應該對於旅途中帶著炸彈會加以三思。但因我們一直缺少可以防身的武器，加上狗和長頸鹿－鷓鴣再三保證，只要我們小心拿，這些蛋不會自己爆開。於是，我們小心翼翼地把蛋收進布蘭溫的行李箱。現在，至少下次遇見帶槍的人，不用怕沒有武器對付。

我們幾乎準備好上路了，只剩一件事，等出了動物的圈套，我們會跟來時一樣地不知東南西北，亟需方向指引。

「我可以指引你們走出叢林的路，」愛迪森說，「等會兒我們在鷓鷯女士的高塔上碰面。」

高塔上的空間只夠兩個人，因此由艾瑪和我上去，我們爬著像是由枕木搭成的高大階梯。葛蘭特一手抱著愛迪森，以比我們快上一倍的速度，像猴子般往上爬。

上面的景色十分宜人，往東是布滿叢林的山坡，通往一片廣闊貧瘠的原野。往西可以望見海洋，一艘古老的船張著巨大複雜的風帆正往海岸邊滑行。我沒問過動物們所處的年代，是一四九二年，還是一七五〇年？我想，對這些對物來說，那一點都不重要。這是一個遠離人群、遺世孤立的安全之地，年份只對人類具有意義。

「你們要往北走，」愛迪森一面說、一面以菸斗指著一條隱約可見的路，沿著底下的樹蜿蜒著，像一條鉛筆畫出來的朦朧的線。「這條路通往一個小鎮，在你們的時間裡，那個小鎮有個火車站。你們通過的圈套旅行年代是何時，一九四〇年嗎？」

「沒錯！」艾瑪回答。

雖然我不是很了解他們究竟在說什麼，但我從來不怕問蠢問題。「為什麼我們不直接走到這個年代的小鎮就行了？」我問，「為什麼不能靠這個年代的方式抵達倫敦？」

「這裡唯一的方式是馬車，」愛迪森說，「要花上好幾天的時間，而且，我有過經驗，長途馬車一路顛簸，很不舒服的。我想，你們也沒時間可以浪費。」牠轉身以鼻子推開高塔上小屋的門。「請進！最後，我還想讓你們看一樣東西。」

我們跟著牠走進小屋。小屋簡陋狹窄，和裴利隼女士女王般的擺設比起來，簡直有如天壤之別。這裡的家具，只有一張小床、一個衣櫥和一張桌面可掀的書桌。正對著窗邊，有一部望遠鏡架在三角架上。那是鵜鶘女士用來監督敵人、查看牠的間諜信鴿來來去去的

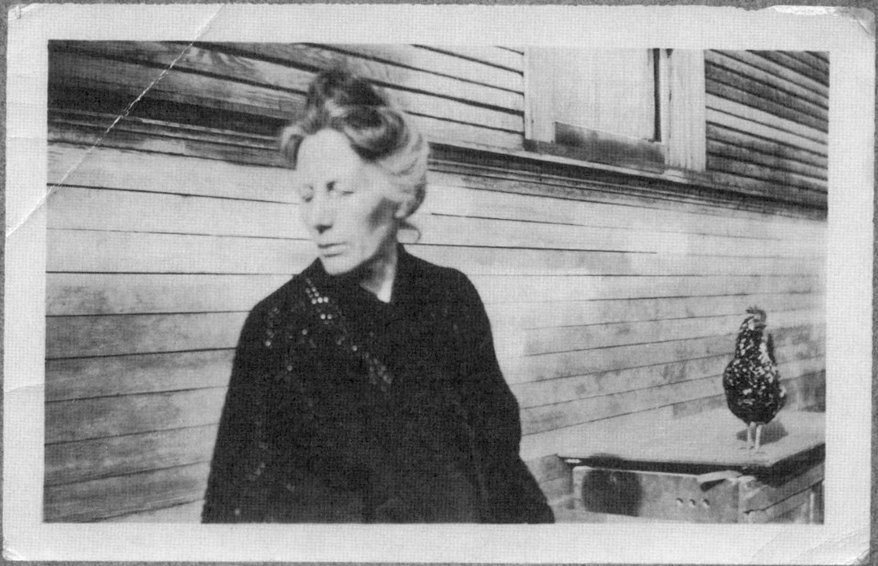

地方。

愛迪森走向牠的書桌。「如果你們仍找不到路，」牠說，「這裡有這座森林的地圖。」

艾瑪掀開書桌臺面，找到了一只泛黃的書卷，就是那地圖。底下是一張皺巴巴的快照。照片中是一位女士，穿著有小亮片裝飾的黑色披風，灰色斑白的頭髮挽成漂亮的髮髻。她就站在一隻母雞旁邊。乍看之下，會以為這張照片是不小心拍到主角正閉眼看著另一方向。但是，她卻和一旁的母雞恰巧成為對稱，她的衣著與母雞黑白相間的羽毛相稱，她與母雞都正好看著相反的方向，彷彿在暗示她們之間某種特殊的聯結。她們像是不言而喻，彼此心靈相通。

這位，顯然就是鷦鷯女士了。

愛迪森看見照片，震動了一下。看得出牠很擔心她，卻不想表現得太明顯。「請別把我的話當作我在鼓勵你們做這自殺式的計畫，」牠說，「但是，假如你們真的成功做到這瘋狂計畫……且有機會在路上碰到鷦鷯女士的話……也許你們會……我是說，也許你們可以……」

「我們會幫助她回家的。」艾瑪說，並搔搔牠的頭。這舉措對任何狗做都很尋常，但是對著一隻會說話的就有些怪異了。

「狗兒祝福你！」愛迪森回答。

接下來，我也試著拍拍牠。但是牠憤怒地以後腿站立，說：「拜託一下好嗎？先生，請把手拿開。」

「抱歉！」我喃喃道。在那尷尬的時刻，牠表示我們該走了。

我們爬下高塔，回到朋友身邊。大夥兒在大樹蔭底下，淚眼婆娑地向克萊兒和費歐娜道別。這時，克萊兒頭倚枕頭，並以毛毯包裹，在臨時搭建的床上像位公主般，我們一一跪在她的床邊道別。

「答應我，你要回來。」輪到我的時候，她對我說，「答應我，你會拯救裴利隼女士。」

「我會盡我所能！」我說。

「這樣還不夠！」她嚴厲地說。

「我保證一定會回來。」我說。

「還有拯救裴利隼女士！」

「還有拯救裴利隼女士。」我跟著重複。然而，這句話聽起來很空洞。我愈是想讓這句話聽起來有信心，就愈沒有那種感覺。

「很好，」她邊說邊點頭。「能夠認識你真是太好了，雅各。我很高興你留了下來。」

「我也是。」我說，然後很快站起身，因為她那張襯著金色捲髮的臉龐實在太真誠，簡直折煞我了。她對我們說的話一點都沒有任何懷疑，在這個少了時鳥保護的圈套裡，在這群奇特的動物間，她和費歐娜會平安無事的，而我們很快就會回來找她們。我全心全意希望這不僅只是像在作戲，而是會帶給我們力量，讓我們面對不可能的任務時，更有可能達成。

阿修和費歐娜站在一邊，手拉著手，頭靠著頭，以他們的方式靜靜地道別。終於，每個人輪流與克萊兒講完道別的話，可以出發了。但是，沒有人想打斷阿修和費歐娜。於是，大夥兒在一旁靜候。最後，只見費歐娜推開阿修，從自己的鳥窩頭中取出幾顆種籽，接著在兩人剛剛站立的地方長出玫瑰叢。阿修的蜜蜂忙著在那裡採蜜。正當他們忙著這些，彷彿她這麼做才能讓彼此有私人的空間，費歐娜抱了抱他，在他耳邊低語了幾個字，阿修點頭回應了幾句耳語。當他們終於結束，回頭發現大家都在觀看。費歐娜滿臉通紅，阿修把手放在口袋裡，蜂群在背後跟著他，他低聲咆哮著。「走了啦！秀演完了！」

我們下山時，已是傍晚。動物們盡可能一路伴隨我們走過那陡峭的石壁。

奧莉芙問牠們：「你們不跟我們一起去嗎？」

長頸鹿－鷓鴣噴著鼻息說：「我們在外面連五分鐘都撐不了。你們可以讓自己看起來像一般人一樣。但是，以我們來說，光是看一眼……」牠擺動自己缺了上肢的身體，「我會馬上被殺掉，做成標本，或者被奴役。」

然後那隻狗靠近艾瑪，說：「我可以有最後一個請求嗎……」

「你對我們這麼好，」她回答，「當然了。」

「你介意幫我點這支菸斗嗎？我們這裡沒有火柴，我好幾年沒抽菸了。」

艾瑪順了他的心願，以手指燃起小火，在牠的菸斗裡點燃。那隻狗深吸了一口，心滿意足地呼了一口，然後說：「祝你們好運，特異孩童們！」

第五章

我們像一群猴子般，緊貼著搖搖晃晃的網子，笨拙地沿著岩壁往下垂降，滑輪發出刺耳的嘎吱聲，繩子勉強撐到極限。降至地面，大夥兒倒成一堆。我們像鬧劇中的小丑困在網中，費了好一番工夫才擺脫繩索纏繞。每次自以為已經掙脫，想站起來卻又倒栽蔥地跌了回去。死了的嗜魂怪就躺在幾步之外，怪物被大石壓垮，彷彿海星，觸角往外伸展。這令人感到惋惜，嚇人的龐然大物如今卻躺在這裡，像微不足道的螻蟻般。若是再有下次，我們恐怕沒那麼幸運了。

我們踮起腳尖圍著怪物發臭的屍體繞了一圈。一路上地勢險峻，加上布蘭溫懷中還揣著一隻鳥，但我們必須不斷地趕路。一下到平地，終於可以沿著森林泥濘路徑上的腳印走回原路。太陽快下山時，那座湖出現了，蝙蝠從藏身處竄出，尖聲嘶叫。前往巨人石的路上，踏過淺灘，水花四濺，蝙蝠帶著來自黑夜的神祕警示，在我們頭上飛來飛去。爬上巨人石的嘴，對著它的喉嚨跳進去，游出巨人石，水溫轉瞬變得冰冷，正值明亮的正午，這裡是一九四〇年九月。

大夥兒從我身邊浮出水面，抓著耳朵叫著，大家都有些受不了水中壓力的驟然變化。

「這就像飛機降落時一樣。」我說，一面晃動下巴，以釋放空氣壓力。

「從沒搭過飛機。」霍瑞斯說，拍掉帽緣的水珠。

「或者像在高速公路上，有人把窗戶打開時，也會這樣。」我說。

「什麼是高速公路？」奧莉芙問道。

「算了，不重要。」

艾瑪突然要我們別出聲，「你們聽！」

遠處傳來一陣犬吠聲。聽起來彷彿很遙遠，但是在深林裡，聲音傳遞有些詭譎，很可能引人誤判。「動作快一點，沒聽到我指示，誰都不許發出半點聲音。包括您也一樣，院長。」

「有哪條狗敢惹我，我就請牠吃一顆雞蛋炸彈。讓牠們知道亂追特異孩童的下場。」阿修說。

「別輕舉妄動。」布蘭溫說，「誤發一顆子彈，說不準你會怎麼收尾，搞不好所有子彈全毀於一旦。」

我們跋涉出這座湖，沿著樹林往回走，過了半小時，愛迪森在高塔上指引的那條泥巴路出現了。我們站在馬車留下的舊車轍上，米勒翻來覆去地檢視鷦鷯女士皺巴巴的地圖，瞇著眼研讀上面的小註記。我把手伸進口袋，想用手機查地圖，改不掉的老習慣。結果發現自己只是在一個不肯發光的黑色長玻璃片上亂按。手機當掉了，當然啦，進水，沒電，而且離最近的基地臺約五十年之遠。從海上逃難以來，這是我身上僅存的物品，在這裡卻只是個怪東西。我把它拋進林子裡，半分鐘後突然反悔，又折返撿回。為了什麼原因我也不懂，總之我還沒準備好放下它。

米勒把地圖摺起來，宣布小鎮就在左手邊，步行至少要五、六個鐘頭。如果想在太陽下山前抵達，就得趕緊出發。

沒走多久，布蘭溫發現背後遠處路面上起了一陣煙塵。「有人來了。」她說，「現在要怎麼辦？」

米勒脫下大外套，扔進路邊的野草堆中，讓自己變回隱形。他說：「你們最好盡可能找地方躲一躲。」

我們走下公路，躲在路旁的灌木叢後窺伺。煙塵變大，後面是卡答卡答的木頭車輪聲和滴滴答答的馬蹄聲。是四輪的大蓬馬車。在煙塵中，馬車隆隆響地經過，我看見霍瑞斯鬆了一口氣，奧莉芙則露出微笑。這馬車不像石洲島上常見的實用灰色馬車，而是漆得五彩繽紛，像馬戲團似的，車頂和門扉的雕刻處都做了裝飾，有人駕著馬車，車上男男女女戴著串珠項鍊或鮮豔的披巾。這場景令我想起艾瑪說過的故事，他們曾跟著裴利隼女士一路旅行，一面表演謀生。我回頭問她：「他們也是特異人士嗎？」

「他們是吉普賽人。」她回答。

「這算好事，還是壞事？」

「還不知道。」她瞇起眼說。

看來她正在暗中盤算著，我不難猜出她在想什麼。小鎮還很遠，假若我們能夠以馬車代步，對我們趕路簡直如虎添翼。目前後有偽人和獵犬的追兵，這速度差可能等於被抓與成功脫逃的分別。問題是，我們並不清楚這群吉普賽人的底細，無法得知能否信任。

「你說，我們該搭這便車嗎？」艾瑪看著我問道。

我看看馬車，又回頭看艾瑪。光是想像穿著溼答答的鞋子走上六公里後，雙腳會變成什麼情況，我回答：「當然要！」

艾瑪對著大家比手畫腳地打暗號，指著馬車的最後一節車廂，要大家加速追上去。那車廂看起來像個小房子，兩邊都有小窗戶，車廂後端還有個平臺，彷彿屋前的門廊，看來足以容納我們這群人擠在上面。馬車行駛的速度並不慢，但仍在快跑可追上的範圍內。於是，等到馬車經過我們眼前，避開駕駛視線所及的範圍，我們從灌木叢中跳出，急急追趕。艾瑪率先躍上車，伸手拉下一個人。大家就這樣一個接一個，同心協力爬上車。大夥兒小心翼翼地，擠在最後一節車廂狹窄的後門平臺上，避免被駕車的人發現。

我們就這樣站在那裡乘著馬車，過了好一會兒，直到馬車車輪的卡答卡答聲響令我們雙耳欲聾、衣服上的污垢結成塊，日正當中的太陽已躲到樹林後，這時路兩邊是綠樹圍成的牆，彷彿正走在峽谷之中。我緊盯著樹林裡，深怕隨時會有偽人和他們的獵犬突然竄出攻擊。然而，過了好幾個鐘頭，什麼事也沒發生。別說沒看到偽人，一路上連半個人影都沒有。彷彿我們來到另一個被遺棄的世界。

這輛大篷車停下時，大夥兒必須沉住氣，準備逃之夭夭或全面作戰。因我們一行人遲早會被發現。接著派米勒出去查探情況，他會從馬車上慢慢爬下來，看看那群吉普賽人是在伸腿或給馬兒修蹄，然後又上路了。最後，我已經不再擔心被發現時該怎麼辦。這群吉普賽人看起來飽經旅途勞頓，且人畜無傷。我們可以假扮尋常人，博取他們的同情。我們可以說：「我們是失去家園的孤兒，求求您！可以給我們一片麵包嗎？」加上一點運氣，他們也許還能供應一頓晚餐，然後送我們到火車站。

我的理論很快就得以證實是否為真，突然間，馬車在一塊小空地前停了下來，車身震顫著。飛揚的塵土尚未落定，就有一名大塊頭男子邁著大步走到後車廂來。他頭戴著一頂扁帽，鼻子底下蓄著八字鬍，深刻的法令紋將嘴角往下拉，一臉嚴厲。

布蘭溫一把將裴利隼女士藏在外套底下，艾瑪一溜煙地跳下車，賣力演出可憐的孤女。「先生，我們乞求您的憐憫！我們的家被砲彈炸燬了，您也明白，我們父母雙亡，又迷了路……」

「閉上妳的鳥嘴！」男子咆哮道，「你們通通給我下來！」這是命令，不是請求，他手上有一把看來頗致命的刀子。

我們面面相覷，不確定下一步該怎麼做。到底是使出我們的真本事，跟他拚了再逃跑，還是再假扮尋常人一會兒，稍後見機行事？我的腦中出現各式各樣的模擬戰略。然後，愈來愈多人從其他車廂中湧現，我們被包圍了，也不再有太多選擇。

那名男子頭髮灰白、眼神銳利，身著厚重的衣物方便旅途上防塵之用。女人們穿著顏色鮮豔的連身裙，一頭長髮以披巾圍起束在身後。孩童們躲在爸媽中間。看著眼前這些人，我在腦中拚命搜尋自己對於吉普賽人貧乏的知識。他們只是天生脾氣不太好，抑或他們當真會痛宰我們？

我看了艾瑪一眼，希望她給點暗示。她站在那裡，雙手抱胸，並沒有舉起手準備生火的打算。她不準備作戰，那我也一樣。

我順從男子的指令下了車，雙手舉在頭上。霍瑞斯和阿修也跟著照做，接著是其他人，除了米勒之外。他溜走了，想必是潛伏在附近，伺機而動。

戴帽子的男子大概是他們的首領，他開始對著我們連珠炮般的問話。「你們是什麼人？

打哪兒來的？家裡的大人都到哪去了？」

「我們是從西邊靠海的小島過來的，」艾瑪平靜說，「我剛剛說過，我們是孤兒。我們的家都在空襲中被摧毀了，只好被迫逃命。我們在海上拚命划船才抵達這片陸地，差點就淹死在海裡。」她想辦法擠出幾滴眼淚，「我們身無分文。」她抽噎著說。「我們在樹林裡迷了路，走了好幾天都沒吃東西，除了身上穿的以外，也沒有可供換洗的衣服。剛好瞧見您們的馬車經過，但是我們太羞於見人。我們只是想搭便車，到達任何一座城鎮都行⋯⋯」

男子對她上下打量，皺起眉頭。「你們的房屋被炸燬後，為何會被迫逃亡？為什麼你們不沿著海岸邊走，卻選擇走進森林裡？」

「沒辦法，有人在後頭追趕。」伊諾開口了。

艾瑪生硬地瞟了他一眼，那意謂著：**讓我來就好**。

「誰在追趕你們？」那位首領問。

「壞人。」艾瑪說。

「他們有槍，」霍瑞斯說，「穿得像軍人一樣，但他們其實並非軍人。」

頭上裹著亮黃披巾的女人往前跨一步，說：「有官兵追捕？我們不需要這種多餘的麻煩。趕他們走吧，貝克。」

「或者把他們綁在樹上，留在路上。」一個高個兒提議。

「不要！我們得趕去倫敦，時間快來不及了！」奧莉芙叫道。

那位首領抬起一邊的眉毛，問道：「太晚會怎樣？」我們這群人非但沒引起他的同情心，卻激起了他的好奇心。「在我們沒確定你們是誰，還有賞金有多少之前，暫時先不處置你們。」

十名男子手持長刀架著我們，往一節平板車廂前進，上面有個巨型的籠子。遠看就知道那是獸籠，十乘二十呎的大小，上面裝設有粗厚的鐵柵欄。

「您們不會把我們關進籠子裡吧？」奧莉芙說。

「在我們決定處置方式前，你們就先這樣待著。」首領說。

「不行！您們不可以。」奧莉芙哭叫著說，「我們得趕去倫敦，而且要快！」

「那又是為什麼呢？」

「我們當中有人病了，」艾瑪回答，還給阿修意味深長的一眼。「我們需要醫生！」

「你們不需要跑到倫敦找醫生，」某個吉普賽男人說，「傑比亞是醫生，對吧？傑比亞？」

有個臉上布滿粗糙疤痕的男子往前一步，「你們哪位病了？」

「阿修需要專業醫師，」艾瑪說，「他的病況很特殊，一直咳得很厲害。」

阿修彷彿疼痛般，一手扶著喉嚨，然後咳了一聲，一隻蜜蜂從他嘴裡冒出。一些吉普賽人發出驚呼，一個小女孩把臉埋進媽媽的裙襬中。

「這是騙人的把戲。」那名所謂的醫生說。

「夠了！進籠子裡去，全都給我進去！」他們的首領說。

我們被推向通往那裡的斜坡道，一群人擠在那，誰也不想當第一個爬上去的人。

「不能讓他們這麼做！」阿修低聲說。

艾瑪搖搖頭，低聲耳語道：「他們人太多了。」她一路領著我們走上坡道，進到籠子裡。地板上鋪著厚厚一層發臭的牧草。等我們全部進入，那名首領關上門，還上了鎖，把鑰匙放進口袋裡。「不准任何人靠近！」他大聲吼道，圍觀的群眾都聽見了。「他們可能是巫師，或者更可怕的東西。」

「對！你說的沒錯！」伊諾透著柵欄叫道，「放我們出來！不然，我們會把你們的小孩變成疣豬！」

那名首領笑著走下坡道。在此同時，其他的吉普賽人則遠遠保持一段安全距離，開始紮營生火。我們只能陷入牧草堆中，自覺失敗和沮喪。

「小心！」霍瑞斯提醒大家，「這裡到處都是動物的糞便。」

「噢，那有什麼關係啊！霍瑞斯。」艾瑪說，「沒人會在乎你衣服乾不乾淨啦！」

「我在乎！」霍瑞斯回答。

艾瑪以手摀臉，我在她身旁坐下，想說些鼓勵的話，腦中卻一片空白。

布蘭溫打開外套，讓裴利隼女士呼吸新鮮空氣。伊諾跪在鳥兒面前，將耳朵湊近，彷彿在聽著什麼。

「聽見了嗎？」他說。

「聽見什麼？」布蘭溫回答。

「裴利隼女士生命消逝的聲音。艾瑪，剛剛妳還有機會的時候，早該把那些吉普賽人燒得面目全非。」

「我們剛剛全部被包圍，」艾瑪說，「在大規模的對抗裡，我們之中會有人受傷，甚至送命。我不能冒那種險。」

「所以妳寧可冒險犧牲裴利隼女士！」伊諾說。

「伊諾，別吵她了。」布蘭溫說，「為全部的人做決定並不容易。我們也沒辦法每次遇到狀況就先投票表決。」

「那麼，也許該輪到我來領導大家。」伊諾回答。

阿修哼聲道：「讓你當老大的話，我們恐怕八百年前就沒命了。」

「聽著，沒關係！」我說，「我們現在要做的是逃出這籠子，想辦法抵達鎮上。如果我們第一時間沒有選擇上了這輛馬車，還有更多路要趕呢。計畫還沒完全失敗，不必打擊自己士氣。我們只需想出逃離的辦法。」

我們想了又想，有很多五花八門的辦法，卻沒一個可行。

「也許艾瑪可以把這地板燒破一個大洞，」布蘭溫提議道，「這東西是木頭做的。」

艾瑪撥開牧草堆，清出一塊地方，敲了敲地板。「這個太厚了！」她悲慘地說著。

「溫，你可以把這柵欄扳開嗎？」我問道。

「也許可以，但那些吉普賽人靠得這麼近並不適合。他們一看到情形不對，會馬上拿刀衝過來。」

「我們是要偷溜出去，不是強行闖出去。」艾瑪說。

接著，我們聽到一個口哨聲。「你們忘了我嗎？」

「米勒！」奧莉芙驚叫一聲，興奮得差點飛起來。「你剛剛去哪兒了？」

「我去四處查看，一面等著風波平息。」

「你想，你有辦法偷到鑰匙嗎？」艾瑪哐啷哐啷地搖晃栓上的鐵柵門。「我看見那個帶頭的人把鑰匙放進口袋裡。」

「偷溜和偷拿東西正是我的強項。」他對我們做下保證後，就一溜煙地走了。

時間一分一秒過去，半小時，然後一小時。阿修在籠子裡繞著圈走來走去，一群焦躁的蜜蜂圍繞在他頭頂。「他為什麼會這麼慢呢？」阿修嘟囔著。

「他再不回來，我要開始丟雞蛋炸彈了。」伊諾說。

「你這麼做，會把大家都害死。」艾瑪說，「我們枯坐在這裡等於是甕中鱉。一等到煙硝散去，他們就可以趕來把我們生吞活剝了。」

因此，我們只能坐在這裡枯等，看著吉普賽人，而對方也看著我們。每過一分鐘，感覺就像在裴利隼女士的棺木上釘了一根釘子。我不由自主地望著她，彷彿想看出她身上的變化，那屬於人的部分漸漸消逝。但是她看來與先前一致，只是變得更為平靜，睡在布蘭溫身旁的牧草堆裡，小小的鳥胸膛平靜起伏。看來她一點也不為我們目前的處境擔憂，也不管自己的生命倒數。也許在目前的情境下，她還能睡得如此安穩，就是她已經在改變的一大鐵證。從前的裴利隼女士此刻應該會有些焦慮才是。

此刻，我的心思移轉到爸媽身上。當我不受控制時，他們會有的反應。我努力回想最後一次見面時，他們的神情。記憶的片段浮現腦海。抵達石洲島後，我和爸爸相處過的短暫時光。而媽媽，每當爸爸開始講她不感興趣的話題，就會不斷轉動手上的婚戒。爸爸的雙眼永遠投向遠方，搜尋著遙遠天際線上的鳥蹤。

現在，他雙眼搜尋的目標變成了我。

到了傍晚，圍在我們四周的紮營區愈來愈熱鬧。吉普賽人說說笑笑，由一群孩童所組成的樂隊，用有些破音的喇叭搭配小提琴，奏起樂曲，他們跳起舞來。在樂曲間，一名小男孩躡手躡腳地來到我們的籠子後面，手上還拿著一瓶東西。「這是要給那個病人喝的。」他一面說、一面緊張地偷瞄背後。

「給誰喝？」我問，然後只見他對著阿修點頭示意。阿修此刻虛弱地蜷曲在地上，還適時地咳了一聲。

男孩將瓶子從柵欄間遞進來。我扭開瓶蓋，湊近聞了聞，差點暈過去。那氣味像是松節油混合了肥料。「這是什麼？」我問。

「我只知道是精心調製的。」他又往背後看了一眼。「好了！我為你們做了一件事，現在你們欠我人情。跟我說，你們到底犯了什麼罪？你們是小偷，對不對？」然後壓低音量，「還是說你們殺了人？」

「他在說什麼？」布蘭溫問道。

我差點就脫口而出，我們沒殺人。但是，高倫醫師全身在空中顫抖、朝向一堆石頭倒下的畫面，卻突然閃現在腦海，我沉默了。

艾瑪出口替我回答。「我們沒殺過人！」

「嗯哼，你們一定幹了什麼好事，」男孩說，「不然，怎麼會有通緝賞金呢？」

「有抓我們的賞金？」伊諾問道。

「千真萬確。人家提供的可是一大筆錢哪！」

「誰提供？」

男孩聳聳肩。

「你們要把我們交出去嗎？」奧莉芙問道。

男孩抿著唇。「不知耶！不確定要或不要。大頭們正在研究。不過，我猜他們也不太信任提供賞金的人。話說回來，錢總是錢，他們也不太欣賞你們不老實回答問題這一點。」

「在我們家鄉，」艾瑪傲慢地回答，「人家可不會質問前來請求協助的可憐人。」

「也不會把人關進籠裡去。」奧莉芙說。

就在此時，紮營區正中央出現轟然巨響。吉普賽男孩失去平衡，身子從斜坡道上跌進草叢。其他人就像廚房中被從爐火上彈飛到空中的鍋碗瓢盆。原本看著爐火的吉普賽女人尖叫著殺人啦！謀殺啊！她的衣裙著火，要不是有人趕緊將一大桶馬喝水的水桶往她身上倒，她可能會一路竄逃到海邊。

過了一會兒，我們聽到有人跑過來重踩在斜坡道上的聲音。「這就是有人把雞蛋炸彈拿去煮成歐姆蛋的下場。」米勒上氣不接下氣地笑著說。

「是你做的？」霍瑞斯說。

「那裡一切都太有秩序又平靜……根本沒機會下手。所以，我就拿一顆雞蛋炸彈放在蛋籃裡。看這裡！」米勒在空中秀出一支鑰匙。「晚餐當著他們眼前炸開，就不會有人注意我在人家口袋中的第三隻手啦！」

「你也花得夠久的了！」伊諾說，「快讓我們出來吧！」

然而，正當米勒準備將鑰匙插進孔洞中，吉普賽男孩站起身來，鬼叫道：「救命啊！他們要逃跑了！」

這個男孩什麼都聽見了，但是在爆炸之後，眾人尚未從驚嚇中恢復，也沒注意到他的叫聲。

米勒拿鑰匙在門孔中轉圈，門卻開不了。「噢！可惡！搞不好我拿錯支了？」

「啊啊啊！」男孩尖聲喊叫，指著米勒出聲的地方。「有鬼啊！」

「拜託，誰快點讓他住嘴好嗎！」伊諾說。

布蘭溫照做了，她從柵欄間伸出手抓住男孩的手臂，把他整個人往柵欄邊騰空拎起。

「救─命─啊！」他叫喊，「他們有……」

她用一隻手遮住他的嘴，但為時已晚。

「蓋比！」一個女人喊著說，「讓他走，你們這些野蠻人。」

突然間，我們有了一個人質，雖然這並非我們的本意。吉普賽男人們衝了過來，刀子在昏暗中閃著光芒。

「你們在幹什麼？」米勒叫道，「快把那男孩放走，不然我們會被宰了！」

「不，不要放！」艾瑪說著，接著她大喊，「放我們走，不然這孩子得死！」

吉普賽人包圍著我們，大聲威脅恐嚇。「誰敢動他一根寒毛，」那位首領叫道，「我就親手把你們一個個宰了！」

「後退！」艾瑪說，「只要放我們走，我們不會傷害任何人。」

其中一名男子跑到獸籠邊，艾瑪在直覺驅動下輕拍雙手，燃起一顆嚇人的火球。圍觀的群眾驚呼，原本打算衝過來的男子猛地停住。

「妳現在才這麼幹！」伊諾噓她，「他們會把大家當作巫師吊死。」

「誰敢這麼做，我就第一個燒他。」艾瑪嚷著，一面把手掌往左右拉開，讓火球增大。「來吧！大夥兒讓他們瞧瞧，他們是在跟什麼人作對。」

表演秀上場了。布蘭溫一馬當先，她用一隻手就將男孩舉得更高，男孩雙腿在空中踢打，並用另一手一把將籠子的柵欄扳開。阿修將臉擱在柵欄間，從嘴裡噴射出一長串蜜蜂。接著是米勒，在男孩注意到他之際，老早跑離獸籠。他從人群後方喊著：「你要是以為這群人已經夠特別，那你還沒見識到我呢。」然後，他在空中發射一枚雞蛋炸彈。炸彈飛越群眾頭上，在附近的空地上砰然爆炸，塵土飛揚如同樹一般高。

等煙塵消散，一片尷尬的靜默，沒有人說話或做任何動作。我一開始還以為，這群吉普賽人被我們嚇傻了。然而，等到耳中的嗡嗚聲消失，這才發現他們是在凝神傾聽。然後我也是。

在陰暗的路上，傳來一陣引擎聲。兩個車燈沿著路在樹林後面閃爍。不論是吉普賽人或特異孩童，每個人都看著那車燈通過通往這片空地的岔道，然後慢下來，接著調轉回來。一輛帆布頂軍用卡車往我們這個方向隆隆地接近，可以遠遠聽見裡頭有人怒吼著，而獵犬因重新嗅到我們的氣味，即使喉嚨嘶啞卻仍狂吠不已。

這群人正是之前追捕我們的偽人，此刻，我們被關在籠子裡動彈不得。

艾瑪輕拍雙手熄滅了火。布蘭溫放下小男孩，他跌跌撞撞地跑回去。吉普賽人匆忙趕回自己的車廂，有些人則躲進樹林裡。我們突然間被丟下，彷彿被遺忘了。

那位首領邁開大步走向我們。

「打開籠子！」艾瑪求他。

他不理睬她。「躲進牧草堆裡，別出聲！」那男人說著，「也別再搞任何把戲，除非你們想跟他們走。」

沒時間多說。只見兩名吉普賽男子手裡拿著防水油布跑來，接著我們陷入一片黑暗。他們用那塊布將整個獸籠給遮蔽了。

迅速進入黑夜。

籠子外有軍靴踏地的重擊聲響，彷彿那些偽人想要懲罰踩在腳底下的地面。我們按照指示，盡可能將自己埋進惡臭的牧草堆裡。

我聽見身旁有名偽人對著那位吉普賽人首領說話。「有人看到一群孩童今天早上走在這條路上，」偽人說著，他的嗓音清晰，口音卻令人難辨，不是英國腔，也不是德國腔，「抓到他們的人可以獲得賞金。」

「我們今天一路上都沒有遇到人，先生。」那位首領說。

「別被他們天真的外表矇騙了，他們是戰爭中的叛國賊、是德國間諜。藏匿逃犯的罪可不輕……」

「我們沒有藏匿什麼。」那位首領粗聲回答。「您自己看吧。」

「我會的，」偽人說，「要是我發現他們在這兒，我就割下你的舌頭餵狗。」

偽人踩著重重的腳步走了。

「連喘一口氣都不准。」那名首領噓聲暗示我們，然後他的腳步聲也遠了。

我想不通為什麼他肯為我們說謊，他這麼做很有可能為自己族人帶來麻煩。也許是自尊，也許是根深柢固對當權者的反骨心態，我心頭一凜，或許吉普賽人只是想親手痛宰我們，一逞心頭之恨。

我們聽得見偽人在營地到處翻箱倒櫃、踢翻物品、破門而入、推開人群。一名小孩尖叫，還有男人生氣的吼叫聲，但很快就戛然而止，只聽到棍子打在肉上的聲音。躺在那裡聽著人們受苦相當難熬，即使不久前這群人還想把我們生吞活剝。

我的眼角瞥見阿修從草堆裡鑽出來，爬到布蘭溫的大衣箱旁。他摸著衣箱的鎖頭，想打開它。布蘭溫阻止了他。「你想幹嘛？」她用唇語問著。

「我們得趕在他們逮到我們之前，先發制人。」

艾瑪從牧草堆中抬起上身，用手肘支撐著，滾到我們身邊，我也湊近傾聽。

「別發瘋了，」艾瑪說，「我們現在使用雞蛋炸彈的話，他們會把我們碎屍萬段。」

「那我們到底該怎麼辦？」阿修說，「就這樣躺著，一直等到他們發現我們嗎？」

我們圍著大衣箱，用耳語說著話。

「等到他們一旦打開這道門，」伊諾說，「我會從柵欄後丟一顆炸彈出去。那會讓他們分心，在還來不及反應的當下，也足夠讓布蘭溫打碎第一個闖入者的頭骨，這樣大夥兒應該有時間逃跑。大家往營地的外圍四散，然後對準營地中央的火爐扔炸彈。如此一來，半徑三十呎的範圍內不會留下任何活口。」

「天哪！」阿修說，「這聽起來會成功。」

「但是營地裡有小孩啊！」布蘭溫說。

伊諾翻著白眼，「我們當然也可以顧慮避免造成其他傷害，直接跑進樹林裡，讓偽人和獵犬把我們一個個找出來。但是，如果我們真的想到倫敦，而且趕在今晚之前離開，我可不推薦第二種辦法。」

阿修輕拍布蘭溫覆在鎖頭上的手，「打開吧，放棄他們吧！」

布蘭溫遲疑，「我不能，我不能殺小孩子，他們從來沒傷過我們。」

「但我們沒有選擇啊！」阿修耳語道。

「你永遠可以有其他選擇。」布蘭溫說。

接著，聽見一隻狗靠在籠子下方邊緣狂吠，我們全都靜下來。過了一會兒，有手電筒的燈光照著獸籠外的油水布。「把布拉下來！」有人下了命令，我猜是這隻狗的主人。狗吠了一聲，狗鼻湊到籠子底下且穿過柵欄嗅著。「在這裡！」拉狗的人叫道，「我們找到了東西！」

大夥兒看著布蘭溫，「拜託！」阿修說，「讓我們至少能保護自己。」

「這是唯一的辦法。」伊諾說。

布蘭溫嘆了一口氣，把手從鎖頭上拿開，然後伸手進去從毛衣裡頭取出一顆蛋，每個人都拿了，除了布蘭溫。我們站著面對獸籠的門，手上拿著雞蛋，蓄勢待發準備面對不可避免的衝突。

更多的軍靴腳步聲出現了，我試圖對即將爆發的場面做好心理準備。只管跑，我這樣告訴自己。拚命跑，別回頭，然後丟炸彈。

但是明知這樣會有無辜的傷亡，我真的下得了手嗎？就算只是為了救自己一命？若我只是把炸彈往草地上丟，然後躲進樹林裡呢？

一隻手抓住油布，往一旁拉開。那塊油布開始移動。

然後，拉布的人仍不想揭露我們，那塊布停止移動。

「你是怎麼回事？」我聽見拉狗的人說。

「我如果是你的話，會離籠子遠一點。」另一個吉普賽人這麼說。

我看得見頭上，夜空中的星子透過橡樹枝椏在閃閃發光。

「喔？為什麼？」牽狗的人問道。

「老血衣有好幾天沒吃東西了。」那名吉普賽人說。「牠平時不會想吃人，但是這麼餓的時候，我可不敢保證。」

接著我被一種聲音嚇得魂飛魄散，那是一隻巨熊的嚎叫聲。這怎麼可能，那聲音分明來自籠子裡。我聽見牽狗的人驚呼一聲，帶著牠的狗急衝下斜坡道。

我想不通曾幾何時籠子裡來了一隻熊，我只知道自己該躲開，於是我緊貼著背後的柵欄。在我身旁的是奧莉芙，我看見她將拳頭塞進嘴裡，防止自己叫出聲來。

外面，其他人笑起那名牽狗的軍人。「白痴！」他困窘地辯駁著，「只有吉普賽人會把這種動物放在營地正中心的位置！」

我終於鼓起勇氣往四周察看，籠子裡根本沒有熊。不知那恐怖的吼叫聲究竟是打哪兒來的？

軍人繼續搜查營地，不過，總算放過我們的籠子。過了幾分鐘後，我聽見他們魚貫回到軍用卡車上，發動引擎。然後，他們走了。

有人一把掀開籠子上的防油布。吉普賽人圍繞著我們。我拿著雞蛋炸彈的手在微微發抖，不確定自己是否還需要用到它。

那位首領站在我們面前，「你們都還好嗎？」他問道，「抱歉，你們被嚇著了。」

「我們還活著，」艾瑪回答，謹慎地看著四周。「但是你們的那隻熊在哪裡？」

「你們不是唯一擁有特殊才能的人。」外面人群中有個站在角落的年輕人說，話語剛落，他就立刻學起熊吼聲、貓的嚎叫聲，只要稍微轉動他的頭，就能夠把自己的聲音往不同的方位傳遞。這時，我們彷彿四面八方都被動物包圍了。恢復鎮定後，瘋狂地拍起手來。

「我以為妳說他們不是特異人士。」我輕聲對艾瑪耳語。

「這種表演用的雕蟲小技很多人都會。」她說。

「很抱歉，我之前沒有好好的自我介紹。」那位首領說，「我叫做貝克·貝格曼尼托夫。你們是我們尊貴的賓客。」他深深一鞠躬，「你們之前怎麼沒說，你們是辛卓克（syndrigasti）？」

我們嚇得下巴快掉下來。他剛剛用了裴利隼女士從前教過我們，特異孩童的古老名稱用語。

「我們認識你們嗎？」布蘭溫問道。

「那個字，你是從哪聽來的？」艾瑪說。

貝克微笑。「假如你們能夠接受我們的款待，我保證會解釋一切。」然後他再度鞠躬，接著邁開大步走過來，打開我們的籠子。

我們與吉普賽人圍著火坐在一起，地上鋪著手織地毯，邊談話邊在微微發光的營火旁享受熱湯。最後，我索性放下湯匙，直接拿起木碗喝。美味的湯汁沿著我的下巴滴下，所謂的餐桌禮儀，早被拋到九霄雲外。貝克在我們之間走來走去，確認每位特異孩童都有足夠的食物和飲料，對於我們身上的衣物因在獸籠裡的牧草堆沾染到髒污一再道歉。打從他眼見我們上演的那場特異功能秀之後，對我們的態度有了一百八十度的轉變。就在十分鐘之內，我們突然從囚犯變成了尊貴的賓客。

「之前那樣對待你們，真的很抱歉。」他低著身子往火爐旁的靠墊一坐，說，「遇到可能危及族人的狀況，我必須盡一切可能採取預防措施。這幾天，我們在路上見到許多表裡不一、偽裝身分的人。假如你們打從一開始就告訴我，你們是辛卓克的話……」

「我們從小就被教導，絕對不可對外人說。」艾瑪說。

「永遠不可以。」奧莉芙強調。

「這樣教你們的人是個聰明人。」貝克說。

「你是怎麼知道我們的？」艾瑪問道，「你居然懂得我們的古老語彙。」

「其實，我只會幾個字罷了。」貝克盯著烤架上燒炙中的肉片，說，「你我兩族之間，存在著一種古老默契。我們並非完全不同，同樣身為被排斥的族群，都擁有流浪魂，是遊盪於社會邊緣的人。」他從烤架上取下一大塊肉，帶著深思的表情嚼了起來。「我們算是一種盟友。好幾年來，有許多吉普賽人不但接受且收養了特異孩童。」

「對過去的歷史，還有您的熱情款待，我們非常感激。」艾瑪說，「只是因事態緊急，請恕我冒犯。事實上，我們已經不能再耽擱了。我們必須趕緊到達倫敦。我們還得趕火車呢！」

「為了那位朋友的病情嗎？」貝克問道，抬起一邊的眉毛瞥向阿修。阿修老早就停止演出咳嗽病重的戲碼，現在正大快朵頤喝著熱湯，一群蜜蜂開心地圍繞頭頂上。

「差不多是這樣。」艾瑪說。

貝克知道我們有所隱瞞，然而，他很和善地讓我們保留自己的祕密。「今晚不會有火車了。」他說，「但明天清晨，我們可以載你們去趕第一班車。這樣可以嗎？」

「那就太好了。」艾瑪說。她顯得愁眉不展，雖然搭上便車已比走路節省了不少時間。裴利隼女士依舊失去了一天的時間。現在，她只剩下兩天了。不過，該憂慮的事就放到明天吧！眼下我們吃飽喝足，身體暖呼呼的，也沒有立即的危險，讓人很難不想藉機放鬆，即使這只是暫時的。我們很快就和這群吉普賽人熟絡起來。大家都想快快忘懷不久前發生的不愉快。布蘭溫想和那位被她當作人質的男孩道歉，他卻揮揮手說根本沒什麼。吉普賽人不斷地添飯加菜，根本不理會我們的婉拒。裴利隼女士從布蘭溫外套底下鑽了出來，發出喊餓的尖銳叫聲。吉普賽人往空中拋出肉片餵牠，當牠在空中接下肉片時，大家拍手叫好。

「她餓了！」奧莉芙笑了，看見鳥兒用爪子攫住一塊豬蹄，她拍起手來。

「現在，你應該慶幸我們沒把他們給炸飛吧！」布蘭溫低聲對伊諾說。

「我想是吧！」伊諾回答。

吉普賽人彈奏起另一支曲子，我們開心地吃喝，也跟著一起跳舞。我說服艾瑪跟我一起在火爐邊跳一支舞。平時，要我在公開場合跳舞，我會害臊，這次我徹底放開自己。我們隨著音樂聲手足舞蹈，有好一會兒，完全沉醉在音樂當中。幾乎忘了我們仍在危險當中，也忘了差點被偽人逮著的那天，或者被嗜魂怪吃掉，骨頭遭啃光吐在山谷中。此刻，我對這群吉普賽人萬分感謝，也慶幸自己如動物般頭腦簡單。幾碗熱湯下肚，幾首歌，幾張我關心的人微笑的臉龐，就能將我從陰暗的思緒中救起。音樂結束，我們腳步不穩地走回原位，在那安靜的短暫片刻，感覺到氣氛改變。艾瑪望向貝克，問道：「我可以問你一個問題嗎？」

「當然嘍。」他說。

「為何你們會為了我們，冒著喪失性命的風險？」

他揮揮手，「換作是你們，也會做同樣的事啊！」

「我可不確定我們是否會這麼做，」艾瑪說，「我只是想要了解。就只因為我們是特異孩童嗎？」

「是的，」他簡單回答。過了一會兒，他望向空地邊緣處的樹林。樹幹微微發光，背後是無盡的黑暗。接著他說，「你們想見見我的兒子嗎？」

「當然！」艾瑪說。

她站起身來，我和其他人也都跟著站起來。

貝克舉起一隻手，「我怕他太內向了。就妳，」他指著艾瑪，然後指著我，說，「再加上你就好，還有那個我們聽得到、但是看不見的那位。」

「真幸運！」米勒說，「我還以為自己老是被忽略呢！」

伊諾又坐了下來，「為什麼我總是被排除在外？我很臭嗎？」

一名穿著連身長衣的吉普賽女人走過來，加入火堆邊的人群。「他們不在的時候，我來給你們讀手相，預測未來命運。」她說，然後對著霍瑞斯，「也許有一天你會登上吉利馬札羅山！」然後她對著布蘭溫說，「你會嫁給又帥又有錢的好男人！」

「最好是啦！」布蘭溫不屑地說。

「夫人，預知未來可是我的強項，」霍瑞斯說，「讓我來露一手給您瞧瞧！」

艾瑪、米勒和我離開大夥兒，隨著貝克穿越營地。我們來到一個外表平凡無奇的篷車車廂前，他爬上短短的臺階，敲了敲門。

「雷迪？」他溫柔呼喚，「拜託，出來一下。這些新朋友想要見見你。」

門只開了一個小縫，一名女人往外窺探。「他會怕，不肯離開椅子。」她小心翼翼地察看我們，然後打開門示意我們進去。我們登上階梯，擠進一個狹窄卻溫馨的小空間，看起來像是客廳、床和廚房三合一的地方。狹小的窗戶邊有一張床和椅子，還有一個小爐臺，上面的天花板還裝了煙囪。這裡有所有的必要配備，讓他們能夠在幾週、甚至幾個月，過著自給自足的生活。

房裡的單椅上坐著一名小男孩，大腿上放著一支喇叭。我想起在之前曾看過他吹奏。我明白，這個吉普賽孩童樂團中的喇叭手就是貝克的兒子，我猜那位女性就是他太太。

「把鞋子脫下來，雷迪。」女人說。

男孩盯著地板。「一定要脫嗎？」他問道。

「對。」貝克說。

男孩使勁脫下左右兩只靴子。霎時間，我無法形容自己的感覺。他的鞋子裡空蕩蕩的，看起來像是沒有腳，然而，他卻得用力才能把靴子脫下，所以他的靴子應該是貼附著什麼東西。接著，貝克要他站起來。男孩不情願地滑向椅子前端，然後站起身來。他像是飄浮在空中，褲管懸在離地幾吋的空中。

「幾個月前，他就開始消失。」女人解釋道，「剛開始只是腳趾，然後腳跟，最後是剩下的部分，雙腳都不見了。無論給他喝了什麼調製的藥水或補藥，都起不了任何作用。」

所以，他其實有腳，只是隱形的。

「我們不知該怎麼辦，」貝克說，「但我想，也許你們會有辦法……」

「他這個問題是治不了的，」米勒說，這當下，男孩的頭猛地抬起。「他和我一樣，我們是同一類，我小時候也是這樣。我並不是一出生就是透明人，這是漸進式的。」

「誰在那裡說話？」男孩問道。

米勒拾起床上的一條圍巾，將其圍在自己臉上，顯露出額頭、鼻子及嘴的形狀。「我在這裡，」他邊走向男孩邊說，「不用怕。」

我們看著，男孩摸了摸米勒的手和臉頰，還有他的額頭和頭髮。我從來也沒想像過米勒的髮色和髮型究竟如何。男孩拉了拉他的頭髮，彷彿在確認真實度。

「你真的在那裡，」男孩說著，眼中閃爍著不可置信。「真的在那裡。」

「你未來也會變得和我一樣。就算最後的部分也消失了，」米勒說，「你會明白，這並不會痛。」

男孩笑了。看到這一幕，女人的雙膝不由自主地顫抖，她靠在貝克身上穩住自己。「上帝祝福你！」她熱淚盈眶對米勒說，「祝福你！」

米勒靠著雷迪消失的腳邊坐下，「孩子，沒什麼好怕的。事實上，一旦可以全部隱形，我相信你會發現有很多好處的……」

當他開始聽著米勒如數家珍地說著，貝克走向門邊，對著我和艾瑪點點頭。「我們就把時間留給他們吧！」他說，「我想，這兩個人會有很多話想聊。」

我們留下米勒、男孩及他的母親。回到營火旁，我們發現所有人，分吉普賽人或特異孩童，全圍著霍瑞斯。他站在一根樹樁上，面對著那位瞠目結舌的女算命師。他閉著眼，一手放在她的頭上，彷彿講起一個隨之感應而來的夢境。「……妳孫子的孫子將會駕駛一艘巨型的船，往來於地球和月亮之間，就像宇宙巴士一樣。他在月球上會有一間小屋，因為房貸壓力的關係，會招房客共住，然後與其中一位美麗的女子談戀愛。而月球之戀與地球之戀不同，因為那裡不像地球有地心引力……」

我們在圍觀的群眾旁看著。「他是來真的嗎？」我問艾瑪。

「也許，」她回答，「也有可能只是在小小地捉弄她。」

「為什麼他從來不能像這樣預知我們的未來？」

艾瑪聳聳肩。「霍瑞斯的能力可能沒什麼用處，只會惹惱大家。他可以火力全開地為陌

生人測知未來，對我們，他的能力就好像被鎖住了。好像只要是他愈關心的人，就愈感應不到未來。情感會遮蔽他的預知能力。」

「每個人不都是這樣嗎？」有個聲音從背後響起，我們回頭一看，是伊諾站在那裡。

「就這個觀點來說，親愛的艾瑪，希望沒有令美國男孩太分心。有個小妞在舔你的耳朵，要如何專心防禦嗜魂怪來襲呢？」

「你少講些噁心的話！」艾瑪說。

「嗜魂怪來襲時，那種感受不是我能說停就停的。」我說，我更希望可以停止伊諾為艾瑪吃醋的行徑所引發的不悅感。

「說說看，你們剛剛的祕密會議裡談了些什麼。」伊諾問，「我們根本沒人聽過吉普賽人與特異孩童之間的古老協議，這些吉普賽人究竟是為了什麼保護我們？」

「那位首領家有個特別的兒子，」艾瑪說，「他們希望我們能幫得上忙。」

「瘋了嗎？」伊諾說，「為了一個小男孩，他們差點讓全員被那些軍人千刀萬剮。講到情感因素蒙蔽雙眼。我猜，他們是看上我們的特異能力，想把我們留下來奴役。要不然，就是想把我們賣個好價錢。我總是把人想得太好。」

「噢，你去找隻死掉的動物玩玩吧！」艾瑪說。

「人性總是有百分之九十九讓人摸不著。」伊諾說，然後搖搖頭走開了。

「有時候，我會忍不住想，這傢伙徒具人類外表，裡面根本是鐵做的。」艾瑪說。

我苦笑，心裡卻偷偷想著，或許伊諾的話也有道理。貝克為他兒子所冒的險，算是瘋狂的行徑？那麼，我也跟他一樣瘋了。就為了一個女孩，我放棄了多少東西？撇開我的好奇心、爺爺及我們欠下裴利隼女士的恩情不說，之所以到現在我還在這裡，其實就只為了一個原因。打從遇上艾瑪的那天，我只想成為她所屬世界中的一分子。這算瘋狂嗎？還是我太容易動心了？

我暗想，**也許我可以再現實一點**。假使曾讓自己鐵了心，我當下會是在哪裡？

那還用說，我一定會待在家中，整天發愣想著同一件事。沉迷在電腦遊戲中排解悲傷情緒、在便利商店中排班工作，日日悔不當初，漸漸地枯槁死去。

你這懦夫，可悲無用的臭小子，你把大好機會丟掉了。

但我沒這麼做。因為跟隨艾瑪，我甘冒一切危險，而這幾乎成了每天的功課，但也就因為這麼做，我實現了夢想，到達一個從前無法想像的世界。在這裡，我所認識的人們比從前所遇見過的任何人活得更起勁，我做到從前無法想像自己可以做到的事，並從無法想像可以倖存的環境中存活下來。這一切都是因為我打開心胸，承認自己對這名女孩的真情。

就算遇到再多的艱難與危險，即使這個新世界打從認識的第一天就開始崩塌，我是真心誠意地高興自己在這兒。不論如何，這不凡的世界就是我所嚮往的。這也夠奇怪，你怎能同時活在夢想與夢魘之中呢？

「什麼事？」艾瑪說，「你在盯著我看。」

「我想要謝謝妳。」我說。

她皺了皺鼻子，睥睨著我，好像我在說笑。「你要謝我什麼？」她說。

「妳給了我前所未有的力量，」我說，「妳讓我變得更好。」

她紅著臉，「我不知該說些什麼。」

艾瑪，澄淨的靈魂。我需要妳的熱力，妳內心那股火般的熱力。

「妳什麼都不用說。」我說。然後我感覺到一股急切想要吻她的衝動，我吻了她。

即使我們一行人已經筋疲力盡，這群吉普賽人仍在興頭上，看來他們還沒打算讓派對結束，幾杯含咖啡因的甜味不知名熱飲下肚，又彈奏了幾首曲子，他們已贏得我們的心。他們是天生的說故事好手及美聲歌手。他們熱情好客的天性，待我們彷彿久未謀面的表親。大家整晚都在輪流說故事，那位表演過熊吼口技的男人，上場表演腹語，讓人幾乎相信他的木偶是活生生的。他像是迷上了艾瑪，一直在對她使眼色、對她笑，但她裝作沒看見，還刻意作勢牽了我的手。

接著，他們講到第一次世界大戰時，英軍奪走他們的馬匹，有好一段時間，沒有任何動物可以拉他們的篷車。他們在森林中進退維谷，就是此地的某片樹林，直到有天，出現一群長著長角的羊，在營地遊蕩。那些羊看似野生，卻很溫馴，願意吃人手裡的食物。於是，有人提議，抓一隻來拉馬車。結果，他們發現這群羊就像從前的馬一樣強壯。這些吉普賽人因此解決了困境，直到大戰結束，他們一直靠著這些特別強壯的羊拉車。從而在威爾斯還得到了一個名號，叫做「羊人」。他們拿出一張照片傳閱，那是貝克的舅舅騎在羊拉的篷車上。我們彼此心照不宣，知道這就是愛迪森提過的那群失蹤的特異羊群。大戰結束，軍隊將馬匹還給吉普賽人，這群無用武之地的羊就又被放回樹林裡。

最後，營火變小，他們把睡袋鋪在地上讓我們用，還以我們不懂的異國語言唱起輕快的搖籃曲，感覺自己像個孩子般被照顧得無微不至。腹語師走過來向艾瑪道晚安，她噓聲趕走他，卻來不及阻止他留下一張卡片。卡片背面寫著在卡地夫的郵箱地址，隨著吉普賽人的旅程，他每隔幾個月就會去那裡收信。卡片正面是他與一群木偶的合照，上頭還寫了些字給艾瑪。她把卡片秀給我看，並竊笑一聲。但我為他感到難過。他的罪過只是因為喜歡她，就像我一樣。

我和艾瑪蜷身睡袋，靠在樹林邊，正當我們將緩緩進入夢鄉，聽見附近草地上有腳步聲。我睜開眼，卻什麼也見不到。是米勒，他和小男孩談了整晚後回到這裡。

「他想要跟我們走。」米勒說。

「誰？」艾瑪含糊地回答，「哪裡？」

「那孩子，想跟我們。」

「那你怎麼跟他說？」

「我跟他說，這不是好主意，但我沒有直接對他說不。」

「你也知道，我們不能增加跟隊的成員，」艾瑪說，「他會拖累大家的腳步。」

「我知道，我知道。」米勒說，「但是他正在迅速消失，他很害怕。他很快就會變得完全透明，擔心哪天自己脫隊，而這群吉普賽人卻沒人發現，那麼，他可能就要面臨獨自在

To Emma,
Yours for a smile

充滿嚇人的豺狼和大蜘蛛的森林裡求生存的窘境。」

艾瑪呻吟了一聲，轉過去面對米勒。看來他除非得到答案，否則沒打算走開。「我知道他一定會失望，」她說，「但這是不可能的。抱歉了，米勒。」

「很正確，」米勒沉重地說，「我會告訴他這個消息。」

他站起身來躡手躡腳地走了。

艾瑪嘆息，輾轉反側，難以成眠。

「妳做了正確的決定，」我對她耳語。「身為眾人仰望的領導者很不容易。」

她沒搭腔，只是依偎在我胸前。在微風吹拂樹梢的聲音和馬兒的鼻息聲中，我們沉沉睡去。

這是個噩夢連連的一夜，我睡得並不好。在夢中，就像這幾天的經歷一樣，被恐怖的狗群追趕，覺得筋疲力盡、全身僵硬、腦袋發沉。我寧可前晚沒睡，說不定更好些。

貝克一大早就來喚醒我們。「起床上工嘍，辛卓克！」他大聲喊著，一面向我們投擲磚塊般硬的麵包。「等死了以後有的是時間睡喔！」

伊諾將麵包往石頭上敲，麵包喀啦一聲裂開。「吃這種早餐，我們也會死得夠快。」

貝克順了順伊諾的頭髮，咧嘴笑道：「別這樣，今天早上你的精神到哪裡去了？」

「還在漱洗中。」伊諾說完又倒回去，用睡袋蓋住自己的頭。

貝克給我們十分鐘準備出發，騎馬到鎮上。他很守信用，已經計畫好讓我們趕上今早的第一班火車。我起身，顛簸著走到水桶邊，往臉上灑了水，用手指清潔牙齒。噢，我真想念我的牙刷，還有我薄荷口味的牙線、海洋風清涼止汗劑。此刻，最令我難以捨棄的，就是擁有便利商店。

我那堆滿乾淨衛生衣褲的王國啊！

正當我從頭髮裡挑出牧草、咬下那奇特的麵包之際，吉普賽人帶著孩子惋惜地看著我們。彷彿他們清楚，昨晚是最後的狂歡，而今我們即將面對不可知的未來旅程。我想讓大夥兒輕鬆點。「沒問題，我們會沒事的。」我對著其中一名低著頭快哭出來的小孩說。

他看著我，彷彿我是個開口說話的幽靈，大大的眼中盈滿不安。

八匹馬已經備妥，還有八位騎士，每個人準備搭載一名孩童。以馬匹載著我們趕路，會比用篷車快得多。然而，對我來說，這些馬看起來有點嚇人。

我從來不曾騎過馬，我大概是美洲唯一沒騎過馬的有錢人家少爺。這並不是因為我不懂得欣賞馬兒既美麗又雄壯，還擁有動物界中最優雅風範的名號，只不過，我不太相信會有動物真心想讓人騎乘或拉扯。此外，馬兒擁有強健壯碩的肌肉、白閃閃的牙齒，像是能看透我的恐懼似地，只要有機會就會把我一頭踹下。更不用說，馬身上不會有安全帶，也沒有另一套替代性的安全機制。馬兒跑起來可以達到車速，但更顛簸。這整個情況看起來實在不太樂觀。

我當然沒有對這些發表意見。我唯有閉上嘴巴、咬緊牙關，一心期盼有朝一日我能死

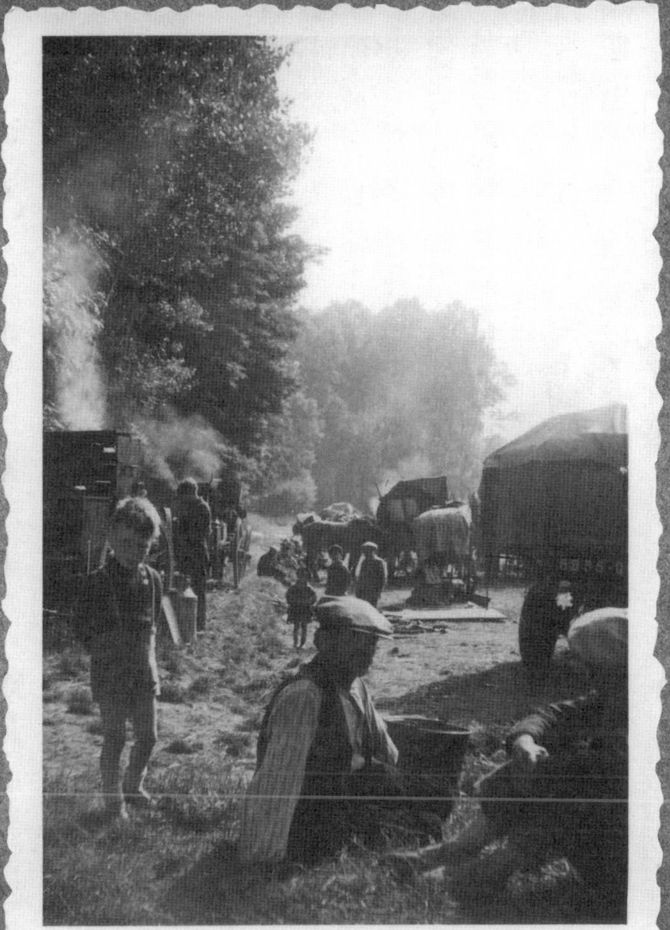

得其所，而不是從馬上摔下死掉。

從第一聲「駕」，我們就這樣進入全速奔馳的模式。我隨即拋開自尊，像無尾熊般抱住前面馬鞍上駕著馬的吉普賽男人。我們奔馳的速度快得我來不及向那些聚在那裡向我們道別的人們。這樣也好，反正道別也實在並非我的強項。最近，我的人生就像一連串道別的片段，再見，再見，再見，再見了。

我們騎著馬。我的大腿因緊緊夾著馬腹而發麻。貝克在前面領頭，他那特別的兒子與他一起在馬鞍上。那孩子自信滿滿地騎著馬，背脊挺直，兩臂自然下垂，與昨晚所見到的模樣判若兩人。與這群吉普賽人一樣，擁有同樣的特質。他不需要我們。這些是他的族人。

我們終於轉為慢跑模式，我鼓起勇氣將原本埋在騎士夾克上的頭抬起，看到風景不變。原本的樹林已變成平原，我們正往山下走，從這裡往下看，半路上有個四周是綠林環繞的小鎮，看起來只有郵票大小。有輛火車正從北方朝小鎮的方向前進，天空中一點一點像刪節號的，是火車頭噴出的陣陣白色濃煙。

貝克領著大夥兒來到小鎮入口前，拉住了馬。「我們只能送你們到這兒了。」他說，「我們在這兒並不怎麼受歡迎，何況你們還得避免引起別人的注意。」

我難以想像為何有人會排斥這群友善的人們。然而，特異孩童同樣也在社會上因為類似的情形遭受排斥。這就是令人感傷世界的真實模樣。

孩童們和我都下了馬，我站在大夥兒背後，免得有人注意到我那雙不聽使喚顫抖中的腿。正當我們要離開時，貝克的孩子從他父親的馬上跳下來，哭叫著：「等我！帶我一起走！」

「我以為你跟他講清楚了！」艾瑪對米勒說。

「我講了啊！」米勒回答。

男孩從馬鞍袋中取出背包，掛在肩上。他已經打包準備上路了。他說：「我會煮飯、鋸木頭、騎馬，還會打各種繩結！」

「誰來給他頒獎吧！」伊諾說。

「很抱歉，這真的行不通！」艾瑪溫和對他說。

「但是我跟你們一樣，而且愈來愈像。」男孩開始解開褲頭的釦子，「看看我變成怎樣！」

在沒人來得及阻止前，他把長褲褪到腳邊。女孩們驚呼一聲，把頭轉開。阿修吼道：「把褲子穿上！你這沒救的瘋子。」

但是那裡什麼也沒有，打從腰部以下已呈現完全透明。我在些微病態好奇心的驅使下，偷瞄了他仍可見的上半身底下的部分，只見內臟運作狀況。

「瞧瞧我從昨天到今天，已經消失了這麼多！」雷迪以驚恐的聲音說，「我很快就會消失了！」

吉普賽人驚愕地交頭接耳，連馬匹也因見到一個看起來不太完整的男孩，受到驚嚇而別過頭去。

「我可以不要看嗎，」伊諾說，「他只剩一半在那兒。」

「噢，可憐的孩子，」布蘭溫說，「我們不能留下他嗎？」

「拜託！我們不是你一時興起想加入就可以加入的馬戲團，」伊諾說，「我們有危險的任務在身，要拯救我們的時鳥，哪有空當一個沒有概念的新特異孩童的保母！」

男孩的眼睛睜大，開始淚流滿面，肩上的背包滑落地面。

艾瑪把伊諾拉到一旁，「你這樣說話太凶了，」她說，「現在你去跟他道歉。」

「我不要！這根本就荒謬至極，完全是在浪費我們的時間，我們時間不多了。」

「這群人可是救了我們一命！」

「要是當初他們沒把我們塞進籠子裡，我們的命也輪不到他們來救！」

艾瑪放棄勸誡伊諾，她轉向男孩，「如果今天情況不同，我們一定會張開雙臂歡迎你加入。然而，我們沒辦法改變事實，我們的整個世界和生存方式都處在危險中，只要被敵人發現，立即就會有生命危險。現在真的不是好時機，希望你了解。」

「不公平！」男孩生著悶氣，「為什麼我不是幾年前就開始變化？為什麼非得等到現在才發生？」

「每個特異人士的能力展現時間都不一樣。」米勒說，「有的人是在童年，有的人甚至到了晚年才發生。我聽過有一個老人是在九十二歲，才發現自己竟然可以用念力移動物品。」

「我是出生時就和空氣一樣輕，」奧莉芙自豪地說，「我從媽媽身上蹦出來後，就直接飄到醫院的天花板上。還好有臍帶拉住了我，不然我就會從窗戶飄出去，飛到雲端了。據說，因為太驚人，醫生當場昏厥了。」

「妳至今仍是很驚人呢，親愛的。」布蘭溫說著，拍拍她的背表示讚許。

米勒穿著外套和靴子，所以我們看得見他走向男孩，「你父親對這件事有什麼看法？」他說。

「我們當然不希望他走，」貝克說，「但我們深怕因為看不見他，而沒把他照顧好。他執意要離開，我也不知道……如果讓他與自己的同類在一起，會不會比較好……」

「你愛他嗎？」米勒直率地問，「他愛你嗎？」

貝克皺著眉，他是個傳統的男人，這種問題讓他有些不適應。吞吞吐吐地清完嗓子後，低吼著說：「當然，他是我兒子啊！」

「那麼，他就是你們的同類。」米勒說，「這孩子屬於你們，不是屬於我們。」

貝克不輕易在族人面前顯露情感，但我注意到他眼睛閃爍淚光，下巴收緊。他點點頭，往下看著兒子說：「那麼，來吧，收好你的背包，我們走！你媽媽會泡好茶等我們。」

「好的，爸爸。」男孩回答，他雖然表情失望，卻又像是鬆了一口氣。

「你會沒事的，」米勒對男孩保證，「你會很好。等我們把事情處理完，我會回來找你。還有很多像我們一樣的人，總有一天，大夥兒會聚在一起。」

「你發誓？」男孩說，眼中充滿希望。

「我發誓。」米勒說。

男孩爬上他父親的馬匹，我們則轉身走進了小鎮的城門。

第六章

這座城鎮名叫「煤炭」，不是煤炭鎮或煤炭谷，就單單叫做煤炭二字。這裡到處都是那東西，家家戶戶側門邊一堆又一堆疊放著煤炭，煙囪上排放著油汙的煤煙，路上前往工作的人們身上也沾著髒污。我們緊緊靠在一起，急忙經過這些人，往車站前進。

「走快一點，」艾瑪說，「不要說話，眼睛放低點。」

這已是我們根深柢固的規矩，盡量避免與一般人有眼神接觸，因為那會引發對話，對話又引發疑問，而成人對特異孩童的疑問往往令人難以招架，而引發更多的疑問。當然，戰爭時期，一群衣著破爛的孩童獨自旅行，其中一名女孩肩上還站著一隻有利爪的遊隼，光是這情景已經夠引人目光了。然而，當地人卻不太理睬我們。小鎮上左彎右拐的巷弄間，曬衣繩、酒吧門前全空蕩蕩的像個鬼城，每個人都像枯萎的花朵般垂頭喪氣，眼睛瞄到我們後就轉開了。他們有自己要煩惱的心事。

這個火車站看起來很不起眼，我懷疑火車是否真會在這裡靠站。月臺上一片空曠，唯一有遮蔽的建物就是個小售票亭。亭子裡的售票員坐在那裡呼呼大睡，眼鏡滑到鼻頭上。

艾瑪重重敲打售票亭的玻璃窗，把售票員驚醒。「八張去倫敦的票！」她說，「我們要趕在今天下午之前到。」

售票員隔著玻璃看我們，他把眼鏡摘下，擦乾淨又戴上，把我們看個仔細。相信我們的外貌很嚇人，全身沾滿髒汙，頭髮油膩膩的不說，還奇形怪狀地亂翹，說不定還很臭。

「很抱歉，這輛火車滿座了！」

我看看四周，除了稀落的幾個人在長椅上打盹，車站裡根本沒人。

「太荒謬了！」艾瑪說，「快把票賣給我們，不然我就去向有關當局告發你歧視兒童！」

換作是我，我會以溫和的手段解決這位售票員，但艾瑪對於這種裝腔作勢的小公務員缺乏耐性。

「就算有這種法令存在，對你們也不適用。」他輕蔑地翹高鼻子回答，「現在是戰爭時期，尊貴的女王王室可沒空理你們這群鄉下小孩或動物。」他嚴厲地看了裴利隼女士一眼。「你們就是不能上車！」

火車發出嘶嘶聲進了站，拉開尖銳的煞車長音停了下來。列車長從車窗裡探出頭來叫，「八點半到倫敦，全部上車！」長椅上原本睡著的人們被喚醒，開始在月臺上混亂的四處穿越。

一名身著灰色西裝的男士強行越過我們，推了一張鈔票給售票員，立即換得一張車票，便急忙往火車走去。

「你剛說火車滿了，」艾瑪邊說邊硬生生地往玻璃窗上敲打。「你不可以這樣！」

「那位紳士買了一張頭等艙車票。」售票員說。「滾開吧！髒兮兮的小乞丐！去別的地方當小扒手吧。」

霍瑞斯往前跨一步來到售票亭窗口，他說：「乞丐的定義，是身上沒帶大筆錢的人。」然後他伸手往口袋掏出一大疊厚厚的鈔票，放在櫃檯上。「如果你只賣頭等艙，那我們就買頭等艙。」

售票員立刻正襟危坐地對著那疊鈔票張口結舌。其他人也感到驚奇，想不通霍瑞斯打哪兒來的這麼多錢。售票員迅速點完鈔票，說：「可……可是，這些錢足夠包下整個頭等車廂了！」

「那就讓我們包下整個頭等車廂！」霍瑞斯說，「這麼一來，你就不必擔心我們會扒什麼人的口袋。」

售票員的臉倏地轉紅，結結巴巴地說：「是，是，先生。抱歉，先生。希望您原諒我之前說的話，那只是開玩笑的……」

「快把天殺的票給我們，讓我們快點上車！」

「馬上來，先生。」

售票員將一疊頭等艙車票推出來給我們。「祝您們旅途愉快！」他說，「請不要告訴任何人我說過那些話，先生女士們。還有，如果我是您們，我會把那隻鳥藏起來。列車長不會想看到牠，無論是不是頭等艙的客人都一樣。」

當我們手上拿著車票，從售票亭轉身離開，霍瑞斯挺著胸膛神氣活現的像隻孔雀。

「你到底從哪來的錢啊？」艾瑪說。

「大火燒燬我們的家之前，我從裴利隼院長的衣櫃裡救出的，」霍瑞斯回答，「我還在外套裡縫製了特別的暗袋保護它。」

「霍瑞斯你是天才！」布蘭溫說。

「真正的天才會把錢這樣亂花到連一分都不剩嗎？」伊諾說，「我們真有必要包下一整個頭等車廂嗎？」

「沒那必要，」霍瑞斯說，「但是讓那個人當眾出糗很過癮，不是嗎？」

「是沒錯啦！」伊諾說。

「那是因為，金錢真正的目的就是用來操控他人，讓他人顯得比自己低下。」

「這我可無法完全苟同。」艾瑪說。

「只是玩笑話啦！」霍瑞斯說，「錢是用來買衣服的，當然嘍！」

正當我們準備上車，列車長攔下我們，「給我看你們的票！」他說。正當他要從霍瑞斯手上拿那一疊車票之際，一眼瞥見布蘭溫正鬼鬼祟祟地把什麼東西藏進外套裡。「妳那個是什麼東西？」列車長問，狐疑地靠近她。

「什麼？你說我有什麼？」布蘭溫回答，一面把那一團揉得縐巴巴的外套往自己靠緊，一面想要故作輕鬆。

「在妳的外套裡！」列車長說，「別想要我，小女孩。」

「這是……」看得出布蘭溫飛快地轉動腦袋，卻失敗了。「是一隻鳥？」

艾瑪垂下頭來。伊諾矇住雙眼，哀號一聲。

「不准帶寵物上火車！」列車長吼叫。

「但是您不懂，」布蘭溫說，「我從小就擁有這隻鳥……我們一定要上這輛火車……而且我們付了這麼多錢買車票。」

「規定就是規定。」列車長說著，開始失去耐性。「別想要賴！」

艾瑪的頭忽地抬起，臉上洋溢光芒。「是玩具！」她說。

「你說啥？」列車長說。

「列車長先生，這不是真鳥，只是玩具。我們沒想過要違反規定啊。那是我妹妹最愛的玩具，她以為您是要搶走她的玩具啦。」她握著雙手，做出可憐的模樣求情。「您會拿走這孩子的心愛玩具嗎，不會吧？」

列車長狐疑地打量布蘭溫，「她這年齡還玩玩具，也太大了些吧，不是嗎？」

艾瑪往前一靠，輕聲說：「她是有點遲緩啦，您可以了解……」

布蘭溫聽了皺眉，但也別無選擇，只好跟著劇情演下去。列車長往前走一步，靠近她。「那麼，就讓我來檢查這個玩具。」

真相即將揭曉。我們屏氣凝神，布蘭溫打開外套，將手伸進去，慢慢取出裴利隼女士。當我一見那隻鳥，有那麼驚悚的一刻，以為牠死了。裴利隼女士呈現完全僵直的狀態，躺在布蘭溫手上，雙眼緊閉，兩腳硬邦邦地往前伸著。然後，我了解到牠也是順著劇情一起演下去。

「看吧！」布蘭溫說：「不是真鳥，是填充娃娃。」

「之前我明明看到牠動了一下。」列車長說。

「這是……嗯……可以受風傳動的，」布蘭溫說，「看！」

布蘭溫跪下來，把裴利隼女士放在腳邊，假裝在牠的翅膀下搧風，一會兒後，裴利隼女士睜開眼睛，東倒西歪地走路。牠的頭機械式地轉動，雙腳彷彿裝了彈簧似的彈跳。最後，又倏地停止，像根木頭般躺在地上。她的演技簡直可以贏得奧斯卡最佳女演員獎。

列車長幾乎快被完全說服，有些悻悻然地說：「好吧！既然是玩具，就請妳不必一直抱著，把它放進行李箱吧。」他用下巴指著布蘭溫放在月臺上的大衣箱。

布蘭溫猶豫不前，「這不是個……」

「好的，好的，沒問題。」艾瑪說著，彈開大衣箱的鎖頭，「把它放進去，妹妹！」

「如果裡面沒空氣怎麼辦？」布蘭溫低聲問艾瑪。

「那我們就會在箱子裡開幾個他媽的小洞！」艾瑪低聲回答她。

布蘭溫將裴利隼女士從地上撿起，輕柔地放進大衣箱。「真的很抱歉，夫人。」她低聲耳語，然後蓋下大衣箱，上了鎖。

列車長終於收了我們的車票。「頭等艙！」他驚訝地說，「你們的車廂在最前面！」他指著最遠一端的月臺，「你們得快點趕上！」

「你現在才跟我們說！」艾瑪說，然後我們全體在月臺上奔跑。

蒸氣火車發出啟動運轉的短音，加上金屬的吱嘎聲，火車開始在我們身旁動了起來。一開始只是慢慢地動，隨著車輪的轉動愈來愈快。

我們衝到頭等艙旁，布蘭溫向著敞開的車門首先跳上去。她把大衣箱放在車廂走道上，伸出手來幫奧莉芙上車。

就在此刻，身後傳來一聲喊叫：「停下來！從車上給我下來！」

「誰敢再阻止我們上車，我發誓我會……」伊諾說。

一聲槍響，這突如其來的驚嚇，令我雙腳打結。我跌跌撞撞地走下火車，回到月臺上。

「我說，不准動！」那嗓音再度發出怒吼。我越過肩膀看見背後有一名士兵站在月臺上，他拿著步槍對準我們，膝蓋下彎準備擊發。又出現兩聲槍響，他擊出的兩枚子彈，從我的頭頂上掠過，只為了強化他的立場。「從火車上下來，跪在地上！」他說，一面邁步朝我們走來。

我想到拔腿狂奔，但我在瞬間瞄到這名士兵的眼珠，那裡只有白色凸出的眼球，上面沒有瞳孔。我了解到，不能輕舉妄動。他是偽人，要他槍殺我們任何一人，連眼睛都不會眨一下。我知道別讓他有任何藉口在大庭廣眾之下這麼做。

布蘭溫與奧莉芙一定也認知到這點，她們倆也下了車，跟我們一起跪著。

差一點，我們就差那麼一點。我想著。

火車駛離車站，我們不在上面。我們搭救裴利隼女士的希望就這樣隨著蒸氣火車漸行漸遠。

再者，裴利隼女士還在上面！我想到這點時，驚愕得差點吐了。布蘭溫將大衣箱擱在火車上了。我不由自主地跳起來想去追火車，但是一根槍管隨即出現在我的臉旁不到幾吋的距離，我感覺自己所有的肌力瞬間消失了。

「不－准－動！」那名士兵說。

我回到地面上。

我們全體跪著，兩手舉高，心臟怦怦跳著。那名士兵在我們周邊走來走去，很緊張，他拿步槍對準我們，指頭一直貼著板機的位置。除了高倫醫師外，我不曾靠得這麼近觀察過其他偽人。他穿著英軍的標準配備，卡其制服上衣，搭配羊毛長褲、黑色軍靴，戴著鋼盔。然而，他有些地方不太對勁，長褲顯得怪模怪樣的，鋼盔也戴得太後面，彷彿穿著自己也不太習慣的戲服似的。他看起來很緊張，把我們排成一列後，一直對著我們東看西看。

他怕我們人多勢眾，雖然我們只不過是一群手無寸鐵的小孩子，這三天來，我們已經涉及一名偽人和兩隻嗜魂怪的死亡事件。他對我們有恐懼感，而光憑這一點，就讓我更怕他。因為恐懼會令他更加不可理喻。

他從皮帶中取出無線電發報器，對著那機器說話。那裡有個電流干擾聲，過一會兒之後，會有訊息回傳。這一來一往全用密碼。我連一個字都聽不懂。

他命令我們起立，我們站起來。

「我們要去哪裡？」奧莉芙怯生生地問。

「去散步。」他說，「很好的、很平常的散步。」他的發音清晰，母音卻念得平坦單調。聽得出來他不是本地人，卻拙劣地模仿著英國腔。偽人非常善於偽裝，而眼前這名士兵顯然不是他們的優等生。

「通通給我走一直線，不准任何人脫隊。」他說，輪流看著我們每一個人。「不准跑。我的彈匣裡有十五顆子彈，夠我賞你們每人兩顆，用來在你們身上打洞。隱形男孩，別以為我看不見你的外套。你膽敢讓我追你，我就切下你隱形的手指當作紀念品。」

「是，先生。」米勒說。

「不准說話！」這名士兵的吼聲隆隆作響。「現在齊步走！」

我們齊步走，經過售票亭，售票員不在那裡了，然後走下月臺，出了火車站，走到大街上。雖然早先當地居民連正眼都不看我們一眼，這次當我們在槍枝的逼迫下列隊前進，他們就像貓頭鷹般地轉過頭來看。那名士兵命我們保持整齊跟緊隊伍，只要有人稍微脫隊，他就在背後怒吼。我就在隊伍的最後面，他走在我的背後。行進間，我可以聽見他腰帶上彈藥的敲擊聲響。我們沿著來時的路，又走出這座城鎮。

我想像著各式各樣的脫逃計畫。我們可以一哄而散，不行！他會成功射殺我們其中好幾個人。或者我們之中有人假裝在半路上昏倒，後面的人就會絆倒，然後在混亂之間，不行！任何訓練有素的軍人都不會被這種雕蟲小技給騙倒。只是我們之中總得有人把他的槍奪走。

我，因為我離得最近。也許我可以走慢一點，讓他跟上，然後跑向他……但是我開什麼玩笑？我可不是動作片裡的主角英雄。我怕得快喘不過氣了。總之，他距離我大約十碼，還用槍指著我的背。只要一轉身，就會開槍射殺我。我會因流血過多死亡。這是個愚蠢的主意，更不是英勇的行為。

一輛吉普車隆隆作響開過來，停在我們身旁慢慢開著。車上另有兩名士兵，雖然他們都戴著太陽眼鏡，我知道眼鏡後面是什麼。坐在副駕駛座的偽人，對著逮著我們的士兵點點頭，開口說：「幹得好！」然後就轉頭一直盯著我們。打從這時起，他的視線沒離開過我們，手一直緊緊握著長槍。

現在我們有了隨行的士兵，拿著槍在我們面前指揮的士兵，從一人變成三人。任何逃走的希望都破滅了。

我們不斷走著，鞋子踩在碎石上，發出沙沙聲，吉普車的引擎聲不絕於耳，像割草機的聲音般。小鎮消失了，道路兩旁是整排的樹，眼前突然出現一大片休耕中的荒蕪田地。士兵間彼此保持沉默、不發一語。他們覺有種機械式的特質，彷彿腦袋已被抽空，而以電線取代之。偽人應該很聰明，但是這幾位讓我覺得好像執行任務的雄蜂。接著，我當真聽到耳邊出現蜜蜂的嗡嗡聲，抬頭一看，一隻蜜蜂在我頭上繞了一圈後飛走。

阿修，我想著。*他在幹嘛*？我往眼前的隊伍中尋找他的身影，深怕他打算做出什麼瘋狂舉動，說不定會害死大家。但是我找不到他人影。

我趕緊數人頭，一、二、三、四、五、六。走在我前面的是艾瑪，然後依序是伊諾、霍瑞斯、奧莉芙、米勒和布蘭溫。

阿修人呢？

我幾乎驚跳起來。阿修不在這裡！這表示他打從一開始就沒被逮住。他仍是自由身！也許在車站，他趁混亂之際躲進車軌和月臺間的縫隙，又或者在士兵不注意之下上了火車。我想知道他是否一路上偷偷跟蹤我們，真希望我能回頭察看，又能不引起士兵注意。

我希望他沒跟著我們，因為那樣代表他會照顧裴利隼女士。否則，我們要怎麼到天涯海角找她？假如她被鎖在大衣箱中沒辦法呼吸了？還有，在一九四〇年代，沒人領取的可疑行李下場是什麼？

我的臉色脹紅、喉嚨緊縮。有太多事情要擔憂，上百樣恐怖場景在我腦中輪番上演。

「走回隊伍裡！」背後的士兵對我吼了一聲。我了解到他在說我，在腦袋發脹的情況下，偏離了道路中央。我趕緊走回正對艾瑪背後的位置。她給了我一眼，暗示「**別惹他生氣！**」，我告訴自己振作點。

我們走在令人坐立難安的沉默中，緊張壓力就像電流似地在我們之間流竄。我看到艾瑪的拳頭一會兒緊握、一會兒放鬆。伊諾一面搖著頭喃喃自語。奧莉芙已經腳步不穩。看起來，我們隨時會有人因為絕望而做出傻事，引發子彈狂飛。

接著，聽見布蘭溫驚叫一聲，我抬起頭，眼前出現不曾想像過的恐怖畫面。三個巨大的形體橫在我們眼前，一個在路上，兩個在附近田野淺淺的溝渠中。大概是一堆土吧，我一開始這麼想著，不想去看清楚。

等我們走近，我再無法假裝那是別的東西，那是三匹死掉的馬倒在路上。

奧莉芙尖叫，布蘭溫直覺地過去安慰她。「別看！小甜心！」然後，拿著步槍的士兵往天空開了一槍。我們全部趴在地上，緊抱住頭。

「再有這種舉動，我就讓你們躺在陰溝裡，跟牠們一樣。」他吼道。

我們站起身，艾瑪乘機對我耳語：**吉普賽人**，然後對著離我們較近的馬兒點點頭。我聽懂她的意思。這些是吉普賽人的馬。我甚至認出其中一匹馬的特徵，後腿上有白斑的，因為牠就是一小時前讓我騎在身上的那匹馬。

我覺得頭暈目眩。

我終於想通，一切連貫起來在我腦中上演。這是偽人幹的好事，就是昨晚搜查吉普賽人營地的同一群偽人。吉普賽人從小鎮回去的路上遇見了這群偽人。一定有一場追逐。偽人直接槍殺了吉普賽人騎著的馬匹。

我知道偽人會殺人，阿沃賽夫人說過，他們殺特異孩童，但是殘忍射殺這些動物，令我覺得他們更是邪惡無比。一個鐘頭前，牠們都還那麼生氣蓬勃，炯炯有神的眼睛顯露聰慧，滿是肌肉的身體線條散發著熱氣，如今，就因為這幾個鐵石心腸的傢伙，牠們成了冰冷的屍體。這幾隻驕傲壯碩的動物，被射殺在路邊，倒下如垃圾般被棄置。

我因怒氣而激動不已，也感到恐懼戰慄。同時，也為之前暗自嘟囔、不知感激的態度，感到抱歉。我簡直就是個被寵壞的混蛋。

振作點，我對自己說。**振作一點！**

不知貝克和其他人在哪裡，也不知他的兒子在哪裡。我只知，這些偽人會射殺我們。我現在確定了。這些穿著軍服假扮士兵的衣冠禽獸，比他們所控制的嗜魂怪還更像怪物。偽人擁有頭腦可以思考，但卻將上天的恩賜用來摧毀世界，硬生生地奪走生物的生命。為什麼？只為了讓自己活久一點，只為了讓自己擁有比世上的任何人更多的權力，而視任何生命如草芥。

暴殄天物，這真是愚蠢的行為。

現在，他們也將對我們做出同樣的事。把我們帶到野外，在訊問過後殺戮棄置。假如阿修傻得一路跟著我們，假若那隻蜜蜂在我們隊伍間飛上飛下代表他就在附近，那麼，他也一樣會被殺。

求上主憐憫。

我們又走了一段路，離倒下的馬匹很遠了，士兵們下指令要我們從大馬路上轉進田裡的小徑。小徑只有幾吋寬，原本開車的士兵只好將吉普車停在路邊，也加入走路的行列。由一名士兵領隊，另外兩名壓隊。小徑兩旁的野草長得很高，點綴著野生的花簇及夏末的昆蟲鳴叫聲。

若得在這裡受死，也算是個美麗的地方。

過了一會兒，田野盡頭出現一間小茅屋。我想著，**那裡就是他們準備逞凶的地方。他們會在那裡殺了我們。**

當我們走近，門開了，走出一名士官。他和其他士兵的軍服有些許不同，頭上戴得不是鋼盔，而是一頂鑲有黑線的帽子，看起來有官階，身上配著手槍而非步槍。

這傢伙是帶頭的。

他站在小徑上看著我們接近，他蹬著腳後跟，看起來很高興。「我們終於見面了！」他大聲說，「你們還真是讓我們費了一番工夫，但我早就知道，最後一定會逮著你們。」他的外型像個矮胖的少年，淡金色的纖細髮絲近乎白色，他那怪異的亢奮情緒，彷彿補充過多咖啡因的童子軍領隊。但是當我看到他，直覺想到的字眼只有：畜生，怪物，殺人兇手。

「進來！進來！」那名士官一面說、一面打開門，「你們的朋友在裡面等著呢。」背後的士兵推著我們進門，經過士官身邊時，我瞄到他的制服名牌上寫著「懷特」（白），就像他的髮色一樣。

白先生。這是個玩笑嗎？也許吧。他與這個詞一點也不相稱，他這個人與純真無邪的白色一點關係也沒有。

我們被推進去後，又被吼著趕到角落。小茅屋裡有個房間，什麼家具也沒有，還擠滿了人。貝克和他的手下弟兄背靠著牆坐在地上。他們慘遭凌虐，身上青一塊紫一塊，還流著血，一臉頹喪。有些人不在這兒，貝克的兒子也不見蹤影。這裡還有兩名守衛士兵，加上白先生和我們的隨行士兵，總共是六個人。

貝克與我四眼交接，沉重地點頭。他的臉頰上泛著瘀青，用唇語對我說：「對不起。」

白先生抓到我們的無聲交流，便對著貝克說：「啊哈！你認得這些小孩子是吧？」

「不認識。」貝克低著頭說。

「不認識？」白先生故作驚奇狀，「但是你向那個人道歉。你一定認識他，除非你習慣跟陌生人道歉？」

「他們不是你們想找的人。」貝克說。

「我想他們正是。」白先生說，「我想，這群人就是我們在找的那群小孩。非僅如此，我想他們昨晚還在你們營地過了一夜。」

「我說過了，我根本沒見過他們。」

白先生發出嘖嘖聲，像個不滿的女教師。「吉普賽人，你記得我發誓說，如果我發現你說謊，我會怎麼做？」他拔刀出鞘，抵著貝克的臉頰。「沒錯！我發誓要割下你的舌頭餵狗。我向來遵守諾言。」

貝克面對白先生，以眼白死盯著他，臉上毫無懼色。時間一分一秒過去，令人窒息的寂靜。我的眼睛緊盯著那把刀子。最後，白先生露出微笑，俐落地站直身子，結束這片刻。「然而，」他愉悅地說，「首先的要務應該放在第一位！」他轉向那位逮到我們的士兵。「那隻鳥現在在誰手上？」

士兵們面面相覷，一個個搖頭。

「我們沒看到鳥。」在車站逮到我們的士兵說。

白先生的微笑凍住了。他蹲在貝克身旁，對著他說：「你告訴我說他們手上有鳥。」

貝克聳聳肩，說：「鳥兒長翅膀，飛來飛去的。」

白先生不由分說地把刀往貝克的大腿刺去。就這樣，快狠準，不帶任何情感，白刀子進，紅刀子出。貝克在驚嚇和疼痛之中，嚎叫著滾向另一邊，用手緊壓大腿，鮮血汩汩流出。

霍瑞斯暈了過去，癱軟在地板上。奧莉芙驚呼一聲，遮住雙眼。

「這下，你可對我撒了兩次謊。」白先生一面說、一面用手帕拭淨刀刃。我們每個人咬緊牙關、不敢出聲。但我看見艾瑪已在暗地裡準備復仇計畫，她將雙手在背後緊握，變得又熱又紅。

白先生將沾染鮮血的手帕拋在地上，把刀收回刀鞘，起身面對我們。他眼睛睜大，抬起原本的一字眉，擠弄出似笑非笑的表情。「你們的鳥兒在哪？」他故作平靜地問。他表現得愈親切，愈讓人感到恐怖至極。

「飛走了，就跟剛剛那個男的講的一樣。」艾瑪酸溜溜地回答。

我真希望她不要說話。現在，我很怕她會被白先生挑出來嚴刑拷打。

白先生向前走一步，對著艾瑪說：「牠的翅膀受傷，昨天還有人見到那隻鳥和你們在一起。牠應該離這裡不遠。」他清了清喉嚨，「我再問一遍。」

「鳥死了，」我說，「我們把牠丟進河裡了。」

如果我表現得比艾瑪更像個眼中釘，或許他會忘了艾瑪剛剛說過話。

白先生嘆了一口氣。他的右手從槍套游移至刀鞘，最後停放在皮帶的銅釦上。他放低音量，彷彿只講給我聽似地。

「我看出問題所在。你們以為對我講實話，也不會得到什麼好處。以為我們一定會把你們殺了，無論你們說什麼或做什麼都沒有差別。你們錯了。我跟你們打開天窗說亮話，你們不該讓我們在後面苦苦追趕。這是你們的錯。原本事情可以不用這麼複雜，現在大家都生氣了。你們應該了解，你們害我們浪費了太多時間。」

他對著那些士兵彈了下指頭。「你們瞧見這些士兵沒？要他們對你們動手，他們可不會遲疑。相反地，我呢，我願意站在你們的立場替你們著想。我們看起來很嚇人沒錯，我可以了解。我們在潛水艇上的第一次見面，的確不夠文明。再加上，你們的時鳥一代又一代地灌輸你們，有關我們的錯誤觀念。所以你們看到我們的第一反應就是逃。看在這些的分上，我願意提供你們一個合理方案。現在，交代時鳥的下落，我們不僅不會殺害你們，還會送你們到一個好地方接受照顧。每天都有得吃，每個人有自己的床……你們不必再忍受這幾十年來藏身荒謬圈套的那些限制。」

白先生看了他的手下一眼，笑了起來。「你們相信嗎？這群孩子竟然在一個小島上，日復一日過著同樣的一天，過了將近……多久？七十年？簡直比任何集中營還可怕。你們只需要合作罷了，事情不是簡單許多？」他聳聳肩，轉頭看著我們，「但是就因為自尊，你們滿腦子虛榮的自尊心。想想看，這幾年來，我們明明可以為同樣的目標一起合作。」

「一起合作？」艾瑪說，「你們根本是在獵殺我們！還派了怪獸來殺我們！」

可惡，閉嘴啊！我想著。

白先生擠出小狗般哀怨的表情。「怪獸？」他說，「這可太傷人了。妳可知，妳講的是我，還是其他人也在內嗎？在我們進化前都是那模樣。我盡可能不與妳計較，無論什麼動物都一樣，青少年實在不太可愛。」他用力拍了拍手，害我驚跳起來。「好了！回到正經事上。」

他冷酷地慢慢巡視一圈，彷彿在暗自盤算我們的弱點。我們之中誰會先被突破心防、誰比較有可能先說出裴利隼女士的下落？

白先生聚焦在霍瑞斯身上。他的神智已恢復清醒，但仍蜷臥在地上顫抖。白先生堅定地走向他。霍瑞斯在軍靴腳步聲中瑟縮了一下。

「站起來，男孩。」

霍瑞斯沒有動。

「把他拉起來。」

一名士兵抓住霍瑞斯的一條手臂，粗暴地把他強拉起來。霍瑞斯在白先生面前畏縮地垂眼看著地板。

「男孩，你叫什麼名字？」

「霍─霍─霍瑞斯……」

「嗯，霍─霍瑞斯，你看起來像個明白事理的人。所以我會讓你選擇。」

霍瑞斯緩緩抬起頭，「選擇……」

白先生從刀鞘中取出刀來，指著那群吉普賽人，「讓你選我要先殺這群人中的哪一個。除非，當然啦，只要你願意告訴我，你們的時鳥在哪裡，就沒有人會死。」

霍瑞斯閉緊雙眼，彷彿他不在這兒。

「或者，」白先生說，「你若不想從這群吉普賽人中選，我也可以從你們這群小孩裡挑。你覺得這樣比較好嗎？」

「不！」

「那就快說！」白先生咆哮著，嘴唇咧開，露出一口白牙。

「辛卓克，什麼都別說！」貝克喊著，然後一名士兵過往他的肚子踹了一腳，他呻吟一聲暈了過去，不再作聲。

白先生伸出手抓住霍瑞斯的下巴，強迫他看著他嚇人的空洞眼珠。「你會跟我說，對吧？你跟我說，我不會傷害你。」

「是。」霍瑞斯說，依舊閉著雙眼，期盼自己不在現場，卻仍在這裡。

「是，什麼？」

霍瑞斯顫抖著，吸了一口氣。「是，我會說。」

「不要！」艾瑪大喊。

噢，天哪！我想著。他要放棄她了，他太弱了。我們當初真該把他留在獸園的……

「噓！」白先生在他的耳邊說話，「別聽他們的。現在，說吧，孩子。告訴我那隻鳥在哪裡。」

「牠在抽屜裡。」霍瑞斯說。

白先生的一字眉又連在一起了。「抽屜？什麼抽屜？」

「牠原本就一直待的那個抽屜。」霍瑞斯說。

他搖晃霍瑞斯的下巴，吼著：「什麼抽屜？」

霍瑞斯說了幾個字，又閉上嘴，困難地吞嚥。他挺直背脊、張開眼睛，直視白先生，說：「你媽媽放內褲的抽屜裡！」然後他吐了白先生一臉的口水。

白先生以刀柄猛力朝霍瑞斯的頭一擊。奧莉芙尖叫，其他人則是替他感到疼痛而跟著瑟縮。霍瑞斯像袋馬鈴薯般摔在地上，口袋裡的零錢和火車票掉了滿地。

「這是什麼？」白先生彎下腰來檢視。

「我抓到他們的時候，他們正準備上火車。」逮到我們的士兵說。

「你為什麼到現在才說呢？」

士兵支支吾吾地，「我以為……」

「算了，」白先生說，「去攔截它，現在。」

「長官？」

白先生看了看車票，又看了手表一眼。「八點半到倫敦的火車會在玻斯瑪多格停留一些時間，你動作快點就能趕得上。把那輛火車給我從頭到尾搜一遍，從頭等艙開始搜。」

那名士兵向他敬禮後迅速往外跑。

白先生對其他士兵下指令，「搜其他人的身！」他說，「看看他們身上還有沒有什麼線索。只要有人反抗，就對他們開槍。」

有兩名拿長槍的士兵看著我們，第三名士兵開始一個個搜我們的身，翻查口袋。我們多數人的口袋裡頂多只有麵包屑和線頭，但那名士兵在布蘭溫口袋裡掏出一把象牙梳子。

「求求你，那是我媽媽的！」她懇求著，但這只惹來士兵對她的嘲弄，「她也該教教妳怎麼用它吧，男人婆！」

伊諾隨身帶著一小袋含蛆的墳墓土壤。士兵打開嗅了嗅，感到噁心而丟開。在我的口袋裡，他搜到我那沒用的手機。艾瑪一見這東西哐啷被摔在地上，一臉狐疑地看著我，不解為何我還帶著那東西。霍瑞斯躺在地板上文風不動，大概暈過去了，或者是在裝死。然後輪到艾瑪，但是士兵並非對她做一般的搜身。當士兵一接近，她咆哮：「誰敢動我一下，我就把他的手燒掉！」

「拜託，請停火！」他說完後，自己大笑起來。「抱歉嘍！難以自制！」

「我不是在開玩笑。」艾瑪甫說完，把手從背後伸出。她的雙手通紅，連站在三步外的我都能感受到那熱力。

士兵趕緊跳出她所及範圍之外。「火熱的接觸和嗆辣的脾氣，真是絕配！」他說，「我喜歡這種女人，但要是燒到我和克拉克，妳的腦漿會立刻噴在牆上當作裝飾。」

士兵指的那位克拉克把槍管對準艾瑪的腦袋。艾瑪緊閉雙眼，胸口劇烈起伏。然後她放低雙手，把手收回到背後。她顯然因憤怒而全身顫抖。

我也是。

「小心點！」士兵警告她，「別輕舉妄動。」

我雙拳緊握，眼睜睜看著他的手在她的大腿上下遊移，接著又用手指順著衣領探著她的頸線以下，所有動作都刻意放緩，臉上還帶著一抹邪惡笑意。這是我此生感覺最無能的時刻，就連被關在獸籠裡都還不致如此。

「她身上什麼都沒帶，放了她！」我叫著。

但是沒有人理我。

「我喜歡這個，」那名士兵對白先生說，「我想我應該多留她一會兒……做研究之用。」

白先生做了個鬼臉。「你是個下流胚子，下士。但是我同意你，她很迷人。我聽過你，你知道嗎？」他對艾瑪說，「我願意盡一切努力換得妳的能力。假如我能將妳那雙手裝進瓶子裡收藏……」

白先生詭異地發笑，然後轉身對士兵，「快搜查，」他厲聲說，「我們可沒太多閒工夫。」

「是，我很樂意。」士兵回答，然後一面起身、一面順勢將手滑向艾瑪上身。

接下來的一切就像慢動作的電影場景。眼見那個好色鬼傾身準備親艾瑪，我也看到艾瑪背後的雙手已經燃起火焰。我知道接下來會發生什麼事。當他的嘴唇一接近艾瑪，她就會用一把火將他的臉燒燬，就算吃上一記子彈，她也在所不惜。她已經忍無可忍。

我也是。

我全身緊繃，準備上場作戰。我相信，這個場景就是我們的最終時刻。至少我們由自己決定命運。假如上天要我們今天走，那麼當然要順道帶走幾個偽人。

士兵的手滑到艾瑪的腰際，另一人的槍管緊緊抵著她的額頭。她的額頭看起來像是使勁往前頂著槍管，不怕它擊發。我看見她的背後，雙掌分開，白色的火焰沿著她的每一根手指竄動。

我們要衝了！

然後砰一聲，驚天動地又尖銳的槍聲。

我定住，有一秒眼前一黑。

當視覺恢復，艾瑪仍然站著，她的頭也完好如初。原本抵住她額頭的槍管放下了，剛剛想親她的士兵一把推開她，跳到窗邊。

剛剛的槍聲來自屋外。

因為腎上腺素過度分泌的關係，我身上的所有知覺都麻木了。

「那是什麼？」白先生問，快速地走到窗邊。

我越過他的肩膀可以瞄見窗外景象。是被指派去攔截火車的那名士兵站在外面，他的腰際以下深埋在田野間長得老高的雜草堆中。他背對著我們，槍桿子對著田野。

白先生的手搆到窗欄，一把推開窗。「你到底在對什麼東西開槍？」他大吼道，「你到底還在這兒磨蹭什麼？」

那名士兵站著不動，一聲不吭。田野中充滿生氣勃勃的昆蟲嗡嗡聲，一時間，那是我們唯一聽見的聲音。

「布朗下士！」白先生吼道。

那個人慢慢轉過身來，腳步不穩。步槍從他的手上滑落，掉進高聳的雜草堆中。他步履蹣跚地往前走了幾步。

白先生掏出手槍，伸出窗外對準布朗。「可惡！你說話啊！」

布朗開口想說話，卻聽不見應該出現的人聲，反而從他體內傳出蟲鳴聲，那聲音與田野間環繞他的蟲鳴十分相似。

那是蜂鳴聲。成百上千隻蜜蜂的嗡嗡叫聲。接下來，蜜蜂出現了。剛開始只見一、兩隻，從他張開的嘴裡飄出來。接著，他的身體彷彿受到外力控制，雙肩往後拉，胸膛往前挺起，嘴整個敞開，以致下巴掉了。從他洞穴般的嘴裡，蜜蜂一湧而出，數量多到讓牠們像是同屬一個個體。一條臃腫的蟲體之河，永無止境地從他的喉嚨傾瀉而下。

白先生跌跌撞撞地遠離窗戶，不解又害怕。

田野中，布朗在一群螫人的昆蟲黑雲底下瓦解了。他的身體倒下，露出站在他身後的另一個人。

那是個男孩。

是阿修。

他站在那裡，臉上毫無懼色，雙眼緊盯著這扇窗。這群昆蟲晃動著圍繞著他，成了一大團旋轉的球體。田野上被牠們占滿了，蜜蜂、黃蜂、大黃蜂，任何不管我叫不叫出名字的帶刺昆蟲，都出現了。而且每一隻彷彿都聽命於他。

白先生舉起槍，開了火。他用光了彈匣中所有子彈。

阿修往後躺，在草地上消失了蹤影。我不確定他究竟是倒在地上或是刻意藏進草叢裡去。然後，其他三名士兵跑到窗邊，正當布蘭溫哭喊：「求求你們！別殺他啊！」他們舉槍對準那片田野掃射，一時間，震耳欲聾的槍聲不絕於耳。

接著，屋裡出現了蜜蜂。大約十來隻，憤怒的蜜蜂對著士兵猛攻。

「關上窗戶！」白先生尖叫，對著四周的空氣猛力拍打。

一名士兵關上窗，他們全忙著打那些飛進來的蜜蜂。正當這些人還在忙著打蜜蜂，窗外聚集黑壓壓的一大片蜂群，憤怒的敲著窗。當白先生和他的手下忙著殺死屋內的蜜蜂，外面的蜂群已快遮蔽了日光。

這群士兵聚集在地板中央，背對背，槍桿子向著外面，宛若豪豬展示著身上的刺。屋裡漆黑又悶熱，屋外成千上萬詭異的瘋狂蜂鳴聲迴盪著，這像一場夢魘。

「叫牠們離開！」白先生吼著，他的聲音破碎、絕望。

彷彿阿修可以這麼做，假如他還活著的話。

「我給你另一個方案，」貝克說，他靠著窗戶柵欄撐起自己的身體，他那一跛一跛的身影映在黑暗的窗玻璃上。「放下你的槍，不然我就開窗。」

白先生一躍過來對著他，「就算是吉普賽人也沒這麼愚蠢吧！」

「你把我們想得太聰明了。」貝克說，他的手指滑向窗戶開關。

士兵們各個舉起了槍。

「來啊！儘管開槍！」貝克說。

「別開槍！你們會把窗玻璃打破的！」白先生吼道，「抓住他！」

兩名士兵拋開長槍，衝向貝克。但為時已晚，他乘機以拳頭打碎了玻璃。

整個窗戶粉碎了，蜂群湧入屋內。開始一場混戰，尖叫推擠，槍聲四起。雖然在蜂鳴怒吼聲中，其他的聲音幾乎聽不見，我感覺蜂鳴聲不僅盈滿耳內，似乎身上每個毛孔也被那聲音灌滿。

人們開始擠成一團，爭先恐後地想逃出去。我看見在我右手邊，布蘭溫把奧莉芙按壓在地，用自己的身體保護她。艾瑪叫：「趴下！」我們全體趴在地上尋求掩護，蜜蜂在我們皮膚上、髮絲之間東倒西歪地移動。我等著被蜜蜂螫遍全身暴露在外的皮膚，癱瘓我的神經系統。

有人踢開大門。光線灌入，好幾雙軍靴重踩地板的聲響。

屋裡安靜了。我慢慢鬆開抱著頭的雙手。

蜂群走了。士兵也離開了。

然後，從外面傳來驚恐的尖叫合唱。我跳起來，跑到窗戶邊。吉普賽人和特異孩童們早已在那裡擠成一團，往外窺探。

一開始，我沒看到任何士兵，只見五十呎外的小徑上，有一團巨大的黑色昆蟲漩渦，那團黑雲太濃密，以至於根本不透光。

尖叫聲來自那團黑雲之中。

接著，尖叫聲一個接著一個止息了。那團蜜蜂黑雲開始四散，顯露出白先生和他手下的身體。他們簇擁著躺在草地上，半死不活。

二十秒後，殺了他們的兇手離開，牠們回到田野裡，怪獸般的蜂鳴聲也跟著消失。在這當下，有種奇異的田園詩歌般寧靜，彷彿這只不過是另一個夏日，什麼奇怪的事都沒發生過。

艾瑪扳指清點了士兵的人數。「六。全部到齊，」她說，「結束了。」

我伸出雙臂搖著她，滿心感激，且不敢置信。

「有沒有人受傷了？」布蘭溫問，一面焦急地東張西望。剛剛經歷的瘋狂片刻，黑暗中數不清的蜜蜂，還有槍聲。我們各自檢查自己的傷勢。霍瑞斯有些頭昏眼花，但神智清醒。他的太陽穴上有一道血流淌下來。貝克被刺得很深，但是可以痊癒。其他人顫抖著，但毫髮無傷。更神奇的是，我們沒有一個人被蜂螫。

「你打破玻璃時，」我問貝克，「怎麼知道蜜蜂不會攻擊我們？」

「我不知道，」他說，「幸運的是，你們朋友的力量很強。」

我們的朋友⋯⋯

艾瑪突地把我推開，「噢，天哪！」她驚呼一聲，「阿修！」

在這場混亂之中，我們居然忘了他。他很有可能正在外面那片高聳的草叢裡，流血命危。正當我們要跑到外面去找，他突然出現在門口。衣服破爛不堪，渾身沾滿塵土，但是臉上帶著微笑。

「阿修！」奧莉芙哭著跑向他，「你還活著！」

「我活著！」他感動的說，「大家呢？」

「多虧你，我們都還活著。」布蘭溫說，「為阿修大聲歡呼！」

「你是我們緊要關頭的救命恩人，阿修！」霍瑞斯喊著。

「我在田野裡可是個致命武器啊！」阿修說著，享受成為眾所矚目的焦點。

「很抱歉，我從前常亂開你特異專長的玩笑。」伊諾說，「我現在知道那不是沒用的。」

「此外，」米勒說，「我想要稱讚阿修時機抓得太神準了。說真的，要是再遲個幾秒鐘……」

阿修向我們解釋，他在車站時，如何溜到火車與月臺間的縫隙，所以成功逃脫。就如同我之前所想。他只派了一隻蜜蜂跟蹤我們，這麼一來，他就可以與我們保持安全距離。

「然後，就是決定何時是下手進攻的最佳時刻。」他自豪地說著，彷彿從一開始決定拯救大家，勝利已經在望。

「但是，假使你遇到的田野沒有蜜蜂呢？」伊諾說。

阿修從口袋裡取出一顆雞蛋炸彈，說：「B計畫。」

貝克蹣跚走向阿修，緊握他的手。「年輕人，」他說，「我們欠你一條命。」

「你那特別的兒子呢？」米勒問貝克。

「他跟我另外兩個手下成功脫逃。感謝上帝。我們今天失去了三匹好馬，但是沒有人員傷亡。」貝克向阿修鞠躬，我想著他搞不好會拿起他的手親吻。「你一定要讓我們報答你。」

阿修脹紅了臉，「不用啦，我跟你保證……」

「我們沒時間了，」艾瑪說著，把阿修往門外推。「我們還要趕火車呢！」

那些還沒察覺裴利隼女士弄丟了的人，嚇得臉色發白。

「我們可以開他們的吉普車，」米勒說，「假如那個偽人說的沒錯，幸運的話，我們應該可以趕上玻斯瑪多格那班火車。」

「我知道一條捷徑。」貝克說著，用鞋子在地上畫出一個簡單的地圖。

我們謝過這群吉普賽人。我向貝克表示很抱歉，給他帶來了許多麻煩。他豪邁地放聲大笑，揮著手趕我們上路。「我們會再見面的，*辛卓克*！」他說，「我非常肯定！」

我們擠進那輛偽人的吉普車，八個孩子像沙丁魚般擠在一輛只容三人乘坐的車。這裡只有我開過車，自然由我來駕駛。我花了些時間弄清楚怎麼發動，原來這不是靠車鑰匙發動，而是得壓車地板上的某個鈕。發動後，還有換檔的問題。手動的車我只開過兩、三次，而且每次還有老爸坐在副駕駛座上指導。雖說如此，一開始停停走走、顛顛簸簸，但一、兩分鐘後，我們就這樣上路了。

我重踩油門，讓這輛超載的吉普車盡可能全速前進。米勒吼著指引方向，其他人則顧著抓緊保命。二十分鐘後，當火車發出鳴笛聲時，我們的車還在通往火車站的大道上奔馳。我們在車站前緊急煞車，然後跌跌撞撞地下了車。我甚至連把引擎關掉的時間都沒有。我們像在追捕獵物的獵豹般狂奔，火車緩緩離站，搭上了最後一節車廂。

我們屈著身體站在走道上，感覺疼痛不堪。車上驚訝的乘客裝作沒看見。滿頭大汗、全身髒兮兮、蓬頭垢面的我們，想必是道奇觀。

「我們趕上了，」艾瑪驚嘆道，「真不敢相信我們真的趕上了。」

列車長出現了。「你們回來了，」他嘆了口氣，彷彿有些為難地說道，「我想，你們的車票還在吧？」

霍瑞斯從口袋中的一團東西中撈出那些票。

「你們的車廂請往這邊走！」列車長說。

「我們的大衣箱！」布蘭溫攫住列車長的手，問，「我的東西還在嗎？」

列車長抽開自己的手臂，「我想把那東西提到失物招領處，但那東西連一吋都動不了。」

我們經過一節節的車廂，最後終於來到頭等艙。看到布蘭溫的大衣箱還遺留在當初放下的位置。她急急忙忙地趕過去，開了鎖，打開上蓋。

裴利隼女士不在裡面。

我的心臟差點停止跳動。

「我的鳥！」布蘭溫哭著，「我的鳥兒呢？」

「放心，就在這兒呢！」列車長指著我們頭上說。裴利隼女士停在行李架上，睡著了。

布蘭溫步履不穩地靠著牆，放下胸中大石，她幾乎暈厥。「牠怎麼上去的呢？」

列車長抬起一邊的眉毛，「這個玩具很真實喔！」他轉身往門口去，然後停下來說，「對了，可以在哪裡買一隻？我想我女兒也會喜歡。」

「很抱歉，這種是特製的，一次只做一隻。」布蘭溫說完，把裴利隼女士從架上抱下來，珍惜萬分地揣在懷裡。

經過這幾天，更不用說剛剛度過的那幾個鐘頭，頭等艙的豪華設備對我們來說簡直嚇人。車廂裡有長毛絨皮沙發、餐桌、大面觀景窗。這裡像是有錢人家的客廳，而這一切都專屬於我們。

我們輪流進那間飾有木質嵌鑲板的浴室裡洗澡，然後仔細研究晚餐菜單。「愛吃什麼就點什麼，」伊諾說，他拿起躺椅扶手上的通話器，「喂，這裡有鵝肝醬嗎？全部送上來。對，全部。還要法國土司。」

沒有人談起發生過的事。發生了太多事，也太可怕。現在，我們只想盡快復原和忘掉一切。未來還有很多事要做，很多艱難危險等著我們去克服。

我們安頓好自己後，盡情享受這一趟旅程。窗外，玻斯瑪多格矮胖的房子快速退後縮小，鵪鶉夫人的山出現在眼前，蒼白陰鬱地坐落在山丘上。其他人開始聊起天來，我卻一直緊貼著窗戶往外看。看著窗外揭開的、真實存在的一九四〇年。在此之前，我所經歷過的一九四〇年，原本只是小如火柴盒般、僅限於那座小島的記憶。而且，在那個小地方我還可以透過石洲島上石塚裡的黑暗地道，穿梭於新世界與自己的世界間，來去自如。然而，自從離開小島，呈現在我眼前的世界是沼澤叢林、煤煙滿布的城鎮，燐光閃閃的河流縱橫交錯於山谷。看著這些古老卻又活生生的人事物，彷彿臨時搭建、沒有設定腳本的歷史劇舞臺。這一切在我的眼前一幕幕飛逝，像個無止境的夢。

我忽睡忽醒，火車行進的節奏催眠了我，矇矓間忘了自己不僅僅是眼前活生生歷史的旁觀者，眼前的窗戶不是電影銀幕。窗外的一切與窗內一樣真實。然後，我才慢慢想起自己是如何成為這裡的一分子。爺爺，那座小島，孩童們。那位有著一雙明亮眸子的女孩就在我身邊，她的手扶在我的手上。

「我真的在這裡嗎？」我問她。

「你睡吧。」她說。

「你想我們會平安無事嗎？」

她親吻我的鼻尖。

「你再睡一會兒吧。」

第七章

許多的噩夢混合在一起，彼此穿插交錯，融合了最近幾天的片段。近距離被冰冷的金屬槍口指著，路上堆滿傾倒的馬匹，被拉長舌頭的嗜魂怪追逐著，那名歪嘴奸笑的偽人，還有他那空洞的眼神。

後來的場景是，我回到老家，卻成了鬼魂一條。我在家鄉的街道上飄盪，穿越家門，進了屋裡。看見爸爸睡在廚房餐桌上，胸前還抱著一支無線電話。

我沒死，我說著。但我發不出聲音。

我看到媽媽坐在床沿，大白天下午還穿著睡衣，茫然盯著窗外。她因悲傷哭泣顯得形容枯槁憔悴。我想伸手按她的肩，但我的手卻穿透而過。

接著，是在我自己的葬禮上，我從我的墳墓裡往上看，一片長方形的灰色天空。我的三位舅舅往下望，各自垂著一層層肥厚的雙下巴。

萊斯舅舅：「真可惜，不是嗎？」

傑克舅舅：「你也該替富蘭克林和瑪麗安想想。」

萊斯舅舅：「別人會怎麼想？」

巴比舅舅：「人家會覺得這孩子腦子壞了。那也是事實。」

傑克舅舅：「我早就料到，總有一天，他會毀了一切。他就是那個德行，你知道。就是有點……」

巴比舅舅：「古怪瘋癲。」

萊斯舅舅：「那一定是他老爸那邊的遺傳，不是我們這邊。」

傑克舅舅：「這聽起來還是很可怕。」

巴比舅舅：「對啊……」

傑克舅舅：「……」

萊斯舅舅：「……」

巴比舅舅：「去吃點自助餐？」

舅舅們拖著腳步離開。瑞奇獨自前來，為了這個正式場合，特地將一頭綠髮梳成一根根往上翹的髮型。

「兄弟！現在你死了，你的腳踏車可以給我嗎？」

我努力大叫：「我沒死！」

我只是在一個遙遠的地方。

對不起。

但是這些話只有自己聽得見，在我的腦海中迴盪。

牧師往下凝視著我，是高倫醫師，他手上拿著聖經，身穿黑袍，咧嘴竊笑。

雅各，我們在等你。

有人鏟起一把沙子往我身上倒。

我們在等你。

我突然醒過來，直起身子，口乾舌燥。艾瑪在我身旁，兩手按著我的肩膀。「雅各！感謝老天，你差點沒把我們給嚇死！」

「我有嗎？」

「你剛剛做了噩夢。」米勒說。他坐在我和艾瑪之間，看起來像一件漿過的襯衫挺立在那裡。「你還說了夢話。」

「我？」

艾瑪擦乾我額頭上的汗，用的是頭等艙的餐巾（純棉的！）。「嗯，」她說，「但是嘰哩呱啦的，我連一個字都沒聽懂。」

我有些難為情地左右張望，還好其他人並未注意。其他人在車廂內散落著，有人在休息，有人望著窗外發呆，也有人在玩撲克牌。

我希望自己不是接近崩潰邊緣。

「你常會做噩夢嗎？」米勒問，「你可以跟霍瑞斯講講你的夢境，他很會解夢。」

艾瑪摸摸我的手臂，「你確定自己沒事嗎？」

「我沒事。」我說著。為了不想被過度關心，我試圖轉移話題。看到米勒腿上放著那本特異孩童故事集。我問他，「你正在看書嗎？」

「我在做研究。」他回答，「想想，從前我竟然認為這本書只不過是小孩子的故事書罷了。事實上，這本書很複雜，還暗藏許多特異族群的祕密資訊。如果我想將其中所有資訊解碼，也許要花上好幾年。」

「但是這對我們的現況又有什麼好處？」艾瑪說，「如果連嗜魂怪都可以闖進圈套，再隱密的圈套最終還是會被發現。」

「也許只是那麼一個圈套被破壞了，」我抱著希望說，「誰知道，說不定鶻鵜女士的圈套比較奇怪，所以例外。」

「具有特異能力的嗜魂怪！」米勒說，「這太驚人了，但是，牠應該不是例外。我相信這些能力增強的嗜魂怪，也參與了突襲我們的圈套。」

「怎麼辦到的？」艾瑪說，「是什麼因素，導致這些嗜魂怪可以在圈套中進出自如？」

「關於這點，我想了很多，」米勒說，「我們對嗜魂怪所知無幾，從來也沒有機會在可控制的環境下檢驗牠。但是有人說，牠就像正常人一樣，少了你、我或這個車廂內所有人擁有的特質，也就是特異功能者的某種本質。就是這本質讓我們能夠出入圈套，可以被約束或吸收進去。」

「就像鑰匙一樣。」我說。

「類似那樣的概念，」米勒說，「有些人相信，特異本質也有實體的存在，就像血液或脊髓；而有一些人相信，特異本質是靈魂般的存在，等於是我們的另一個魂魄。」

「呵，」我說，「我喜歡這概念，相信特異能力不是缺陷，而是完整。不是我們欠缺了什麼正常人擁有的，相反地，他們欠缺特異能力成分，他們才是有缺陷的人。我們是完整，而不是有欠缺。」

「我討厭聽那些狂人的瘋狂想法，」艾瑪說，「說什麼想把人的第二個魂魄裝進瓶子裡？讓人不寒而慄。」

「至今，過了這麼多年，已經有人嘗試過了。」米勒說，「那個偽人軍官怎麼跟妳說的，艾瑪？『我想把妳擁有的裝進瓶子裡』或類似的話？」

艾瑪顫抖著說：「請不要提醒我。」

「理論上，假若我們的特異本質可以被解析和過濾出來……裝瓶，像他說的，或者應該說是放在培養皿。那麼，這個特質就能夠從一個人轉到另一個人身上。假如這有可能成真，試想，黑市中那些特異人士的第二個魂魄的價碼，在有錢人和惡棍的眼中可以飆到多高？妳的火花或布蘭溫的超強能力，都可以賣給出價最高的競標者。」

「那就太噁心了！」我說。

「多數特異人士的想法和妳一樣，所以好幾年前，這種研究已被明令禁止。」

「那些偽人哪會管我們的法律怎麼規定啊。」艾瑪說。

「但是這整個概念太瘋狂了，應該是行不通的，對吧？」

「我以前也不相信，」米勒說，「直到昨天。現在的我，已經不能肯定。」

「因為那隻闖入獸園的嗜魂怪？」

「正是。直到昨天之前，我還不相信所謂第二個魂魄的說法。對我來說，我原本只根深柢固地相信一種論調，當嗜魂怪吃了夠多特異人士，就可以變身進化為另一種生物，在時間圈套中旅行。」

「也就是變成偽人。」我說。

「是的，」他說，「但這是在牠吃得是特異人士的情況下。要牠吃得是普通人，吃再多也無法變成偽人。因此，我們一定有什麼普通人沒有的。」

「但獸園那隻嗜魂怪沒有變成偽人，牠只是變成可以進出圈套的嗜魂怪。」

「這不禁令我懷疑，偽人究竟動了什麼手腳。」米勒說，「特異人士靈魂在人身上的轉移傳遞。」

「我連想都不敢想，」艾瑪說，「拜託，我們可不可以聊點別的？」

「但是他們到底是從哪裡得到靈魂呢？」我問，「怎麼得到？」

「夠了！我要去別的地方坐了。」艾瑪說完，起身走到別的座位上。

米勒和我沉默了一會兒。我無法停止想像，被束縛在手術檯上，任憑一群邪惡集團的醫生剝奪我的靈魂。他們會怎麼進行這種手術？用針？用刀？

為了停止這些變態想像，我設法再轉移話題。「那麼，我們又是如何被選上成為特異人士呢？」我問。

「沒有人知道正確答案，」米勒回答，「但是，存在著相關的傳說。」

「怎麼樣的傳說？」

「有人說，我們是古老巨人一族的後裔，能力強又高大的巨人，就像我們之前遇到的那個巨石像一樣大。」

我說：「如果我們的祖先曾是巨人，那我們現在為何會這麼小？」

「在傳說裡，隨著代代繁衍，我們的能力稀釋了。當我們的能力減弱，身材也就跟著變小。」

「這些都缺乏說服力。」我說，「我自覺像隻螞蟻一樣弱小。」

「事實上，以螞蟻的體型來說，牠算是非常強壯的。」

「你懂我的意思，」我說，「我百思不得其解的是，我從來不曾要求擁有這樣的能力，這到底是誰決定的？」

這種問題只是用來辯論的，我其實並不奢求答案，然而米勒給了我一個答案。「引用一位特異名人的話，『大自然的謎中，往往藏著另一個謎。』」

「這話是誰說的？」

「我們只知他叫做波普塞斯．阿諾馬留斯（Perplexus Anomalous），也許是假名。是偉大的思想家與哲學家。他在一千多年前，畫了第一幅時間地圖。」

我輕聲笑起來。「你有時講起話來好像老師。有人跟你說過嗎？」

「時常啊！」米勒說，「要不是生來如此，我倒是真的想當老師。」

「你一定會是個好老師。」

「謝了！」他說完，陷入沉默。我可以想見他正在想像那種場景，他所不曾擁有的生活。過了一會兒，他說，「你可別誤以為我不喜歡當隱形人，我喜歡。我喜歡自己的特異之處，雅各。這是我之所以為我的核心。只不過，偶爾我也會想要關掉這種能力。」

「我懂你的意思，」我說。其實，他的痛苦我根本難以體會。我自身的獨特能力有其困難之處，但至少我可以擁有正常的社交生活。

車廂門突然間被拉開，米勒趕緊拋開身上的外套，遮住他的臉，或者應該說，隱藏他令人看不見的部分。

一名年輕女子站在門口。她穿著制服，手上拿著一盒車上販售的商品。「要香菸？」她問，「還是巧克力嗎？」

「不用，謝謝。」我說。

她看著我。「你是美國人。」

「恐怕是。」

她給了我一個惋惜的微笑。「我真誠希望您旅途愉快。您可是選了個奇怪的時間點來英國旅遊。」

「很多人都這樣跟我說。」我笑了笑。

她走了出去。米勒變換位置看著她離開。「漂亮。」他遠遠地說。

我突然想到，多年來，他一直在石洲島上過著封閉的生活，這也許是他首次見到島上居民以外的女性。但是，對於一個普通女孩來說，像他這樣的男孩又有什麼機會？

「別用那種表情看著我。」他說。

我不自覺臉上有任何奇怪表情，「哪種表情？」

「好像你很同情我似地。」

「我沒有啊！」我說。

事實上，我有。

然後，米勒從座椅上站起來，脫掉外套，消失了。過了好一會兒，我都沒看見他。

好幾個鐘頭過去，孩子們用講故事來打發時間。有些故事我已經聽過，比方說伊諾曾在他父親開的殯儀館讓死人復活的故事，還有布蘭溫年僅十歲時，不小心扭斷家暴繼父脖子的故事。但是，大多的故事我都沒聽過。其實，他們年齡都很大了，卻很少陷入思鄉情緒。

霍瑞斯打從六歲起就開始做預知夢，直到兩年後，才發現他做的夢有預知能力。當時，他在皇家郵輪盧西塔尼亞號（RMS Lusitania）沉船的前一天預見了災難，隔天聽到廣播時頓時了解。阿修則是從小就特別愛吃蜂蜜，五歲時他開始將蜂蜜連著蜂房一起吃下肚。他那狼吞虎嚥般的吃法，導致某次誤食了一隻蜜蜂。原本沒注意到，直到那隻蜜蜂開始在他的胃裡嗡嗡叫。「那隻蜜蜂好像也不在意，」阿修說，「所以我也就聳聳肩，繼續這樣吃下去。很快地，整個蜂巢都在我的肚子裡。」當蜜蜂需要授粉時，他就會去找個花團錦簇的地方，也就這樣，他遇見了費歐娜，當時她正巧躺在花叢上睡覺。

阿修也講了費歐娜的故事。他說，她是來自愛爾蘭難民。一八四〇年鬧饑荒時，她在一個鄉下小地方，運用其能力讓穀物快速成長，供給人們食物。直到被指控為女巫，遭到驅逐。這是阿修花了好幾年，靠敏銳的觀察力及與她之間非語言的溝通，才逐漸了解。費歐娜不是不能說話，阿修說：「是她在饑荒時期親身經歷過浩劫，那種恐怖經驗奪走了她的聲音。」

輪到艾瑪，但她無意分享自己的故事。

「為什麼不講？」奧莉芙抱怨著，「講嘛！跟我們講一下當初剛發現自己能力的事。」

「那都是老掉牙的故事了，」艾瑪低聲喃喃道，「一點都不具重要性。我們與其講過去，倒不如想想未來吧！」

「有人不合群。」奧莉芙說。

艾瑪站起身，離開座位，往遠處沒人會打攪她的地方去了。我等了一、兩分鐘，先讓她靜靜，然後才走過去找她，免得打攪。她一眼瞄到我，便躲在一份報紙後面假裝閱讀。

「因為我沒興趣討論那個。」她從報紙後面說著，「這就是為什麼。」

「我什麼話也沒問啊。」

「對，但你是來問我的，所以我幫你省了那些問句。」

「為了公平起見，」我說，「我先告訴妳，我的故事。」

她從報紙上瞄著我，顯露出些許興趣。「你還有什麼是我不知道的嗎？」

「哈，妳不知道的可多呢。」我說。

「好啊，那就講三件我不知道的事來聽聽。只准說內心深處最黑暗的祕密，好，現在快說！」

我絞盡腦汁想著自己的趣事，腦中只想到一些困窘的經驗。「好了，有一個。小時候，我無法看電視上的暴力場面。我不知道那是假的，畫面上就算只是一隻老鼠捶了貓幾下，我就嚇得嚎啕大哭。」

她把報紙放低了些，「上帝保祐你脆弱的幼小心靈。」她說，「你看看你，你現在卻敢將怪獸打得連眼睛都被刺穿釘在椿上。」

「第二件，」我說，「我的生日是萬聖節，直到八歲前，我一直以為，生日時去敲鄰居的門，大家給的糖果是特地送我的生日禮物。」

「嗯哼，」她把報紙又放低了一點，說，「這個只算中庸的，不算什麼祕密。你根本就可以這樣不痛不癢的一直講下去。」

「第三件，當我們第一次見面時，我真的相信妳會用那把刀刺進我的喉嚨。雖然當時我很害怕，不過，我心裡有個小小的聲音說，就算今天會死，至少死前看到的是一張美麗無比的臉。」

她的報紙滑落在大腿上。「雅各，這真是……」她盯著地板，轉過去看看窗外，然後又看看我。「你說的話真是好甜啊。」

「我是說真的，」我把手滑向她放在座位上的手。「好了，輪到妳說了。」

「你應該懂，我不是存心想要隱瞞什麼。只是這些陳年舊事讓我又回到十歲，重溫那沒人要的感覺。這種感覺從來沒有消失過，不論之後過了多少個美好的夏日也一樣。」

她內心的傷痛依舊，即使過了好幾年，傷口未曾痊癒過。

「我想要了解妳，」我說，「我只是想知道妳是誰、從哪裡來的等等這些事罷了。」

她不安地變換坐姿。「我從來沒跟你提過我的父母嗎？」

「我只記得高倫醫師在魚店冰櫃旁與大家初次會面時所說的話。他說，是妳父母把妳丟給巡迴馬戲團。」

「這也並非事實。」她在自己的座位上往下滑，聲音變得像在耳語。「好吧！與其讓你聽到的全是謠言與揣測之詞，倒不如由我來告訴你。真實情形是這樣。」

「我大約十歲時開始展現能力，經常不自覺地在睡夢中讓我的床單著火。最後，我的父母乾脆取走所有的床單、床墊，讓我直接睡在光禿禿的金屬床上，房裡不留任何會著火的物品。他們當我是愛說謊的縱火狂，因我自己身上從不曾被火灼傷，反倒成了受指控的強大證據。但事實是我根本不會被灼傷，剛開始我也不懂。當時，我只是個什麼都不懂的十歲小孩。這夠可怕的了，對於自己到底發生什麼事也並不了解的情況下，卻得獨自面對這份能力的展現。雖然，對許多特異孩童來說，這是很尋常的經驗。因為我們很少有人出生在特異父母的家中。」

「可以想像。」我說。

「原本，我就像大家一樣平凡無奇，有天突然覺得手掌心有些奇怪的搔癢感。後來，手變得又紅又腫，還很燙。於是，我跑到一間雜貨舖，把手埋在一個裝冷凍鱈魚片的箱子底下。魚片被解凍發臭，雜貨舖老闆把我趕回家，要求我爸媽賠償我所造成的損失。當時，我的手愈來愈熱，冰塊卻無法幫助降溫。最後，終於燃出了火球，我被自己嚇瘋了。」

「你的父母怎麼想的呢？」我問。

「我媽是個很迷信的人，她離家，再也沒回來過。她深信我來自地獄，是藉由她的子宮出生的惡魔。我爸那老傢伙則是採取另一種方法。他打我，把我關在房裡，當我企圖用火燒開房門，他就用石綿繩把我捆起來。就這樣我被綁了好幾天，他偶爾想到時就餵我吃一點東西，他根本不敢為我鬆開繩子。他的決定沒錯，因為我已打定主意，只要他一鬆開繩子，我就會把他燒黑。」

「他罪有應得，我希望他受這種懲罰。」我說。

「謝謝你安慰。但是這不會讓事情變得更好，我父母的確可怕，但假如他們不是這樣，而讓我在他們身邊待得更久的話。毫無疑問，最後會是嗜魂怪找到我。我的命是撿回來的，要感謝兩個人，一個是我妹妹茱莉亞，是她在某個晚上幫我鬆綁讓我逃走，另一個人就是裴利隼女士，她在我逃走後，大約一個月找到我。當時，我已經在一個馬戲團中當吞火表演者。」艾瑪恍惚地微笑著。「她遇到我的那一天才是我真正的生日，在那天，我遇到了我真正的母親。」

我的心融化了。「謝謝妳告訴我這一切。」我說。聽著艾瑪的故事，讓我感覺更接近她一些，因能力而感到困惑的我，也感覺較不孤單。每位特異者都曾經歷過一段不確定的痛苦掙扎期。每位特異者都努力過。我們之間的差別，是我擁有愛我的父母，即使我與父母間曾有過些許相處的問題，但是我一樣愛他們，只是自己不曾說出口。想到自己目前的狀況對他們所造成的傷害，也是我心口上的痛。

我欠他們太多，這要如何比較與衡量？相對於我欠裴利隼女士的，還有我對爺爺的承諾與責任，還有我對艾瑪這份甜蜜又沉重的感受。日復一日，當我望著她，那感覺似乎又加深了。

天秤似乎一直倒向後者。但假如我一直過著這樣的生活，終究得面對這個抉擇所帶來的痛苦與後果。

假如。

這些假設逼迫我面對眼前的現實，因為任何假設的前提是保持清醒的頭腦。一旦失神就無法正確感應，這些假設讓我必須將全副精神放在現在、活在當下。

這些假設，雖然嚇人，卻也讓我神智更為清楚。

倫敦近了，過了鄉村，然後是城鎮，然後是一大片未受破壞的郊區。我忍不住想像正在那裡等著我們的未來，將會有怎樣的危險。

我瞥見放在艾瑪大腿上的報紙標題：首都空襲警報，死亡人數。

我閉上眼，盡可能讓自己什麼都不去想。

第二部

八三〇列車嘶叫著駛進月臺，然後在蒸氣中煞住車輪。不論是誰看到這班列車，都不會注意到它有什麼不平凡之處。列車長和搬運工們使力拉開門栓、打開車門；一群群的男人和女人從列車上魚貫而下，其中一些人身著軍服，然後融入川流不息的人潮中；八個孩子們排成一排，從頭等車廂中走出來，在霧茫茫的月臺燈光下眨著眼睛。他們背靠背，形成一個防衛般的圓圈，圍繞在四周的噪音和煙霧讓他們頭暈目眩，花了好一段時間才回過神來。

換作是任何一個平凡的日子，像這樣一群茫然又失落的孩子，很快就會有好心的大人前來關心，或者還會問他們發生了什麼事、需不需要幫助及父母在哪裡。但是今天的月臺上，有上百個像這樣茫然又失落的孩子。所以，沒有人注意到一個留著一頭棕色捲髮的女孩和她腳上的鈕釦鞋，或是她的腳其實微微離地的事實；也沒有人注意到一個長臉的男孩和他頭上的寬簷帽，還有從他嘴裡飛出來的蜜蜂，試探一下充滿煤煙的空氣，又飛回去。

沒有人的視線停留在那個黑眼圈的男孩身上，也沒有人留意到他胸口有個小小的黏土人，從他的襯衫領口探出頭，又被他的手指給推回裡面；當然也沒有人仔細打量那個身穿正式服裝的男孩，他精緻的套裝上沾滿泥巴，頭頂上的高禮帽凹陷下去，面孔因好幾天睡眠不足而顯得憔悴又消瘦，深怕自己再度受困於夢境之中。

大家只是朝著一名大個子的女孩瞥了一眼，她穿著大衣和簡單的裙裝，身材壯碩，背上綁著一只巨大的衣箱。看見她的人，沒人猜得到那個衣箱究竟有多重，也沒人知道那裡面究竟裝了什麼，更沒人知道為什麼有一片小洞打在衣箱的側面。另一個被大家徹底略過的人，是一名站在她旁邊的年輕人，身上綁著絲巾、穿著斗篷大衣，儘管現在才九月初，氣溫依然暖和，他全身上下卻無任何一點皮膚露了出來。

他們之中還有一個看起來再平凡不過的美國男孩，沒人多注意他一眼。他的模樣實在太不起眼，所以每個人的目光都毫無停頓地掃過他的身子。但是他卻在觀察四周的人們，踮著腳尖四處張望，眼神在月臺中的人群裡搜索，就像一名站崗的衛兵。站在他身邊的女孩雙手交握，一小束頑固的火焰纏繞著她的小指指甲周圍，這種狀況經常發生在她情緒低落的時候。她甩著手指，像人們試著熄滅火柴那樣，然後又對著手指吹氣。當發現這樣做沒什麼用時，她把手指含進嘴裡，然後一縷輕煙從鼻孔中飄出來。同樣地，沒有人注意到這一幕。

事實上，沒有人和這些從八三〇列車的頭等車廂中走下來的孩子距離夠近，足以讓他們注意到這些孩子的特異之處。幸好，沒人走得夠近。

第八章

艾瑪用手肘撞了我一下。

「所以呢？」

「再給我一分鐘。」我說。

布蘭溫已經把她背上的箱子拆了下來，而我現在正站在上頭。我的視線在人群之上，眼前是一張張快速移動的面孔。月臺上擠滿小孩，他們互相簇擁的樣子，就像顯微鏡下的阿米巴原蟲，一排又一排地消失在迷濛的煙霧中。嘶叫著的黑色列車駛進月臺兩側，迫不及待地想要吞噬他們。

可以感覺到朋友們的視線正盯著我的背，而我則在掃視著身邊的群眾。我應該要知道，在這一群擁擠而沸騰的人潮中，是否有怪物正打算要殺我們滅口，而且我應該要一眼就能看出來、我應該要能透過身體裡某種模糊的感覺就判斷出來。通常，當有噬魂怪靠近時，那種感覺會既痛苦又明顯，但是在這麼廣大的空間裡，還被成千上百的人圍繞著，體內的警告很可能只是一陣耳語，或是一點輕到不能再輕的刺痛感，很容易就會疏忽掉。

「偽人知道我們要來嗎？」布蘭溫低聲問道，深怕被旁人聽見，或者更糟，被偽人聽見。他們在城裡到處都有眼線，至少，根據目前的經驗，我們是這麼相信的。

「我們已經把可能知道我們要去哪裡的偽人都殺光了。」阿修驕傲地說，「或者說，是**我**殺的。」

「這代表他們會更奮力地尋找我們。」米勒說，「而且他們現在想要的可不只是鳥而已了，他們想要復仇。」

「所以我們不能在此久留。」艾瑪邊說邊點了點我的腿，「你到底看完了沒？」我的注意力分散，人群再度混在一起。我又要重新開始了。「再一分鐘。」我說。

對我來說，其實最令人擔心的不是偽人，而是噬魂怪。我目前殺過兩隻，每次交手都差點喪命。如果讓我能活到現在的是所謂的「運氣」，那麼運氣總有消耗完的一天。因此才堅決不要再讓任何一隻噬魂怪給我們意料之外的驚喜，我會盡一切能力，盡可能遠遠地感應到他們，然後避開可能的接觸。和「奮戰」比起來，「逃跑」當然不光彩得多，但我一點也不在乎榮耀。我只想活下去。

因此，真正的危險就不是那些月臺上的身影，而是夾在這些人之間的影子，或籠罩他們的暗影，潛伏在周遭的黑暗處。這些地方才是我關注的焦點。這樣的感覺有點像是靈魂出竅，讓我的感官延伸至人群之間，一路到達遙遠的角落，尋找危險的蛛絲馬跡。幾天前，我還沒辦法做到這件事。把我的觀察力像聚光燈般地打出去，這是個全新的能力。我很好奇，自己身上到底還有什麼事情沒被挖掘出來？

「這裡一切都好。」我邊說邊從衣箱上走下來，「一隻噬魂怪也沒有。」

「我也知道。」伊諾埋怨道，「如果這裡有噬魂怪，我們早被吃了！」

艾瑪把我拉向一邊。「如果我們打算在這裡開戰的話，你的動作得快一點。」這就像是要求一個剛學會游泳的人去參加奧運一樣。「我已經很努力了。」我說。

艾瑪點點頭。「我知道。」她轉向其他人，彈了彈手指，好吸引他們的注意力。「我們到電話亭那裡去。」她說，伸手指向一個高高的紅色電話亭。電話亭在月臺的另一邊，我們勉強能從移動的人群間看見它的外觀。

「我們要打給誰？」阿修問。

「特異狗（peculiar dog）說，倫敦這裡所有的圈套都被突襲了，時鳥們通通被綁架。」艾瑪說，「但我們不能就這樣相信他的話，對吧？」

「你可以打給圈套？」我錯愕地問，「用電話打？」

米勒解釋說，時鳥委員會（Council of Ymbrynes）仍然保留著用電話通訊的方式，不過這只在倫敦市的範圍內才行得通。「它運作的方式很巧妙，畢竟我們全都在不同的時間裡。」他說，「我們住在時光圈套（Time loop）裡，不代表我們被困在石器時代，好嗎?!」

艾瑪牽起我的手，然後叫所有人把手牽起來。「我們得確保大家都待在一起。」艾瑪說，「倫敦很大，而且這裡沒有特異孩子的失物招領處。」

我們擠入人群之間，手緊緊牽著。我們的蛇行隊伍在抵達奧莉芙的位置時，呈現了一點拋物線的形狀，因為她就像在月球上漫步的太空人一樣微微浮起。

「你的體重下降了嗎？」布蘭溫問她，「那妳需要重一點的鞋子了，小喜鵲。」

「如果我沒辦法吃到正常分量的食物，我就會變輕。」奧莉芙說。

「正常分量？我們才剛結束大吃大喝耶！」

「我可沒有。」奧莉芙說，「他們沒有準備肉餡餅。」

「做為一個難民，妳還真是超級挑嘴。」伊諾說，「不管如何，既然霍瑞斯把我們所有的錢都浪費光了，我們唯一能得到更多食物的方式就是去當小偷，或者找到一隻還沒被綁架的食鳥煮給我們吃。」

「我們還有錢啊。」霍瑞斯防衛地說道，搖了搖口袋，讓零錢在裡頭叮噹作響。「只是不夠我們買肉餡餅而已。我們大概可以負擔得起一個夾心馬鈴薯[1]。」

「再讓我吃一顆夾心馬鈴薯，我就要變成夾心馬鈴薯了。」奧莉芙哀號。

「那是不可能的，親愛的。」布蘭溫說。

「為什麼？裴利隼女士就能變成一隻鳥啊！」

經過我們身邊的一個男孩停下來盯著我們看。布蘭溫生氣地要奧莉芙保持安靜。在普通人面前公開我們的祕密是被嚴格禁止的，就算這些祕密再怎麼天馬行空、再怎麼難以相信都一樣。

我們用肩膀開路，穿過最後一群孩子，然後終於抵達電話亭。這個亭子大小只夠容納三個人，所以艾瑪、米勒和霍瑞斯擠了進去，其他人則聚集在門前。艾瑪操作著電話，霍瑞斯從口袋裡撈出僅剩的零錢，米勒則翻閱著一本掛在柱子上的破爛電話簿。

「你在開玩笑嗎？」我把身子探進電話亭裡說道。「時鳥們有把電話登記在電話簿裡？」

「這裡面登記的地址是假的。」米勒說，「如果你沒有輸入正確的密碼，電話也不會接通。」他從書上撕下一張清單交給艾瑪。「試試這個吧。米莉森．華眉（Millicent

1 譯註：Jacket Potato，英國傳統食物，在煮熟的馬鈴薯中塞入餡料，例如奶油、起司，或是肉類。

Thrush)。」

霍瑞斯往投幣口裡丟入一個硬幣，然後艾瑪撥了電話。米勒接過話筒，用口哨吹出一串像鳥叫的聲音，再把話筒還給艾瑪。她聽了一會兒，然後皺起眉頭。「響鈴響個不停。」她說，「沒人接電話。」

「無所謂！」米勒說，「這只是其中一個電話號碼而已。讓我再找另一個……」

這時，在電話亭外，原本川流不息的人群漸漸停了下來，在我們的視線之外，有某個地方塞住了。整個火車月臺上的人潮已達飽和。普通的孩子們圍繞在我們四周，彼此嘰嘰喳喳地說著話、此起彼落地大叫、互相推搡，其中一個站在奧莉芙旁邊的孩子正悲戚地哭泣著。她綁著馬尾，雙眼紅腫，一手抓著一條毛毯，另一手抓著硬紙板做的行李箱。她的上衣上別著一個牌子，印著大大的數字與文字：

一一五－二〇一
倫敦往雪菲爾

奧莉芙看著哭泣的女孩，直到自己的雙眼也開始盈滿淚水。後來她再也受不了了，終於開口問那女孩發生了什麼事。女孩撇開視線，假裝什麼也沒聽到。

奧莉芙不懂她的暗示。「妳怎麼了？」她又問一次。「妳是因為被賣掉了，所以才哭得這麼傷心嗎？」她伸手指著女孩衣服上的牌子。「那是妳的價格嗎？」

女孩試著溜走，卻被四周的人牆給擋住了。

「我很想把妳買下來，然後還妳自由。」奧莉芙說，「但為了買火車票，我想我們已經把所有的錢都花光了。我們連買肉餡餅的錢都不夠，更不可能買奴隸。我真的很抱歉。」

女孩轉過來面對著奧莉芙。「我是非賣品！」她邊說邊用力地跺著腳。

「妳確定嗎？」

「對！」女孩大叫，然後頹喪地扯下衣服上的牌子，隨手一扔。「我只是不想離開這裡，然後搬到愚蠢的鄉下去住。就只是這樣而已。」

「我也不想離開家鄉，但我們必須離開。」奧莉芙說，「我的家鄉被炸彈砸爛了。」

女孩的表情緩和下來。「我的家鄉也是。」她把她的行李箱放下，然後伸出一隻手。「很抱歉我亂發脾氣。我的名字叫潔西卡。」

「我叫奧莉芙。」

兩個小女孩像紳士般握了握手。

「我喜歡妳的上衣。」奧莉芙說。

「謝了。」潔西卡說，「我喜歡妳的……妳頭上的那個東西。」

「我的后冠！」奧莉芙伸手碰了碰它。「不過，那不是真的銀啦。」

「沒關係。它還是很美。」

奧莉芙的臉上綻放出一個我從未見過的燦爛微笑。接著，一聲巨大的哨音在我們四周炸響，然後一個震耳欲聾的聲音從擴音器裡發出來。「所有的孩童都上火車！」那個聲音說，「遵守秩序，現在！」

四周的人潮再度移動起來。大人們敦促著孩子前進。我聽見其中一個大人說：「你們很快就會再見到你們的媽咪和爹地了！」

這時我才明白，為什麼這裡會有這麼多孩子。他們全都是要被撤離的居民。成千上百名聚集在月臺上的孩子們，只有我和我的朋友們是「抵達」這裡的。其他的孩子們都準備要「離開」，為了他們的安全而被撤離出城。根據他們所帶的厚重冬衣外套及塞得滿滿的行李箱來看，可能要在外地待上很長一段時間。

「我該走了。」潔西卡說。在奧莉芙來得及跟她的新朋友道別之前，潔西卡已被周圍的人群推著往一輛等待中的火車走去。就在這麼短的時間裡，奧莉芙得到了也失去了她有史以來的唯一一個普通人朋友。

當潔西卡上車時，她回頭看了一眼。臉上苦澀的表情彷彿在問：**我會變成什麼樣子？**看著她離去，而我們心中也在想著同樣的問題。

電話亭內，艾瑪滿面愁容地看著眼前的話筒。「沒人接電話。」她說，「每個號碼都只是響鈴響個不停。」

「最後一個。」米勒邊說邊遞給她另一張撕下來的紙。「祝好運。」

我專注地看著艾瑪撥電話的動作，但我的身後突然一陣騷動。我回頭，看見一個脹紅

著臉的男人正對我們揮舞著一把雨傘。

「你們在這裡遊蕩什麼？」他說，「立刻就從電話亭中出來，然後登上你們的火車！」

「我們才剛下火車。」阿修說，「我們才不要上另一輛火車！」

「你們的名牌到哪去了？」男人大叫道，唾沫從他的唇間噴濺出來，「立刻找出來，否則我就要把你們送到比威爾斯更糟糕的地方去了！」

「你現在就給我閃開。」伊諾說，「不然我們就把你直接送到地獄去！」

男人的臉脹得發紫，我懷疑他脖子上的血管是不是爆了。顯然他並不習慣被小孩子用這種口氣對待。

「我說**現在就從電話亭裡出來**！」他吼道。他把雨傘高高舉過頭頂，像是劊子手手中的斧頭。他把雨傘用力往下劈，打在電話亭與牆頭間的電線上。啪的一聲，電話線斷成兩段。

通話中斷。艾瑪的視線從話筒上抬起來，整個人被沉默的怒火包圍。「如果他真的這麼想要用電話。」她說，「我們就把電話給他。」

當艾瑪、米勒和霍瑞斯擠出電話亭時，布蘭溫抓住那名男人的手，固定在他的身後。

「住手！」他尖叫道，「放開我！」

「喔，我會放開你的。」布蘭溫說。接著，她把他舉起來，頭先腳後地塞進電話亭裡，然後用他的雨傘栓住電話亭的門。男人在電話亭裡大叫，用拳頭敲打玻璃，他跳上跳下的樣子，就像一隻被困在瓶子裡的胖蒼蠅。雖然待在這裡取笑他一定會很有趣，但是這男人已經引來太多注意了，大人們現在正從四面八方朝我們聚集過來。我們該走了。

我們手牽著手朝十字旋轉門衝過去，把一票被絆倒、無助地揮舞雙手的普通人留在身後。一輛火車的汽笛響了起來，而在布蘭溫背後衣箱裡的裴利隼女士，就像是被丟進洗衣機裡的衣物，左搖右晃地一同發出尖叫聲。奧莉芙的身體太輕，無法在地上奔跑，所以抱住布蘭溫的脖子，掛在她身後，像一顆半消氣的氣球垂在繩子上。

有些大人比我們更靠近出口。我們不打算繞過他們。我們打算強行衝過去。

但是我們沒成功。

第一個衝出來阻擋我們的是一個高大的女人，她用她的手提包打了伊諾的頭，然後撲倒他。當艾瑪試著拉開她時，另外兩個男人抓住她的手臂，然後硬是把她壓倒在地。我跳起來，正準備加入戰局，幫艾瑪的忙，這時，卻有另一個男人抓住了我的手臂。

「拜託誰做點什麼！」布蘭溫喊道。我們都知道她是什麼意思，但我們也都不確定誰現在還能自由行動。接著，一隻蜜蜂從伊諾的鼻子前飛過，然後把針刺進跨坐在他身上那女人的臀部裡。女人尖叫著跳了起來。

「耶！」伊諾大喊，「來更多的蜜蜂吧！」

「牠們都很累！」阿修喊回去。「自從上次拯救完你之後，牠們才剛睡著耶！」但阿修知道他們沒有其他辦法了，艾瑪的雙手被固定住了，布蘭溫則忙著對付三名憤怒的列車長，好保護她的衣箱和奧莉芙，而且還有更多的大人正在朝這裡靠近，所以阿修開始敲打自己的胸口，像是要把噎在喉頭的食物碎塊吐出來。接著他打了一個長長的嗝，十幾隻蜜蜂從他的嘴裡飛了出來。牠們在上方飛了幾圈，搞清楚方向後，開始螫刺視線範圍內的所有大人。

抓住艾瑪手臂的男人們鬆開了她，轉身逃命。抓住我的男人被螫了鼻子，然後慘叫起來，像是被惡靈附身般揮舞起他的雙手。很快地，所有的大人們都逃向月臺，想盡辦法不讓自己被那些帶著尖刺、來回飛舞的小小攻擊者們螫到；而在月臺上，所有的孩子們正大笑著、歡呼著，將雙手高高舉在空中，學著這些大人們的滑稽動作。

趁大家被分散注意力時，我們趕緊爬起來，衝向十字旋轉門，然後一頭跑進喧鬧繁華的倫敦午後。

我們在一團混亂的街道上失去了方向。這種感覺就被丟進一潭攪動著的液體中，周圍充斥著快速流動的物體：紳士、淑女、工人、軍人、街頭流浪兒和乞丐們，全都有著各自的目標，朝四面八方前進；人群在噗噗作響的小汽車之間穿梭，街頭小販大聲宣傳他們的商品，街頭藝人吹著喇叭，沿街的公車也按著喇叭、搖搖晃晃地停下來，好讓更多的人下車，加入已經夠擁擠的人行道。而這一切，全被圍繞在兩排高大建築物所形成的峽谷之內，這些建築物的門前都有高大的梁柱，房屋沿著街道延伸，消失在陰影之中。午後的太陽低低地懸掛在空中，寂靜無聲，被倫敦市區的煙霧遮擋，成了一團模糊的光暈，像是在迷霧中閃爍的燈籠。

我的眼睛被陽光照得有點昏花，因此我半瞇起眼，讓艾瑪拉著我往前。在此同時，我伸手進口袋裡，摸到冰涼的手機螢幕。不知道為什麼，這讓我冷靜多了。我的手機現在一點用處也沒有，是個從未來留下的紀念品，但它仍然保有一些力量——它是一條細長的線，連結著這個嘈雜而混亂的世界，以及那個我曾經熟悉也曾經是其中一分子的正常世界。當我碰觸它時，它就像在對我說：你就在這裡，這一切都是真的，你不是在做夢，你仍然是你。這個念頭，宛若讓我身邊快速晃動的景物稍稍慢了下來。

伊諾在他的成長過程中花了好幾年的時間待在倫敦，他宣稱自己仍然記得這些街道，所以由他領路。我們大部分的時間都在小路與暗巷裡前進，因此一開始，整座城市在我們眼中就像是由灰色高牆和水管線路所形成的巨大迷宮。當我們穿越寬闊的大道時，才得以瞥見它的宏大，然後又再度鑽進安全的陰影之中。我們把這當成是一種遊戲，大笑著在巷弄中狂奔。霍瑞斯假裝在人行道的邊緣絆倒，接著再敏捷地站穩腳步，像名舞者般敬了個禮，然後伸手頂了頂他的帽子。我們像瘋子般放聲大笑，眼前一片昏花，仍然有點無法置信，我們居然走了這麼遠——渡過海洋、越過樹林、穿過一大群怒吼的噬魂怪和想要置我們於死地的偽人，然後一路來到倫敦。

我們在車站和我們之間留下足夠的安全距離，然後在一條巷子裡的垃圾箱旁停下腳步、調整呼吸。布蘭溫放下她的衣箱，讓裴利隼女士出來透透氣。她搖搖晃晃地在路面的碎石上走了幾步，像是喝醉了一樣。霍瑞斯和米勒大笑出聲。

「這有什麼好笑的？」布蘭溫說，「頭昏腦脹又不是她的錯。」

霍瑞斯把雙臂一揮，大大展開。「歡迎來到美麗的倫敦！」他說，「這裡比你形容的雄偉多了，伊諾。而且，噢！聽聽你是怎麼說的！這七十五年來，你總是說：倫敦，倫敦，倫敦！地球上最棒的城市！」

米勒撿起地上一個垃圾箱的蓋子。「倫敦！全世界最棒的垃圾都在這裡！」

霍瑞斯舉起他的帽子。「倫敦！這裡的老鼠們都戴著高禮帽！」

「噢，我可沒說得那麼超過。」伊諾說。

「你有！」奧莉芙說，「你總說：『嗯，他們在倫敦可不是這麼做的。』或『在倫敦，食物比這好吃多了。』」

「當然，我們現在可不是在倫敦裡進行壯遊！」伊諾防衛地說道，「你們是想要躲在巷子裡，還是走在大街上被偽人看見？」

霍瑞斯忽視他。「倫敦：天天都是星期天……對撿破爛的人而言！」

他又大笑起來，而他的笑聲極具傳染性。很快地，幾乎所有的人都笑了起來——就連伊諾都是。「我想我是誇大了點啦。」他承認道。

「我不覺得倫敦有什麼好的。」奧莉芙皺著眉頭說，「這裡又髒又臭，擠滿了粗魯又討厭的人，還惹哭小孩子，我討厭這裡！」她皺起臉，愁眉苦臉地補充道，「而且這裡讓我餓得要死！」這讓我們笑得更厲害。

「車站裡的那些人的確滿討人厭的。」米勒說，「但是他們都得到報應啦！我永遠都不會忘記當布蘭溫把那個人塞進電話亭裡時，他臉上的表情。」

「或是當那個恐怖的女人被蜜蜂螫屁股時！」伊諾說，「我願意花錢再看一次那一幕。」

我瞥了阿修一眼，期待他加入談話，但是他卻背對著我們，肩膀顫抖。

「阿修？」我說，「你還好嗎？」

他避開了我。「沒人在乎。」他說，「沒關係，別浪費時間來問問老阿修過得好不好，他就只是救了大家，卻沒半個人對他說謝謝而已！」

我們全都羞愧地向他道謝及道歉。

「抱歉，阿修。」

「再次謝謝你，阿修。」

「你是我們的及時雨，阿修。」

他轉過來面對我們。「牠們都是我的朋友，你們知道嗎？」

「我們依然是你的朋友啊！」奧莉芙說。

「不是說你們，我是說那些蜜蜂！牠們只能螫人一次，然後牠們的靈魂就要歸天了。現在我身上只剩下亨利，而牠不能飛，因為牠少了一隻翅膀。」他伸出手，緩緩張開手指。在他的掌心上，亨利對著我們揮舞牠僅存的一隻翅膀。

「來吧，夥伴。」阿修對他低聲說道，「回家的時間到了。」他伸出舌頭，讓蜜蜂爬上去，然後把嘴閉上。

伊諾拍拍他的肩膀。「我可以讓牠們復活，但我不確定這對這麼小的生物有沒有作用。」

「無論如何，謝了。」阿修回答，然後清了清喉嚨，粗魯地抹了抹臉頰，好像相當不滿眼淚暴露了他的內心。

「等我們把裴利隼女士恢復原狀後，就可以幫你找更多蜜蜂了。」布蘭溫說。

「說到這。」伊諾對艾瑪說，「你們有透過那部電話聯絡上任何一隻時鳥嗎？」

「一個也沒有。」艾瑪回答，然後在一個翻過來的垃圾箱上坐下，肩膀垮了下來。「我原希望我們會有點好運。但是沒有。」

「看來那隻狗說得對。」霍瑞斯說，「倫敦這裡的圈套已落入敵人手中。」他沮喪地低下頭。「更糟糕的是，所有的時鳥都被綁架了。」

我們全都垂下頭，剛才興高采烈的心情已消失無蹤。

「如果真是如此，」伊諾說，「米勒，你最好告訴我們關於懲罰圈套（Punishment loops）的事，把你知道的都說出來。如果時鳥們真的都在那裡，我們就要想個辦法把她們救出來。」

「不。」米勒說，「不、不、不。」

「不？你是什麼意思？」艾瑪說。

米勒的喉頭發出一串掙扎的哼聲，接著呼吸變得很奇怪。「我的意思是……我們不能……」

他欲言又止。

「他怎麼了？」布蘭溫說，「米勒，怎麼回事？」

「你最好現在就解釋清楚『不』是什麼意思。」艾瑪威脅地說道。

「因為我們會死！這就是原因！」米勒說道。他的聲音破碎。

「但在動物園（Menagerie）那裡時，你說得好像很輕鬆！」我說，「好像我們只需要溜進一個懲罰圈套裡……」

米勒歇斯底里了起來，呼吸異常急促，而這嚇壞了我。布蘭溫找到一個皺巴巴的紙袋，並叫他往裡面吐氣。當他終於稍稍恢復後，他回答了。

「進去懲罰圈套裡面是很容易。」他緩緩地說，一面想辦法控制自己的呼吸。「要出來就難多了。或者換個說法，要活著出來難多了。懲罰圈套就像那隻狗說的，而且比那個還糟。火焰之河……嗜血的維京人……讓人無法呼吸的惡臭……這些全部加起來，就像一鍋邪惡的雜魚湯，還有鳥才知道有多少噬魂怪和偽人！」

「嗯，那還真是棒透了！」霍瑞斯說，把手高高舉起。「你應該早點跟我們說，你知道嗎，當我們在動物園裡計畫這一切的時候！」

「那會有什麼差別，霍瑞斯？」他又對著紙袋呼吸了幾口氣。「如果我把它形容得更嚇人，你們便會選擇讓裴利隼女士的人性就此消失嗎？」

「當然不會。」霍瑞斯說，「但你應該要告訴我們真相。」

米勒讓紙袋掉回地上。他已經找回了他的呼吸節奏。「我承認我是稍微降低了一點懲罰圈套的危險程度。但我從來不認為我們真的必須進到那裡面！儘管那隻笨狗說了這麼多關於倫敦現況的蠢話，我始終認為我們至少能找到一個沒被劫掠的圈套，還會有時鳥在裡面主持大局。再者，就現在的狀況來說，我們說不定還是有機會！我們怎麼能確定所有的時鳥都被綁架了呢？我們有親眼見到任何一個被劫掠的圈套了嗎？如果時鳥們只是……電話不通呢？」

「全部都不通嗎？」艾瑪諷刺道。

就連一直都很樂觀的奧莉芙，也對這句話搖了搖頭。

「所以你建議我們怎麼做，米勒？」艾瑪說，「我們要一一拜訪倫敦裡所有的圈套、一一檢查還有沒有人在家嗎？而且別忘了，那些腐者（the corrupted）**正在找我們**，他們怎麼可能放著那些圈套不管，也不派人駐守？」

「我覺得，就算我們整個晚上都在玩俄羅斯輪盤，存活的機率都還比這大一點。」伊諾說。

「我只是想說，」米勒說，「我們沒有**證據**……」

「你還想要什麼證據？」艾瑪說，「一灘一灘的血嗎？或是一堆被拔下來的羽毛？阿沃賽女士說這些腐者的攻擊早在幾星期前就發生在倫敦了，鵪鶉女士則相信倫敦這裡的時鳥都被綁架了——難道你覺得你會比時鳥們本身更清楚這件事嗎？我們現在就在這裡，而且沒半隻時鳥接電話。所以，拜託你告訴我，有什麼事比一個圈套、一個圈套的搜索更像自殺式的浪費時間？」

「等等，就是這個！」米勒大叫，「鵪鶉女士如何？」

「她怎麼樣？」艾瑪問。

「你忘了那隻狗跟我們說了什麼嗎？鶻鷂女士幾天前也到倫敦來了，因為她的時鳥姊妹被綁架。」

「所以呢？」

「如果她還在這裡的話呢？」

「那她一定也已經被抓起來了！」伊諾說。

「如果她還沒呢？」米勒的聲音因為洋溢著希望而變得高亢。「她就可以幫裴利隼女士了，而且我們也不需要靠近任何一個懲罰圈套！」

「那我們要怎麼找她？」伊諾冷冷地說道，「站在屋頂上大喊她的名字嗎？這裡可不是石洲島。這裡是有上百萬人的大城市！」

「她的鴿子們。」米勒說。

「再說一次？」

「是鶻鷂女士的特異鴿子們告訴她，時鳥們被綁架到哪裡去的。如果牠們知道時鳥們在哪裡，那牠們應該也知道鶻鷂女士在哪裡。畢竟牠們屬於她。」

「哈！」伊諾說，「在這裡，唯一一種比看起來都一樣的中年女士還要普遍的東西，就是一群又一群的鴿子。而你打算要在倫敦市裡找特定的一群？」

「這聽起來真的有點瘋狂。」艾瑪說，「抱歉，米勒，但我真的不知道這怎麼行得通。」

「那麼這就是你們的好運了。當你們在火車上閒話家常、聊八卦的時候，我正在認真讀書。誰幫我把《童話》拿來！」

布蘭溫從衣箱裡撈出那本書交給他。米勒快速地翻過書頁。「這裡面可以找到許許多多的答案。」他說，「只要你們知道自己想找什麼。」他在某一頁停了下來，手指用力地戳著書頁。「啊哈！」他把書轉向我們，好讓我們都能看見他找到的東西。

那一則故事的標題是「聖保羅的鴿子」。

「看在上帝的分上。」布蘭溫說。「這和我們在找的是同一群鴿子嗎？」

「如果在《童話》裡有寫到牠們，那我們幾乎可以確定牠們就是那一群特定的鴿子。」米勒說，「而且，你們覺得那裡能有多少群特異鴿子？」

奧莉芙拍著手掌大喊：「米勒，你棒透了！」

「謝了，我早就知道了。」

「等等，我聽不懂。」我說，「什麼是聖保羅？」

「就連我都知道。」奧莉芙說，「那間大教堂！」她跑到巷口，伸手指著遠方高高聳立的圓形屋頂。

「那是倫敦最大也最壯觀的教堂。」米勒說，「而且如果我的直覺是正確的，那裡也是鶴鶉女士的鴿子築巢的地方。」

「希望他們在家。」艾瑪說，「而且我希望他們可以給我們一點好消息。我們的好消息最近有點缺貨。」

當我們在迷宮般的街道中穿梭時，沉默籠罩著我們。一段很長的時間裡，沒有人說話。圍繞在我們耳邊的只有我們的腳步聲，以及城市本身的聲音：飛機、永無止境的車流及顫抖又起伏的警報聲。

離車站愈遠，城市裡經過炸彈洗禮的痕跡就愈明顯。建築物的門面被彈殼擊出坑疤的傷痕，窗戶破碎，街道上灑滿一堆堆發亮的碎玻璃。天上布滿了銀色的小型飛船，用又長又細的纜線栓在地上。

「軍用的飛彈攔阻氣球。」當艾瑪看見我抬頭看向其中一顆氣球時，她這麼說道，「德國的轟炸機在半夜飛過時，會被它們的纜線纏住，然後墜毀。」

接著，我們眼前出現一片毀滅過後的殘跡。這畫面太奇怪了，我不禁停下腳步，睜大眼睛，但非出自於某種病態的偷窺欲，而是因為若不仔細看清楚，我的大腦完全沒辦法吸收這一幕。一個炸彈所形成的彈坑足足有一條街那麼寬，像是一張大嘴，而破損的街道則是它的牙齒。其中一側，爆炸把一棟建築物的門面給削去了，但露出來的房屋內部則幾乎是完整的。那就像是個娃娃屋，建築物裡的房間全都暴露在街道上：飯廳裡的餐桌上還擺著食物；走道上的全家福照片歪向一邊，但還掛在牆上；一捲廁所用的捲筒衛生紙散了開來，在微風中搖曳，像是一面長長的白旗。

「他們是忘了把這棟房子蓋完嗎？」奧莉芙問。

「不，傻子。」伊諾說，「那是被炸彈炸到的。」

有那麼一瞬間，奧莉芙看似快要哭出來。但接著她的表情變得強硬，她對著天空揮舞著拳頭喊道：「可惡的希特勒！立刻停止這場恐怖的戰爭，趕快滾回去啦！」

布蘭溫拍了拍她的手臂。「噓，他聽不見的，寶貝。」

「這不公平。」奧莉芙說，「我受夠這些飛機、炸彈和戰爭了！」

「我們都一樣。」伊諾說，「就連我也是。」

接著我聽見霍瑞斯的尖叫。我轉身，看見他伸手指著街道上的某樣東西。我跑過去看了一眼，當看見時，我站在原地動彈不得。我的大腦尖叫著快跑！但我的腳拒絕合作。

那是一堆疊在一起的頭。它們焦黑而塌陷，嘴巴張開，眼睛腫成一條細縫，半融化地堆積在一條淺溝裡，像是恐怖片裡的多頭妖怪。接著，艾瑪也看見了，她倒抽一口氣，轉開視線；布蘭溫跑過來，然後發出呻吟；阿修屏住氣息，然後用手遮住眼睛；最後則是伊諾，他似乎一點也不覺得不適，冷靜地用腳尖推了推那些頭，然後說它們只是一堆假人模特兒的頭，是從炸彈炸毀的假髮店櫥窗中掉出來的。我們都覺得自己蠢得有點可笑，但那個畫面還是一樣駭人，因為我們都知道，它代表的是在那些被埋在瓦礫堆下，我們看不見的事物。

「我們走吧。」艾瑪說，「這個地方只是座墳場。」

我們繼續前進。我試著把目光定在地面上，但我沒辦法阻止自己看見我們經過的那些令人發毛的東西。一座房屋的殘骸冒出陣陣濃煙，唯一的一個消防員頹喪地彎著腰，身上

VOG

被灼傷，疲憊至極，手中的水管已經沒有水了。但他依然站在那裡，像是因為他的水不夠了，那麼他的職責就是目睹這一切。

一個小嬰孩坐在學步車裡，獨自站在街上，嚎啕大哭。

布蘭溫難以忍受地慢下腳步。「我們不能想點辦法幫助他們嗎？」

「那不會改變任何事的。」米勒說，「這些人屬於過去，而過去是不能被改變的。」

布蘭溫難過地點點頭。她早就知道這是事實，她只是需要親耳聽見別人把它說出來。我們只是存在於這個時空裡，卻像幽魂般毫無影響力。

一陣灰燼漫天翻騰而起，遮住了消防員和嬰孩。我們繼續前進，在乾燥的殘骸煙霧中哽住呼吸。我們的衣服染上一層白色的水泥粉末。我們的臉就像骨頭一樣死白。

我們盡可能地快速穿過毀壞的街區，接著驚奇的發現，四周的街道又恢復了生氣。距離剛才的人間煉獄僅短短一小段路，這裡的人們作息如常的忙著自己的事、大步走在人行道上，他們住的房子仍然有電力、完整的窗戶和牆壁。我們轉過一個轉角，眼前出現了聖保羅教堂的圓形屋頂。儘管有幾塊石頭被燻黑，還有幾道拱門破損歪斜，教堂仍然驕傲而莊嚴地挺立在那裡。就像這座城市一樣，敵軍還要再多用幾顆炸彈，才能炸燬整座教堂。

我們在教堂附近的廣場上展開搜索。有些老人坐在長椅上餵鴿子。一開始，我們的行動毫無章法：我們衝進鴿群中，在鴿子慌亂起飛時盲目的亂抓。老人們發起牢騷，我們便退開，等待鴿子們再飛回來。最後牠們回到地面上，由於鴿子並不是世界上最聰明的鳥類，所以我們決定看似隨意地輪流走進鴿群中，然後採取偷襲的方式伸手抓牠們。我以為奧莉芙體重輕、速度又快，或是像阿修能和另一種有翅生物進行溝通，或許他們能有點運氣，但兩人一無所獲。儘管鴿子們看不見米勒，但他也毫無進展。當輪到我時，這些鴿子大概被我們騷擾到煩了，我才剛走進鴿群裡，牠們就全飛了起來，還同時對著我拉下超大坨的屎。我只好逃向一旁的噴泉，用水把頭清洗乾淨。

最後，只有霍瑞斯逮到了一隻。他來到老人們的旁邊坐下，然後往地上撒下種籽，直到鴿子們開始圍繞。接著，他緩緩地傾身向前，伸出手，盡可能平靜地抓住其中一隻鴿子的腳。

「逮到你了！」他喊道。

鴿子奮力拍動翅膀，試著逃走，但霍瑞斯緊緊抓著牠。

他帶著鴿子回到我們之間。「我們要怎麼知道牠特不特異？」他邊說邊把鴿子翻過來，仔細檢視牠的底部，好像期望在那裡看見標籤一樣。

「給裴利隼女士看看。」艾瑪說，「她會知道的。」

我們打開了布蘭溫的衣箱，把鴿子推進去，和裴利隼女士關在一起，然後把蓋子蓋上。鴿子在裡面的尖叫聲，淒厲得宛若被撕碎了一樣。

我畏縮了一下，喊道：「別太粗暴啊，裴利隼女士！」

當布蘭溫再度打開蓋子時，一小撮鴿子羽毛噴向空中，但我們都沒看到鴿子的身影。

「噢，不——她把牠吃掉了！」布蘭溫喊道。

「沒有。」艾瑪說，「你看她下面！」

裴利隼女士起身往旁邊一站，鴿子就在她下面，雖然頭暈眼花，但還活著。

「所以？」伊諾說，「這到底是不是鶴鶉女士的鴿子？」

裴利隼女士用鳥喙戳了戳那隻鳥，然後鴿子就飛走了。接著她跳出衣箱，蹣跚地走入廣場，以一聲尖叫驅趕走其他的鳥兒。她的意思相當明確，不僅霍瑞斯抓到的那隻不是，廣場上的每一隻鴿子都不是。我們得繼續找。

裴利隼女士往教堂跳了幾步，不耐煩地拍打著牠的翅膀。我們在教堂前的臺階上追上她。建築物籠罩著我們，爬升的鐘塔環繞著它的圓頂。大理石浮雕上一整群的天使軍團全被煤灰燻黑，居高臨下地怒視著我們。

「我們要怎麼找完這整個教堂啊？」我邊想邊大聲說出來。

「一次一個房間慢慢的找。」艾瑪說。

一陣怪聲讓我們在教堂入口處就停了下來。那聽來像是汽車的防盜警鈴，音調緩慢而悠長地起伏著。但是現在是一九四〇年代，這個時代才沒有什麼防盜警鈴。那是空襲警報的聲音。

霍瑞斯瑟縮了一下。「德軍又要來了！」他大叫，「從天而降的死神！」

「我們不知道那代表什麼，」艾瑪說，「那說不定只是個假警報，或是測試。」

但是街道淨空得很快；老人們摺好報紙，從椅子上起身。

「他們可不認為這只是個測試。」霍瑞斯說。

「我們什麼時候開始會害怕區區幾顆炸彈了？」伊諾說，「別說得像個普通人！」

「應該不需要我提醒你吧？」米勒說，「這可不是我們熟悉的那種炸彈。這和掉在石洲島上的那些不一樣，我們不知道這些會掉在什麼地方！」

「所以我們更有理由去找我們要找的東西了，而且要快！」艾瑪說，然後領著我們進入教堂內。

教堂的內部非常寬敞，不可思議的是，它甚至看起來比外觀還要大。雖然裡面已經有些損壞，但幾個信仰堅定的人們跪在裡面，沉默地祈禱著。聖壇被一堆碎石掩蓋，從屋頂上被砲彈打出來的破口中，陽光正大片的灑落。一個孤伶伶的士兵坐在斷裂的梁柱上，透過天花板的破洞看著天空。

我們在教堂內四處走動，伸長脖子尋找。在我們腳下，水泥塊和破碎的瓦片吱吱作響。

「我什麼也沒看到。」霍瑞斯抱怨道，「這裡的空間足夠讓一萬隻鴿子躲起來！」

「不要用看的。」阿修說，「用聽的。」

我們停下腳步、豎起耳朵，想要聽見鴿子像在呢喃般的咕咕叫聲。但只聽見持續不斷的空襲警報，在那之下，則是一種撞擊所形成的悶響，像是暴風雨來臨前的雷聲。我叫自己保持冷靜，但我的心臟卻像電子鼓般狂跳不止。

他們正在投擲炸彈。

「我們該走了。」恐懼梗住了我的聲音。「這附近一定有防空洞。一定有安全的地方讓我們藏身。」

「但我們已經這麼接近了！」布蘭溫說，「我們不能現在放棄！」

另一聲撞擊響起，這次離我們更近了。其他人也開始緊張起來。

「也許雅各說得對。」霍瑞斯說，「我們找個安全的地方躲起來，直到空襲結束。轟炸過後，我們可以再搜索更多地方。」

「沒有地方是真正安全的。」伊諾說，「再深的防空洞，那些炸彈都可以打穿。」

「炸彈沒辦法打穿圈套。」艾瑪說，「而且，如果《童話》裡有寫到這個教堂，那麼這裡很可能也有一個圈套的入口。」

「有可能。」米勒說，「有可能、有可能耶。把書給我，我來找找。」

布蘭溫打開衣箱，把書交給他。

「現在，讓我看看。」他邊說邊把書翻到「聖保羅的鴿子」那一頁。

現在正在進行空襲，我們卻在看童話故事。我想。我現在真的進入瘋子的境界了。

「仔細聽好了！」米勒說，「如果這裡真的有圈套的入口，那麼這個故事很可能告訴我們怎麼找到它。幸運的是，這故事很短。」

一顆炸彈落在教堂外。地面震動，碎石從天花板上紛紛落下。我咬緊牙關，試著專注在自己的呼吸上。

米勒完全不受影響。他清清喉嚨。「聖保羅的鴿子！」他大聲地讀道。

「我們已經知道標題了！」伊諾說。

「請讀快一點！」布蘭溫說。

「如果你們繼續這樣打斷我，我們會在這裡耗上一整晚。」米勒說。然後他繼續往下讀。

「很久很久以前，在倫敦建立起高塔或尖塔、或任何高樓前，有一群鴿子希望牠們能築巢在某個又高又棒的地方，好讓牠們可以遠離塵囂和繁雜的人群。牠們知道要怎麼建造，因為鴿子是天生的建築師，而且比我們所知的更聰明。但古倫敦人並不熱中於建造高樓，所以有天晚上，鴿子們溜進了最具工業長才的人家裡，然後對他耳語了建造一座高塔的計畫。

「隔天早上，當男人醒來時，感到興奮異常。他夢到——或者自以為夢到——自己要在城市裡最高的山坡上建造一座有著尖塔的大教堂。幾年後，人們付出了巨大的代價，終於完成。它有一座高大聳立的塔，裡面有足夠的角落和隙縫能讓鴿子們落腳。鴿子們都非常滿足。

「接著有天，維京人劫掠了城市，並把這座高塔夷為平地。因此，鴿子們必須再找一位工程師，並對他耳語，然後耐心地等待新的教堂高塔建立起來。這座新塔要比舊的更高、更宏偉。新塔竣工，又高又宏偉，後來再度被焚燒殆盡。

「事情就這樣持續發生了好幾百年，塔被燒燬後，鴿子們就會再啟發另一個建築師，並且告訴他建立高塔的計畫。這些建築師們從來不知道鴿子們對於高塔的貢獻，不過他們仍舊溫柔地對待鴿子，任其在教堂中庭或鐘樓內隨處飛行，好像牠們是教堂吉祥物或守衛般。」

「這一點幫助也沒有。」伊諾說，「快講到圈套的部分啊！」

「我就快要說到了嘛！」米勒厲聲說，「教堂的高塔被建造又被拆毀，一次又一次，鴿子們的計畫愈來愈有野心，因此牠們得花更長的時間才能找到具天分的建築師。但當牠們終於找到時，那名建築師拒絕了，因為他認為那片山坡被詛咒，才會有這麼多的教堂在那裡被毀滅。雖然他試著要把這個計畫從腦中排除，只是鴿子們不斷地飛回來找他，每晚都在耳邊低語。這個男人依然拒絕行動。於是鴿子們在白晝時也來找他，用牠們笑聲般的語言告訴他，他是唯一能建造這座塔的人類，而唯一要做的事就是開始動手。但他拒絕了，並將牠們趕出家門，大喊道：『噓，你們這些骯髒的生物，快點滾開！』

「鴿子們深覺受辱，因此決心復仇，牠們糾纏著男人，直到他幾近瘋狂——不管他去哪都跟著他，咬他的衣服，拉扯他的頭髮，用尾羽玷污他的食物，並在夜裡敲打窗戶，讓他夜不成眠——直到有天，男人終於跪下來，喊道：『噢，鴿子啊！無論你們要我建造什麼，我都答應，只要你們願意從旁守護它遠離大火！』

「鴿子們對此深感困擾。最後牠們得到的結論是，如果牠們不在建造的過程中參與這麼多，或許就能把更多精力放在守護教堂的工作上。於是男人建造了教堂，有兩座高塔和一座弧頂大教堂。這間教堂非常宏偉，男人與鴿子們對他們的成就都非常滿意，於是成了很好的朋友。終其一生，這男人無論到哪都有鴿子陪伴左右，直到他壽終正寢，之後，這些鴿子們仍持續前往地下世界探望他。如今，你仍然能找到這座大教堂，就建在倫敦最高的山坡上，鴿子們也仍舊守護著它。」

米勒把書闔上。「說完了。」

艾瑪惱怒地哼了一聲。「很好，所以牠們**在哪裡**守護著教堂？」

「這對我們的現況還是毫無幫助。」伊諾說，「就和貓住在月亮上的故事一樣沒用。」

「我沒辦法從中找到任何線索。」布蘭溫說，「有誰可以嗎？」

我覺得似乎可以想到什麼，那句「地下世界」，可以領導我們前往某個方向，但我唯一想到的是：**那些鴿子們現在在地獄裡嗎？**

另一顆炸彈落下，整座建築物都震動了起來，這時，頭頂上方突然傳來一陣翅膀拍擊聲。我們抬起頭，看見三隻驚慌的鴿子從屋梁上的藏身處竄出。裴利隼女士興奮地嘎嘎大叫，就像在說：**就是牠們！**布蘭溫撈起她，然後我們追著鴿子快速奔跑。牠們飛過中殿，接著一個急轉彎，消失在一條走廊。

幾秒鐘後，我們也來到那條走廊。它並沒有延伸至戶外，我鬆了一口氣，因為那樣絕不可能追上牠們。我們面前是一個樓梯口，通往一條往下盤旋蜿蜒的階梯。

「哈！」伊諾邊說邊拍著他粗短的手。「終於沒路可跑啦，牠們把自己困在地下室裡了！」

我們衝下樓梯。階梯底端是一個光線陰暗的巨大房間，地面與牆壁都由石頭打造。這裡又冷又潮溼，幾乎伸手不見五指，電力被切斷，因此艾瑪在她的手中點燃火焰，照亮四周，直到我們能看清周遭的環境。自我們腳下一路延伸到每一面牆上，都是刻著字的大理石板。在我腳下的石板上寫著：

艾德里奇・湯伯倫（Eldridge Thornbrush）主教　一七二一年歿

「這裡才不是什麼地下室。」艾瑪說，「這是個墓穴。」

我全身一陣發冷，於是我朝艾瑪手中溫暖的光線靠近了些。

「你的意思是，這裡的地面下埋了屍體嗎？」奧莉芙顫抖地問道。

「那又怎麼樣？」伊諾說，「我們最好在炸彈把我們埋在地面下前，快點抓一隻該死的鴿子。」

艾瑪轉了一圈，讓光線照到牆壁上。「牠們一定在這裡的某處。除了那道樓梯之外，這裡沒有別的出路了。」

這時，我們聽到拍翅聲。我緊繃了起來。艾瑪增強了她的火焰，往聲音的來源處照去。她的火光照在一個平頂的墓碑上，比地面高出幾吋。在墓碑與牆壁間，有個裂口，但從我們所站的位置看不到。對鳥類來說，那是絕佳的藏身處。

準備好了嗎？艾瑪用唇語問。

其他人點點頭。我對她比了個大拇指。艾瑪躡手躡腳地走上前，看向墓碑後面，然後她的臉垮了下來。「什麼都沒有！」她說，挫折地踢著地面。

「我不懂！」伊諾說，「牠們就在這裡啊！」

我們走上前查看。接著，米勒說：「艾瑪！請用妳的光線照照墓碑的頂端！」

艾瑪照做了，而米勒大聲把上面的刻字念出來：

教堂建築者

克里斯多福．鶴鶉長眠之處

「鶴鶉！」艾瑪喊道，「真是奇怪的巧合！」

「我不認為這是巧合。」米勒說，「他一定和鶴鶉女士有關係。或許是鶴鶉女士的父親！」

「這樣的確滿有趣的。」伊諾說，「但這要如何幫我們找到她或她的鴿子？」

「這就是現在我想搞清楚的部分。」米勒自言自語地說道，邊在原地踱步邊喃喃複誦著故事裡的那句話，「這些鴿子們仍持續前往地下世界探望他。」

接著，我聽見了一聲鴿子的咕咕叫。「噓！」我說著，並要求大家仔細聽。幾秒鐘後，那叫聲又從墓碑後的角落裡傳來。我繞過墓碑，跪下身子，然後發現在墓碑底部有個小洞。那洞口不比一個拳頭大．剛好只夠一隻鳥鑽進去。

「在這裡！」我說。

「好吧，我太意外了！」艾瑪說，把她手中的火焰舉到洞口上。「我想，這就是『地下世界？』」

「這個洞口好小。」奧莉芙說，「我們要怎樣才能把鴿子抓出來？」

「我們可以在這裡等牠們出來。」霍瑞斯說。就在此時，一顆炸彈落下，這次距離我們非常近，讓我的眼睛一陣模糊、牙齒打顫。

「我們不需要等！」米勒說，「布蘭溫，可以請妳把鷦鷯先生的墓碑打開嗎？」

「不要！」奧莉芙喊道，「我不想看到他腐爛的老骨頭！」

「別擔心，親愛的。」布蘭溫說，「米勒知道他自己在做什麼。」她把手放在墓碑邊緣，開始使勁推搡。墓碑隨著一陣震動，緩緩地滑開。

那裡面飄散出來的味道和我想像的不同，不是死亡的味道，而是古老塵土的氣味。我們聚集著往裡看。

「嗯，我太意外了。」艾瑪說。

第九章

原本應該放著棺木的地方被一條梯子所取代，一路延伸到黑暗裡。我們窺伺著打開的墓碑。

「我絕對不要爬進去！」霍瑞斯說。但接著三顆炸彈落下，建築物劇烈搖晃，水泥碎屑紛紛掉落頭上，霍瑞斯突然推開我，伸手要抓梯子。「不好意思，別擋路，穿得最好看的人優先！」

艾瑪抓住他的袖子。「我有光線，所以我先。雅各跟在我後面，以免……有什麼東西在那下面。」

我對她露出一個虛弱的微笑，一閃即逝。這個想法讓我的膝蓋一陣虛軟。

伊諾說：「妳是指除了老鼠或霍亂，或住在墓穴底下的瘋狂地精外的東西嗎？」

「不管那下面有什麼。」米勒陰鬱地說，「我們都得面對它，就是這樣。」

「很好。」伊諾說，「但鷦鷯女士最好也在那下面，因為被老鼠咬傷的話可沒那麼快好。」

「被噬魂怪咬傷的話，會好得更慢。」艾瑪說，然後一腳跨上梯子。

「小心點。」我說，「我就在妳上面。」

她用點著火的手對我敬禮。「再接再厲，朝缺口衝去吧。」她說，然後開始向下爬。

接著就輪到我了。

2 譯註：Once more into the breach. 莎士比亞的歷史劇《亨利五世》中最經典的台詞之一。

「你們有沒有曾經發現自己置身空襲之中，爬進一個敞開的墳墓裡，」我說，「然後你會希望自己還躺在床上睡覺？」

伊諾踢了我的鞋子一腳。「少碎碎念了。」

我抓住墓碑邊緣，然後踩上梯子。我短暫地想像了一下，如果我的人生和現在完全不同的話，我的暑假會做哪些無聊卻美好的事情。網球營。航海課程。整理貨架。接著，藉由強大的意志力，強迫自己往下爬。

梯子伸向一條隧道中。隧道的一端是死路，另一端則一片黑暗。這裡的空氣冰涼，還帶著一股令人窒息的怪味，像是衣服被留在淹水的地下室裡等著腐爛。粗糙的石牆上凝結著神祕液體，向下滴落。

當艾瑪和我等著大夥兒爬下來時，這裡的寒冷逐漸進入體內，開始覺得愈來愈冷。其他人也感覺到了。布蘭溫到達底部後，她打開衣箱，從裡面拿出我們在動物園裡得到的特異羊毛衣，一一發給我們。我穿上其中一件，但就像是個大布袋，袖子長過我的手指，毛衣的下襬則直達膝蓋。但至少它穿起來很溫暖。

布蘭溫的衣箱空了，所以她把它留下。裴利隼女士躲進布蘭溫的大衣中，在那裡為自己弄了個窩。儘管《童話》又大又厚重，米勒仍堅持要把它夾在手臂下，因為他說隨時都有可能要翻閱它。我猜那本書已變成讓他安心的安樂毯了，也或許他認為這本書裡寫著只有他才讀得懂的咒語。

我們是一群怪咖。

我摸索著往前走，試著感應噬魂怪的存在。這次，我的肚裡產生了一種全新的糾結感，好像噬魂怪曾經出現、但已經離開，我感應到的是它曾經存在過的痕跡。不過我沒提，因為不想在這裡製造不必要的恐慌。

我們繼續前進，踩在潮溼磚頭上的腳步聲在走道裡迴盪，因此不管前面有什麼，我們都不可能不被發現。

頭頂上不時傳來鴿子拍翅或鑽動的聲音，我們於是加快腳步。總覺得，前方有某種令人不舒服的驚喜在等著我們。四周牆上嵌著和上面墓穴一樣的石板，但是更古老，許多字跡都已磨損到無法辨認。接著，我們經過一個放在地上的棺木，並未下葬；然後發現更多像這樣的棺木，被堆在一面牆邊，像是被拋棄的搬家紙箱。

「這裡到底是什麼地方？」阿修低語。

「墓園客滿了。」伊諾說，「所以當他們需要空間來迎接新顧客時，只好把舊的挖出來，然後堆在這下面。」

「真是個糟糕的圈套入口！」我說，「想想，每次你要進出時就得經過這些耶！」

「這和我們的石塚沒有多大差別。」米勒說，「每個不太討人喜歡的圈套入口都有特定的目的，普通人多半會避開它們，所以這專屬於特異者。」

非常合理、非常聰明的說法。但我唯一想到的只有：這裡到處都是死人，它們腐爛了、骨頭外露、死得徹徹底底，噢，老天……

「喔噢。」艾瑪說，然後突然停下腳步。我撞上她的背，其他人則在我背後擠成一團。

她舉起手中的火焰照向一邊，看見牆上一扇弧形的門。門微開，但我們只看得見裡頭一片黑暗。

我們豎起耳朵傾聽。很長一段時間裡，除了我們的呼吸聲和遠處的滴水聲外，什麼也沒聽到。接著聽見一個聲響，但完全不在我們的意料之中，因那不是拍翅聲，也不是鳥爪刮出來的聲音，而是人聲。

有人正在低聲哭泣。

「哈囉？」艾瑪呼喚道，「誰在那裡面？」

「請不要傷害我。」一個帶著回音的聲音說道。

或者，那是好幾個人的聲音？

艾瑪讓手中的火焰燒得更亮。布蘭溫擠上前，用腳尖去推門。門向後打開，露出一個塞滿骨頭的小房間。大腿骨、脛骨、骷髏頭……無法勝數的骨骸或許屬於上百個不同的人，雜亂無章地堆積在這裡。

我跌跌撞撞地後退，震驚得頭昏眼花。

「哈囉？」艾瑪說，「剛剛說話的是誰？露出你的真面目！」

一開始，除了骨頭之外，我什麼也看不到，但接著聽見一陣抽氣聲，我的視線來到骨頭堆的頂端，然後看見兩雙眼睛正在房間的最裡面對我們眨著。

「這裡什麼人都沒有。」一個小聲音說。

「離開這裡。」第二個聲音說，「我們都死了。」

「你們還沒死。」伊諾說，「否則我會知道的！」

「來這裡。」艾瑪溫和地說，「我們不會傷害你們的。」

兩個聲音齊聲說道：「妳保證？」

「我們保證。」艾瑪說。

骨頭堆開始晃動。一顆頭骨鬆脫，掉到地面上，滾到我的腳邊，瞪著我看。

哈囉，未來。我想道。

接著，兩個小男孩出現在光線之中。他們雙手雙腳並用地爬在骨頭堆頂端，皮膚死白，兩雙眼睛骨碌碌地在凹陷的眼窩中轉動望向我們。

「我是艾瑪，他是雅各，而這些是我們的朋友們。」艾瑪說，「我們是特異者，但我們不會傷害你們的。」

兩個男孩蹲坐的姿勢像是受驚的小動物，什麼也沒說，眼神閃爍地四處飄移，卻什麼也沒看仔細。

「他們有什麼毛病？」奧莉芙輕聲問道。

布蘭溫制止她。「別那麼失禮。」

「可以告訴我，你們的名字嗎？」艾瑪說，她的聲音溫和，試著引誘他們說話。

「我是喬爾和彼得（Joel and Peter）。」比較大的男孩說。

「你是哪一個？」艾瑪問，「喬爾，還是彼得？」

「我是彼得和喬爾（Peter and Joel）。」比較小的男孩說。

「我們沒時間玩遊戲了。」伊諾說，「有什麼鳥類和你們一起待在裡面嗎？還是你們有看見鳥飛過這裡？」

「鴿子們喜歡躲。」大的男孩說。

「在閣樓裡。」小的男孩說。

「什麼閣樓？」艾瑪問，「在哪裡？」

「在我們家裡。」他們齊聲說著，伸手指向黑暗的走道。他們似乎是合力說話的，若一個句子太長，那麼就會由其中一個開頭、另一個負責結尾，而且兩人間沒有明顯的停頓。我也注意到，當其中一人說話、另一人沒有發出聲音時，他仍會跟著說話的聲音做出一樣的嘴型，好像他們共享著同一個心智。

「可以請你們帶路，讓我們去你家嗎？」艾瑪問，「去你們的閣樓裡看看？」

兩個男孩搖著頭，退回黑暗中。

「怎麼了？」布蘭溫問，「你們為什麼不願意去？」

「死亡和血！」其中一個男孩大叫。

「血和尖叫！」另一個也喊道。

「尖叫和血和會咬人的影子！」他們齊聲大喊。

「恭喜！」霍瑞斯邊說邊轉身。「我會和你們在墓穴裡會合。希望我不會被炸彈碾碎！」

艾瑪抓住他的袖子。「噢，你不能走！你是我們之中唯一一個有辦法抓到那些該死鴿子的人耶。」

「你沒聽到他們說的嗎？」霍瑞斯說，「那個圈套裡擠滿了會咬人的影子，而那只代表了一種東西，噬魂怪！」

「那裡曾經擠滿了噬魂怪。」我說，「但那可能是好幾天前的事了。」

「你們最後一次待在屋子裡，是多久前的事？」艾瑪問男孩們。

他們用那種奇怪又斷續的方式解釋說。他們的圈套被劫掠了，不過他們想辦法逃了出來，躲進地下墓穴裡，躲在骨頭的後面。他們不確定那是多久前的事，兩天？三天？他們在黑暗中無法計算時間的流逝。

「喔，可憐的小寶貝！」布蘭溫說，「你們到底忍受了怎樣的苦難啊?!」

「你們不能永遠躲在這裡。」艾瑪說，「若不盡快找到另一個圈套的話，你們就會變老。我們可以幫助你們，但我們要先抓到鴿子。」

兩個男孩望著對方轉動的眼珠，彷彿在進行無聲的對話。然後他們齊聲說：「跟我們來。」

他們滑下骨頭堆，然後往走道前方走去。

我們跟著前進。我沒辦法把視線從他們身上移開，因為他們實在怪得太迷人了。兩人的手臂一直挽在一起，而且每走幾步，就會發出彈舌頭的聲音。

「他們在幹嘛？」我低聲問道。

「我猜那是他們看東西的方式。」米勒說，「就像蝙蝠在黑暗中視物的方式。他們發出的聲音會從周遭的東西上反彈回來，好讓他們在心底構築出畫面。」

「我們是回聲定位者（echolocators）。」喬爾和彼得說。

顯然，他們的聽力也是數一數二的好。

我們經過一個又一個的岔路。有一瞬間，我覺得耳壓突然增強，所以不得不搖著頭舒緩它們。我知道我們離開了一九四〇年，進入另一個圈套。接著我們來到一條死路，一道垂直的階梯刻在尾端的牆上。

「我們的家……」年長的男孩說。

「在那上面。」年幼的男孩說。

然後他們再度退回陰影之中。

階梯上覆蓋著青苔，黏膩得攀爬困難，我只能減慢速度以免墜落。它們沿著牆面爬升，直到頂端的一個圓形門口，正好夠一個人爬進去。門邊透出一絲光線。我把手指卡進隙縫裡輕推，門就像相機鏡頭蓋般滑開，露出由磚頭砌成的水管構造，往上又延伸了二、三十尺。我正位於一座假井的假底部之下。

我鑽進井裡，然後開始往上爬。爬到一半，就必須停下來休息，雙手撐住面前的磚頭，背抵著另外一側。直到上臂的痠痛感減低後，才把接下來的路程爬完，手忙腳亂地爬出井口，然後降落草叢裡。

眼前是一間破爛的房子，我則在它的院子裡。天空呈現出一種病態的黃色，但是這裡沒有煙霧，也沒有聽見引擎聲。我們到了更古老的時代，在戰爭發生之前，甚至在車子發明之前。空氣中有著冰冷的氣息，偶爾一、兩片雪花落下，在地面融化。

艾瑪接著從井裡冒出來，後面跟著霍瑞斯。艾瑪決定，只讓三個人來探索這間屋子。我們不知道會在這裡找到什麼，而且若我們需要快速撤離，人數少的小組較方便行動。留在下面的人都沒有抗議，但喬爾和彼得警告我們的血和影子嚇壞了他們。只有霍瑞斯很不高興，不斷喃喃自語，說他希望自己不曾在廣場上逮到那隻鴿子。

布蘭溫在井底對我們揮揮手，然後把圓形小門關上。小門上塗了漆，讓它看起來像是水面，又髒又黑的水，你絕對不會想要喝那裡面的水。非常聰明。

我們三個擠在一起，打量四周。這間屋子和院子看起來像是長時間被人忽視。長在井周圍的草全枯死了，但其他地方卻長著一叢叢的雜草，有些甚至高過房子一樓的窗戶。一間腐爛而塌陷的狗屋立在院子一角，旁邊則有一條垮下來的曬衣繩，被草叢吞噬。

我們站在那裡等著，想聽見鴿子的聲音。在房子的另一邊，我可以聽見馬蹄踩在道路上的聲音。不，這裡絕對不是一九四〇年的倫敦。

接著，我看到二樓窗戶的窗簾動了下。「在那上面！」我斷聲叫道，伸手指著那裡。

我不確定那是鳥或人造成的，但值得一探究竟。我朝屋子的一扇門走去，一邊招手要其他人跟上，然後我被地上的某樣東西給絆倒了。那是具躺在地上的身體，從頭到腳覆蓋著黑色防水布。一雙磨損的鞋從一端露出來，鞋尖朝向天空。有張白色的卡片卡在裂開的

鞋底，上面用整齊的字跡寫著：

A．F．康柏利（Crumbley）先生
來自外地的新成員
歲月老去而非被活捉
恭敬地請求將他的遺體放進泰晤士河中

「不幸的混蛋。」霍瑞斯輕聲說，「他從鄉下趕來這裡，或許就是因為他的圈套被人侵襲了。結果他反而害這個圈套也被劫掠了。」

「可是為什麼要讓可憐的康柏利先生這樣躺在外面呢？」艾瑪輕聲問道。

「因為他們急著離開。」

艾瑪彎下腰，把手伸向康柏利先生的防水布。我一點也不想看那畫面，卻無法移開視線，所以我微微轉身，然後從指間隙縫看出去。我預想的是一具皺縮的屍體，但康柏利先生看起來意外的完整，而且年輕得不可思議，說不定只有四十或五十歲，他的捲髮僅靠近太陽穴的地方微微泛白。他的眼睛安詳地閉上，好像只是在沉睡。他真的老去了嗎？就像我從裴利隼女士的圈套裡帶出來的那顆蘋果？

「哈囉，你是死了，還是睡著了？」艾瑪說。她用腳尖碰了碰男人的耳朵，結果他部分的頭凹了下去，粉碎成灰。

Lately of the Outer Provinces
be taken alive
Kindly requests his remains
be deposited in the Thames

艾瑪倒抽一口氣，把防水布蓋了回去。康柏利先生已變成一具乾屍，脆弱得只要一陣強風就能吹散。

我們把可憐、崩塌的康柏利先生留在原地，朝門口走去。打開門，走進一個洗衣間。有些看似乾淨的衣物放在籃子裡，洗衣板則整齊地掛在水槽上方。這地方還沒被遺棄太久。

在這裡，我對噬魂怪和偽人的感應更強了，但依然只是他們存在過的痕跡。我們打開另一扇門，然後進入一間客廳。我的胸口一緊。這裡有著明顯的打鬥痕跡：家具破碎、翻倒，壁爐上的照片落地面，有些壁紙被刮成彩帶般的細條。

然後霍瑞斯低喃了一聲，「噢，不。」我的視線跟著他往上，看見一灘圓形污漬，染黑了部分的天花板。有些糟糕的事發生在二樓。

艾瑪緊緊閉上眼睛。「只要用聽的就好。」她說，「聽鴿子們的聲音，不要去想其他的事。」

我們閉上眼睛傾聽。一分鐘過去，我們終於聽見一聲鴿子的咕咕叫。我睜開眼睛，看向聲音來源。

樓梯。

我們小心翼翼地爬上樓梯，試著不讓階梯在腳下發出吱嘎聲。我可以從喉頭和太陽穴感覺到劇烈的心跳。我能忍受陳年的老屍體，但不確定自己能不能忍受謀殺現場。

二樓的走廊散布著碎石。一扇門從卡榫上卸除，支離破碎地躺在地板上。穿過門口後，有一堆倒塌的箱子和櫥櫃。那些應該都是障礙物，但是並沒有成功阻擋門外的攻擊。

隔壁房裡，白色窗簾染上了血跡，也就是這片污漬滲透到一樓的天花板。只是不管這些血的主人是誰，他都已經消失很久了。

走廊上的最後一扇門沒有任何強行進入的痕跡。我小心翼翼地推開它，雙眼掃視整個房間：房裡有個衣櫥，還有一個小櫥櫃，上頭整齊地排放著各種物品，其中一扇窗的蕾絲窗簾飄動著。地毯很乾淨。所有的東西都保持原來的樣子。

我的視線轉向床邊及床上的東西，然後跌跌撞撞地回到門檻旁。躺在乾淨白色被單下的是兩個男人，看起來像在沉睡——但在他們兩人中間的是兩具骷髏。

「老去的人們。」霍瑞斯說，他的雙手在喉頭顫抖著。「其中有兩個比其他人更老。」

霍瑞斯說，那兩名看似沉睡的男人也和樓下的康柏利先生一樣死透了，若是碰觸他們，也會像那樣粉碎分解。

「他們放棄了。」艾瑪說，「他們厭倦了逃亡，所以他們放棄了。」她看著他們，眼神混雜了同情與嫌惡。

她覺得他們既軟弱又膽小，因選擇了較簡單的路。但我忍不住臆想，是不是因為這些特異者知道得比我們多，他們知道偽人們會對其俘虜做些什麼。或許，當我們知道後，也會選擇死亡。

我們回到走廊上。我覺得頭暈目眩，渾身不舒服，只想趕快離開這間屋子，但我們還不能走。還有一道樓梯要爬。

在頂樓，我們看見一片被煙燻壞的地面。我想像那些抵禦了屋內攻擊的特異者們，在

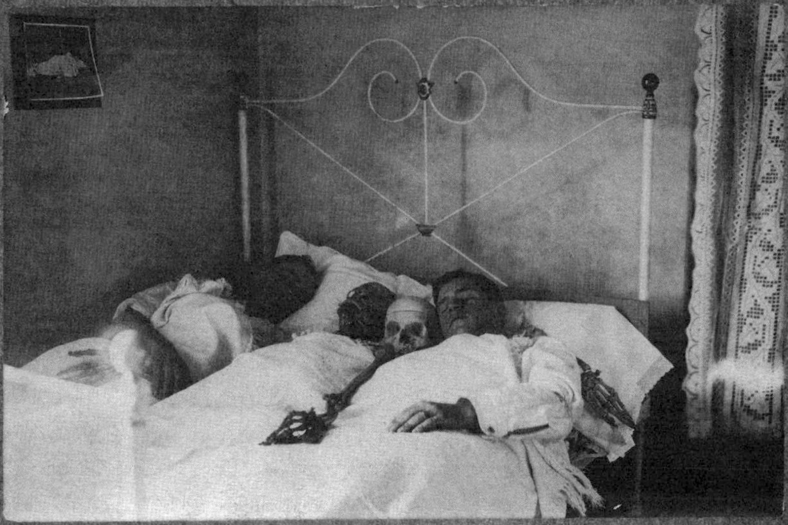

這裡準備做最後一搏。或許他們曾試圖用火來對付腐者們，或者腐者們想用火焰來逼他們就範。不管如何，這間屋子差點就面臨被焚燒殆盡的命運。

我們彎腰穿過一道矮門，然後進入一間狹窄、牆壁傾斜的閣樓。所有的東西都被燒得焦黑，火焰在屋頂上穿了一個洞。

艾瑪戳了戳霍瑞斯。「鴿子就在裡面。」她低聲說，「施展你的魔法吧，鴿子捕手。」

霍瑞斯踮著腳尖走進閣樓中間，嘴裡唱道：「出來呀，小鴿子，小鴿子，小鴿子……」

接著，身後傳來翅膀拍擊聲及被抑制住的啁啾。我們轉身，沒看見鴿子，倒是看見一個身穿黑裙的女孩站在陰影中。

「你們在找的是這個嗎？」女孩說，在一抹陽光中舉起一隻手，鴿子在她手中掙扎，想要投奔自由。

「對！」艾瑪說，「感謝老天，妳抓到牠了！」她朝女孩走去，伸手想去拿鴿子，但女孩大喊：「停在那裡不准動！」然後彈了彈她的手指。一條被燒黑的毛毯從艾瑪腳下飛了出來，把她重重摔在地上。

我衝向艾瑪。「妳還好嗎？」

「跪下！」女孩對我吼道。「把手放在頭上！」

「我很好。」艾瑪說，「照她說的做。她有念力，而且顯然情緒很不穩定。」

於是我跪在艾瑪旁邊，把手放在腦後。艾瑪也照做。霍瑞斯發著抖，沉默地重重跌坐在地，手掌貼著地面。

「我們沒打算傷害妳。」艾瑪說，「我們只是在追鴿子。」

「噢，我太清楚你們在追什麼了。」女孩譏笑道，「你們這種人從來不放棄，對吧？」

「我們這種人？」我說。

「放下武器，把它們滑過來！」女孩吼道。

「我們沒有任何武器。」艾瑪冷靜地說，試著不要再更激怒這個女孩。

「如果你們不把我當笨蛋的話，事情會簡單很多！」女孩大叫。「你們脆弱又沒有自己的能力，所以只能依賴槍械武器。現在把它們交出來，放在地上！」

艾瑪轉過來，低語道：「她以為我們是偽人！」

我幾乎要大笑出聲。「我們不是偽人，我們是特異者！」

「你們不是第一個試著要來這裡抓鴿子的白眼鬼（Blank-eyes），」她說，「也不是第一個試著假扮成特異孩子的白眼鬼。再者，你們也不是我第一個殺掉的！現在，在我扭斷這隻鴿子的脖子前，放下你們的武器，接下來就輪到你們了！」

「可我們不是偽人！」我堅持。「如果不信的話，你可以來檢查我們的瞳孔！」

「你們的眼睛不能代表什麼！」女孩說，「戴偽裝用的隱形眼鏡是書裡最老套的手法，相信我，我熟得很。」

女孩朝我們踏出一步，走到光線之下。她的眼裡冒著憤怒的火焰。除了那身裙子外，短髮及方正的下巴，模樣非常男孩子氣。她看起來脆弱而疲憊，像是好幾天不曾睡覺般，現在完全依賴本能和腎上腺素行動。在這種狀態下的人，不可能會善待我們，也不可能有

耐心。

「我們是特異者，我發誓！」艾瑪說，「看著，我證明給你看！」她從頭上舉起一隻手，準備在手裡點燃火焰，但一個突然的直覺讓我伸手抓住她的手腕。

「如果這附近有噬魂獸，牠們會感應到。」我說，「我認為牠們感覺到我們的方式，就跟我感覺到牠們的方式很像，只是當我們使用能力時，牠們就更容易找到我們。就像啟動了警報一樣。」

「但你正在用你的能力。」女孩嫌惡地說，「她也在用她的能力！」

「我的能力是被動的，」我說，「我沒辦法關掉它，所以不會留下太多痕跡。拿她來說的話，或許牠們已經知道她在這裡了。或許牠們要的不是她。」

「多方便啊！」女孩對我說，「所以，那就是你所謂的能力？感應那些影子生物？」

「他也看得見牠們。」艾瑪說，「還能殺掉牠們。」

「你們最好想一些更棒的謊言。」女孩說，「有半個腦子的人都不會吃你們這套。」

說曹操，曹操到。我的腹部一陣疼痛，新的「感應」（Feelling）在我體內綻開。我感覺到的不再噬魂怪遺留下來的痕跡，而是一隻正在活動的。

「有一隻在附近。」我告訴艾瑪。「我們得離開這裡。」

「沒有鴿子我不走。」艾瑪喃喃說道。

女孩越過房間，朝我們走來。「該是面對現實的時候了。」她說，「我已經給你們太多機會證明自己。話說回來，我開始享受殺你們這種東西的感覺了。在你們對我朋友做了那種事之後，我怎麼殺你們都不夠！」

她在距離我們幾尺遠的地方停了下來，舉起沒抓鴿子的那隻手，或許是想把屋頂的殘骸壓在我們頭上。如果我們要採取行動，就只能趁現在了。

我從蹲坐的姿勢跳起來，往前衝刺，雙手舉在前方，把那女孩撞倒在地。她憤怒而錯愕的大叫出聲。我把拳頭壓進她空出的手掌間，這樣她就無法再彈手指了。她放開鴿子，艾瑪則抓住牠。

我和艾瑪衝向門口。霍瑞斯仍然愣愣地坐在地上。「起來，快跑！」艾瑪對他大叫。我抓著霍瑞斯的手臂，然後一頭撞上關閉的門。一個燒壞的櫥櫃從角落浮起，飛越房間。櫥櫃的衣角撞上我的頭，我趴倒在地，把艾瑪拉著一起跌倒。

女孩憤怒地尖叫著。我很確定，我們大概只剩下幾秒鐘可以活。不過就在這時，霍瑞斯突然站了起來，並且用盡全身的力氣大聲叫道：「梅琳娜．瑪儂（Melina Manon）！」

女孩愣住。「你說什麼？」

「妳的名字是梅琳娜．瑪儂。」他說，「一八九九年出生於盧森堡。十六歲時搬來這裡，與華眉女士住在一起，那之後就沒再離開過。」

霍瑞斯出其不意的發言，讓她措手不及。她皺起眉頭，用手做出一個弧形的動作。幾乎要把敲暈我的櫥櫃飛過空中，在霍瑞斯的頭頂停下來。如果她讓它墜落，會把霍瑞斯砸扁。「你很認真的查了資料。」女孩說，「但是任何一個偽人都能知道我的名字和出生地。很不幸地，我對你們的謊言一點興趣也沒有了。」

不過，看來她還沒準備好要動手殺他。

「妳爸爸是個銀行員。」霍瑞斯很快地說，「妳媽媽很漂亮，但身上有種像洋蔥的氣味，而且終其一生都無法治癒。」

櫥櫃在霍瑞斯頭上搖晃著。女孩瞪著他，眉毛蹙起，手舉在空中。

「妳七歲時非常想要一匹阿拉伯馬。」霍瑞斯繼續說，「妳父母無法負擔這麼貴的禮物，所以他們買了一頭驢給妳。妳將牠取名哈比，意思是被愛的。而妳也的確愛牠。」

女孩的嘴張了開來。

霍瑞斯繼續往下說。

「當發現自己能用想法操縱物體時，妳才十三歲。妳從小東西開始練習，迴紋針和硬幣，接著目標愈來愈大。但妳一直沒辦法把哈比舉起來，因為妳的能力沒辦法延伸到生物上。當妳們全家一起搬家時，妳以為這個能力消失了，因為無法再移動任何東西了。但那只是因妳還不熟悉房子的結構。一旦熟悉了，在腦中畫出屋裡的結構，妳就能隔著牆移動裡面的東西。」

「你怎麼可能知道這些？」梅琳娜說，直瞪著他看。

「因為我夢到妳了。」霍瑞斯說，「那是我的能力。」

「老天。」女孩說，「你們真的是特異者。」

櫥櫃輕柔地飄回地面上。

我搖搖晃晃地站起身。頭上被櫃子撞到的地方陣陣刺痛著。

「你在流血！」艾瑪邊說邊跳起來，檢查我的傷勢。

「我很好，我沒事。」我躲開她。我的體內正在產生感應，而當我被人碰觸時，很難解讀那個感覺，碰觸似乎會阻止感應的發展。

「很抱歉弄傷你的頭。」梅琳娜・瑪儂說，「我以為我是僅存的特異者！」

「我們還有一整群人，全都在妳的井底下，在地下墓穴的隧道裡。」

「真的？」梅琳娜的臉龐亮了起來。「那就還有希望！」

「曾經是有希望。」霍瑞斯說，「但牠剛剛從屋頂上的大洞飛走了。」

「什麼……你們是指溫妮芙雷（Winnifred）？」梅琳娜把兩根手指放進嘴裡，吹了一聲口哨。不久後，鴿子出現，從洞口飛下停在她的肩膀上。

「太讓人驚豔了！」霍瑞斯拍手說，「妳怎麼做到的？」

「溫妮是我的閨密。」梅琳娜說，「溫馴得像隻家貓。」

我用手背從額頭上擦下一點血，然後選擇忽視痛楚。現在可不是喊痛的時機。我對女孩說：「妳剛說到有偽人來這裡找鴿子。」

梅琳娜點點頭。「三天前，他們和那些影子怪物來過這裡，包圍這棟房子，把華眉女士和半數以上的人都帶走，然後點火燒房子。我躲在屋頂上。那之後，他們每晚都來，分成一個個小團體，要找溫妮芙雷和她的朋友們。」

「妳殺了他們嗎？」艾瑪問。

梅琳娜低下頭。「我剛剛說過了，不是嗎？」

她驕傲得不願承認自己在撒謊。不過無所謂。

「那我們不是唯一一群在找鶴鶉女士的人。」艾瑪說。

「那代表她還沒被抓。」我說。

「也許吧。」艾瑪說，「也許吧。」

「我們認為鴿子可以幫助我們。」我說，「我們需要找到鶴鶉女士，而我們覺得鴿子知道她在哪。」

「我不知道什麼鶴鶉女士。」梅琳娜說，「我只是在溫妮飛進院子時餵她吃東西。我們是朋友。對吧，溫妮？」

鴿子在她肩頭愉快地鳴叫著。

艾瑪靠近梅琳娜，然後對著鴿子說：「你認識鶴鶉女士嗎？」她大聲說道，「你可以幫我們找到她嗎？鶴鶉女士？」

鴿子從梅琳娜肩上一躍而起，飛越房間去到門邊。牠輕聲鳴叫，揮舞著翅膀，然後飛了回來。

往這邊。她像是在這麼說。

這對我來說已是足夠的證據了。「我們必須帶走鴿子。」我說。

「除非我也跟著走。」梅琳娜說，「如果溫妮知道怎麼找到那隻時鳥，我當然也要去。」

「這不是個好主意。」霍瑞斯說，「我們有個非常危險的任務在身，妳知道……」艾瑪打斷他。「把鴿子給我們。我們會回來找妳，我保證。」

一陣突如其來的疼痛讓我倒抽一口氣，踉蹌跌倒。

艾瑪衝到我身邊。「雅各！你還好嗎？」

我沒法說話，摸索著往窗邊移動，強迫自己站起身子，然後把我的感應能力釋放出去，首先前往幾個街區外的圓頂教堂，我讓感應沿著馬車行駛的街道前進。**就在那裡**。我可以感覺到牠們沿著人行道走過來，就在不遠處。**牠們**。不只一隻噬魂怪，而是兩隻。

「我們該走了。」我說，「**現在就走**。」

「拜託你。」霍瑞斯請求道，「我們**一定**要帶走鴿子！」

梅琳娜彈了下手指，剛才那個差點殺了我的櫥櫃再度飄離地面。「我不能答應。」她邊說邊瞇起眼睛，視線望向櫥櫃，確保我們都理解她的意思。「帶著我，溫妮就會跟你們同行。否則……」

櫥櫃靠著其中一支木腳在原地旋轉，然後向一旁歪倒，砸在地上。

「好吧。」艾瑪的聲音從牙縫中迸出來。「但如果妳拖慢我們的速度，我們就會帶走鴿子，丟下妳不管。」

梅琳娜露齒一笑，她的手一抬，門砰的一聲打開了。

「隨妳怎麼說。」

我們飛奔下樓梯的速度太快，腳幾乎完全沒接觸到地面。二十秒後，我們就回到院子裡，跳過康柏利先生的屍體，縱身躍入乾涸的井中。我帶頭，用力踢向井底的暗門，而不是滑開它。門脫離了卡榫，在我腳下裂成碎片。「下面的小心了！」我大喊，然後放開抓住潮溼石頭的手，落入黑暗裡。

一雙強而有力的手臂接住了我，那是布蘭溫的手，然後把我放在地面上。當我向她道謝時，心臟劇烈地跳動著。

「上面發生了什麼事？」布蘭溫問我，「你們抓到鴿子了嗎？」

「抓到了。」我回答。艾瑪和霍瑞斯也成功降落，而我們的朋友發出一陣歡呼。「那是梅琳娜。」我指著她說。我們就只能花這麼短的時間介紹她了，梅琳娜還在階梯頂端，摸索著什麼。「快點！」我叫道，「妳在幹嘛？」

「幫我們爭取時間！」她喊回來。接著，她在井底蓋上一片木板蓋子，遮住了所有的光線。當她在黑暗中爬下階梯時，我向大家解釋了在後面追逐我們的噬魂怪。我被嚇壞了，因此我說出來的話像是這樣，「走，現在，跑，噬魂怪，現在！」如果我能好好把音發清楚，這句話應該會相當具效果才對。所有人都歇斯底里了起來。

「如果我們看不見的話，要怎麼跑？」伊諾吼道，「點火，艾瑪！」

因為我在閣樓裡的那番警告，艾瑪一直都沒有點燃她的火焰。看來現在又是宣傳這警告的好時機，因此我抓住她的手臂說道：「不要！這樣牠們會更容易找到我們！」我們最大的生存機會，就是在這個充滿岔路的迷宮隧道裡甩掉牠們。

「但我們不能在黑暗中盲目的亂竄！」艾瑪說。

「當然。」年紀較輕的回聲定位者說。

「我們可以。」年紀較長的那個說。

梅琳娜踉蹌地朝他們的聲音跑去。「孩子們！你們還活著！是我，我是梅琳娜！」

喬爾和彼得說：

「我們以為妳已經……」

「死了，全部的人……」

「通通都死光了。」

「所有的人，把手牽起來！」梅琳娜說，「讓男孩們帶路！」

於是我在黑暗中牽起梅琳娜的手、艾瑪牽住我的，然後她摸索著找到布蘭溫的手，就這樣，我們一個一個連起來，形成一條人形鎖鏈，由盲眼兄弟領頭。接著艾瑪發號施令，男孩們起跑，帶著我們衝入一片漆黑的隧道。

我們轉向左邊的岔路，踩過一灘灘的積水。身後的隧道傳來某種東西破碎的回音，那只代表了一件事：噬魂怪破壞了井底的門。

「牠們進來了！」我大叫。

我幾乎可以感覺到牠們壓縮自己的身軀，鑽進窄管中。一旦牠們來到隧道裡，就能不費吹灰之力的解決我們。我們只經過了一個岔路口，還不夠甩掉牠們。完全不夠。

這也就是為什麼當米勒說話時，我覺得他完全就是瘋了。「停下來！大家都停下來！」盲眼男孩們聽了他的話。我們在他們身後擠成一團，跌跌撞撞地暫停奔跑。

「你是有什麼毛病？」我喊道，「跑！」

「真的很抱歉。」米勒說，「我只是突然想到，我們之間必須要有人比回聲定位者或女孩先跑進圈套的入口，否則他們就會留在現時，而我們會回到一九四〇年，我們會被分散。他們如果也要跟著去一九四〇年，得由一個我們的人帶頭開路。」

「你們不是這個時代的人？」梅琳娜困惑地問。

「我們來自一九四〇年，就像他說的。」艾瑪說，「不過那邊正在下炸彈雨，所以妳或許會想要留下來。」

「說得好。」梅琳娜說，「但妳沒那麼容易甩掉我的。現在這裡更糟，到處都是偽人！這也就是為什麼我從來不離開華眉女士的圈套。」

艾瑪拉著我往前走去。「很好！我們帶頭！」

我甩開她的手，在黑暗中盲目地摸索。「可是我什麼都看不見！」

較年長的回聲定位者說：「出口就在前面二十步遠的地方，你……」

「不可能錯過的。」較年輕的那個說。

所以我和艾瑪擠到最前方，然後揮舞著雙手。我踢到某樣東西，讓我踉蹌了幾步，左肩擦過牆壁。

「直線前進！」艾瑪說，把我往右邊拉。

我的肚裡一陣翻攪。我感覺到了，噬魂怪已經鑽進井底的窄管裡了。現在，就算牠們不能感應到我們，也有百分之五十的機率會選到對的那條岔路而追上我們。

四處亂晃的時間已經結束。我們得衝了。

「該死。」我說，「艾瑪，給我一點光線！」

「樂意之至！」她放開我的手，點起一團巨大的火焰，大得讓我覺得右側的頭都快被燒焦了。

我立刻就看見了圈套的出入口。它就在我們的正前方，牆上畫著一條垂直的線，標記著它的位置。我們整群人撒腿向它跑去。

在我們穿越入口的那一刻，我的耳朵又感覺到壓力的變化。我們回到了一九四〇年。

我們衝過地下墓穴的走道，艾瑪的火焰在牆上映照出我們瘋狂的影子。盲眼男孩們大聲地彈著舌頭，在我們經過岔路時大喊「左！」或「右！」。

我們經過那一大堆的棺木和堆成一座小山的骨骸。最後，我們回到死路的底端，通往墓穴的梯子就在我們面前。我把霍瑞斯推上去，接著是伊諾，然後奧莉芙脫下她的鞋子飄了上去。

「我們花太多時間了！」我大叫。

我可以感覺到牠們追在我們身後，就在走道上。我可以聽見牠們的舌頭撞擊著石頭路面，向前推進。我可以想像牠們的嘴裡開始流出黑色黏液，期待著殺戮。

接著我看見他們了。一團模糊的黑影在一段距離外移動。

我尖叫：「快走！」然後跳上梯子。我是最後一個爬上去的人。當我快到達頂端時，布蘭溫伸出手，把我拉上最後幾格。然後我就和其他人一同站在墓穴裡了。

布蘭溫一邊低吼、一邊把克里斯多福・鷦鷯的墓碑搬回原位。不到兩秒鐘，我們就聽見某樣東西猛力地撞上墓碑的底部，讓沉重的石碑向上彈起。這個石碑沒辦法撐太久的，沒辦法擋住兩隻噬魂怪。

牠們距離我太近了。警報在我體內大作，肚子痛得像是喝下了鹽酸。我們衝上旋轉樓梯，回到教堂的中殿。整座教堂一片黑暗，唯一的光線來源是一抹透過骯髒玻璃窗洩進來的詭異橘色光芒。有一瞬間，我以為那是夕陽，但當我們衝向出口時，我從屋頂上的破洞瞥見了天空。

已經入夜了。炸彈仍繼續從天而降，撞擊著地面，像是不規則的心跳聲。

我們跑出教堂。

第十章

我們站在教堂前的臺階上，震驚得動彈不得。在我們面前，整個城市就像著火般。天空是一整片橘色的火焰，亮得足以用來閱讀。我們先前追逐鴿子的廣場，現在是瓦礫堆中的一個坑洞。警報持續大響，和炸彈落下的重低音比起來，就像是女高音；警報聲聽來實在太像人的呼喊，宛若全倫敦的靈魂都集中在屋頂上，一同對著天空喊出他們的絕望。我們的震驚很快就轉變為恐懼及自我保護的衝動，於是我們快步衝下布滿碎石的階梯，來到街上，經過損壞的廣場，以及一輛像被憤怒的巨人拳頭擊中的雙層巴士。我不知道我們的目的地，但我不在乎，我只想盡量遠離肚裡愈來愈強烈、愈來愈不舒服的感應。

我回頭看著念力女孩，她抓著盲眼男孩們的手臂往前跑，他們則彈著自己的舌頭。我想叫她放鴿子帶路，這樣我們就能跟著鴿子的方向，但是當噬魂怪在追著我們跑時，找到鷦鷯女士又有什麼用？我們在抵達她的家門前就被殺光了，而我們只會讓她也身陷險境。不，我們得先擺脫噬魂怪。或者說，殺掉牠們。

一個戴著金屬頭盔的男人從一間屋子的門廊裡探出頭大叫：「我建議你們快找掩護！」接著又躲回屋內。

*當然，我想。但是要躲在哪裡？*或許我們可以利用身邊的瓦礫堆和混亂，在這麼多噪音和這麼多事物讓牠們分心的狀況下，或許牠們會略過我們。但我們還是離牠們太近，我們的蹤跡太鮮明了。我警告我的朋友們，不管在什麼狀況下，都別使用他們的能力，然後我和艾瑪帶著他們在街道上蛇行，希望這能讓我們更難被追蹤。

我仍能感覺到牠們正在靠近。現在牠們離開了教堂，進入空曠處，在我們身後蠢動，而只有我能看見牠們。我甚至懷疑，我究竟有沒有辦法「真的」看見牠們：在這座暗影城市中看見那些影子生物。

我們一直跑，直到我的肺開始灼燒般疼痛，直到奧莉芙再也跑不動，而布蘭溫必須把她抱在臂彎裡。我們跑過街道兩旁被燻黑的窗子，就像好幾雙沒有眼瞼的眼睛直瞪著我們。我們穿過一間被炸彈擊中的圖書館，正飄下一片片灰燼與燃燒的紙張；我們跑過一座公墓，那些長年被人遺忘的倫敦市民們被掩埋在下方，身著正式服裝，等著被分解，吸收進樹根中。一座變形的鞦韆豎立在凹陷的遊樂場上。恐怖的場景相互堆疊，幾乎沒留給人理解的空間，轟炸機不時拋下新的火焰，用那種純然的白色光線照亮這一切，就像是在說：**看啊，看我們帶來了什麼。**

這一切就像是活生生的噩夢。就像那些噬魂怪一樣。

別看別看別看……

我忌妒那對盲眼兄弟，他們看不見任何細節，只感受得到起伏的地形。他們的世界是一幅幅的立體網格圖。有短短的一瞬間，我猜想，他們的夢長得是什麼樣子，或者他們到底會不會做夢。

艾瑪在我旁邊奔跑。她蜷曲、覆滿粉末的長髮在腦後飛舞著。「大家都疲憊不堪了，」她說，「我們不能這樣一直跑下去。」

她說得對。就算是我們之間體能最好的人，體力也流失殆盡了。噬魂怪很快就會追上，而我們就必須在街道中央對付牠們了。那會是一場血戰。我們得找地方掩護。

我帶著大家跑向一排房屋。由於轟炸機更喜歡瞄準點著燈火的屋子，而不是黑暗中的一團灰影，所以這裡的房子一片漆黑，前廊上沒有光線，所有的窗戶一片晦暗。空屋對我們來說，會是最安全的選擇，但是在沒有任何光芒的前提下，我們根本無法判斷哪間房子沒有住人。我們得隨機挑選。

我讓大家停在路中間。

「你在幹嘛？」艾瑪說，喘著氣調整自己的呼吸。「你瘋了嗎？」

「大概吧。」我說，接著抓住霍瑞斯，把我的手掃向那一排房子，對他說，「選一間。」

「什麼？」他說，「為什麼是我？」

「因為比起我自己，我更相信你的隨機選擇。」

「可我從來沒夢過這個！」他抗議。

「或許你有，只是你忘了。」我說，「快選。」

他發現他只有一個辦法可以解決這件事，他用力吞了口口水，閉上眼睛幾秒，然後轉身指向我們身後的一間房子。「那一間。」

「為什麼？」我問。

「因為你叫我選！」霍瑞斯憤怒地說道。

我們只能這麼做了。

前門是鎖上的。但這不是問題：布蘭溫把門把扭了下來，拋在街道上，然後門就自己打開了。我們湧進黑暗的門廊裡，牆上掛滿家庭照片，不過在這樣的光線下根本看不見面孔。布蘭溫把門關上，然後用她在大廳裡找到的桌子把它堵起來。

「誰在那裡？」屋子的更深處傳來一個聲音。

該死。我們不是這裡唯一的人。「你應該要選一間空屋的。」我對霍瑞斯說。

「我要很用力地打你了。」霍瑞斯喃喃說道。

我們沒時間換屋子了，只能向屋裡的人自我介紹，然後祈禱他們夠友善。

「**誰在那裡！**」聲音質問道。

「我們不是小偷或德國人，或是那一類的傢伙！」艾瑪說，「我們只是想要找掩護！」

沒有回應。

「留在這裡。」艾瑪對其他人說，然後拉著我往大廳裡走去。「我們要來打招呼了！」她喊道，聲音大而友善。「請不要開槍打我們！」

我們走到大廳的盡頭，然後轉過一個彎。就在我們眼前，有個女孩站在門口。她抓著一盞快要熄滅的燈籠，另一手拿著一把拆信刀。她黑而強硬的雙眼，緊張地來回看著我和艾瑪。「這裡沒有任何值錢的東西了！」她說，「我們已經被搜括過了。」

「我說了，我們不是小偷！」艾瑪深覺被冒犯地說道。

「我也說了，你們快點離開。如果你們不走，我就會尖叫，然後……然後我的爸爸就會跑回來，帶著他的……槍和武器！」

這個女孩看起來既年幼又成熟。她的頭髮剪成一個短短的鮑勃頭，穿著一件小女孩的裙子，上面縫著一排白色的大鈕釦，但臉上堅毅的神情讓她看起來比實際更老、更世故，不像是個十二、三歲的小女孩。

「請不要尖叫。」我說。我並不擔心她幻想中的爸爸，我擔心的是她的尖叫聲會引來別的東西。

接著，一個小聲音從她身後響起，穿過她處心積慮想要擋住的門口。「誰在那裡，小珊（Sam）？」

女孩的臉挫折地皺起。「只是一些孩子。」她說，「我要妳保持安靜的，艾絲梅（Esme）。」

「他們是好人嗎？我想要見他們！」

「他們準備要離開了。」

「妳們只有兩個人，我們有一群人。」艾瑪實事求是地說，「我們要留在這裡一段時間，就這樣。妳不會尖叫，而我們不會偷任何東西。」

女孩的眼睛裡燃起一股怒火，接著又收斂起來。她知道她輸了。「好吧。」她說，「但只要你們圖謀不軌，我就會尖叫，然後把這東西刺進你們的肚子裡。」她惡毒地展示了她的拆信刀，然後把手垂至腰間。

「很公平。」我說。

「小珊？」小聲音說，「現在發生了什麼事？」

女孩——小珊——不情願地站開腳步。她的身後是一間浴室，在蠟燭跳動的火光中搖擺著。裡面有一個水槽、一座馬桶和一個浴缸，浴缸裡坐著一個約莫五歲的小女孩。她好奇地從浴缸的邊緣往外窺視。「這是我妹妹，艾絲梅。」小珊說。

「哈囉！」艾絲梅邊說邊向我們揮舞著一隻橡皮鴨。「如果你們在浴室裡，炸彈就炸不到你們，知道嗎？」

「我不知道。」艾瑪回答。

「那裡是她的避難所。」小珊輕聲說道，「每次空襲，我們都是在這裡度過的。」

「躲在防空洞裡不是比較安全嗎？」我說。

「那些地方糟透了。」小珊說。

其他人懶得等了，正從大廳那裡走來。布蘭溫傾身向走廊這裡揮了揮手。

「進來呀！」艾絲梅愉快地說。

「妳太信任別人了。」小珊責備道，「等有天遇到壞人時，妳就會後悔的。」

「他們不是壞人。」艾絲梅說。

「妳不能只看外表。」

接著阿修和霍瑞斯把臉探出走廊，好奇我們遇到了誰，奧莉芙則擠過他們的腿中間，坐在走道中央。很快地，所有的人都擠進浴室裡，包括梅琳娜和那兩個詭異地面對著牆角的盲眼兄弟。看見這麼多人，小珊的腿抖了起來，她重重地在馬桶上坐下，但她的妹妹非常興奮，在每個人進來時都問他們的名字。

「妳們的父母在哪裡？」布蘭溫問。

「爸爸在戰爭裡打壞人。」艾絲梅驕傲地說。她擺出持槍的動作，然後大喊，「砰！」

艾瑪看向小珊。「妳說妳爸爸在樓上。」她平板地說。

「你們闖進我家。」小珊回答。

「對。」

「那妳們的媽媽呢？」布蘭溫問，「她在哪裡？」

「很久以前就去世了。」小珊回答時，沒有什麼特別的情緒。「所以當爸爸去從軍時，他們試著要把我們送到親戚家，但爸爸住在德文郡的姊妹很刻薄，只願意收留我們其中之一，所以他們又試著要把我們分別送往不同的地方。不過我們跳下火車，又跑了回來。」

「我們不會分開的。」艾絲梅宣布道，「我們是姊妹。」

「所以妳們擔心如果去防空洞的話，就會被人抓到？」艾瑪說，「然後再被送走？」

小珊點點頭。「我不會讓那種事發生的。」

「躲在浴缸裡很安全。」艾絲梅說，「或許你們全都應該一起進來。那我們就全部都安全了。」

布蘭溫把手放在自己的心上。「謝謝你，親愛的，但我們擠不下的！」

在其他人說話時，我把注意力轉向內在，試著感應噬魂怪。牠們沒再繼續奔跑。體內的感覺穩定下來，這意謂著牠們沒有更靠近、但也沒有遠離，可能就是在附近遊蕩。我決定把這當成一個好的徵兆；如果牠們知道我們在哪，會直接朝我們衝來的。我們行走的痕

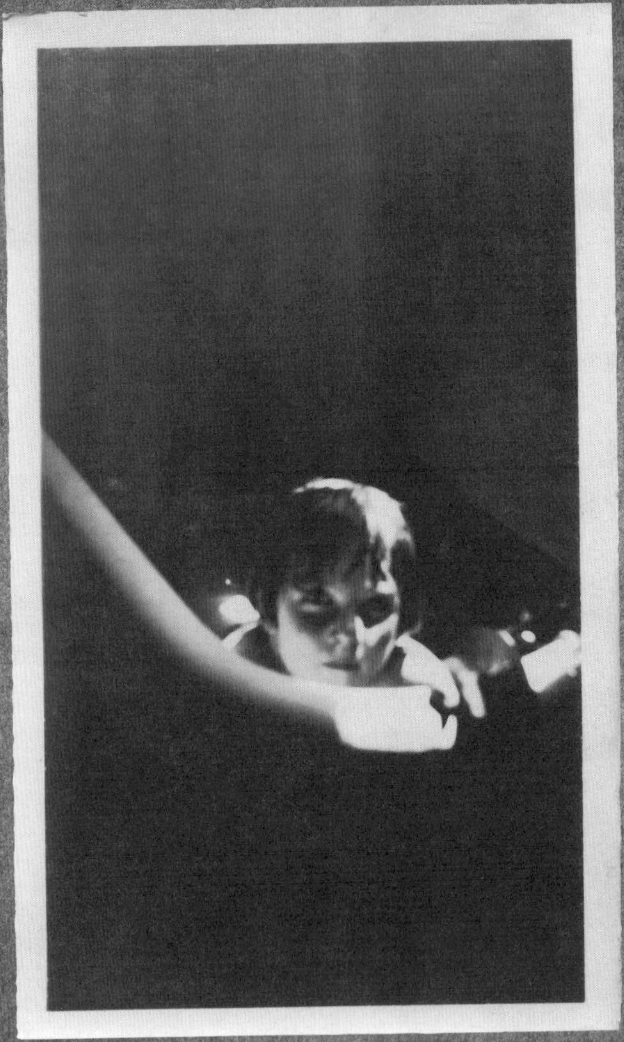

跡冷卻了，牠們難以追蹤。現在我們要做的就是保持低調一段時間，然後就能跟隨鴿子去找鵪鶉女士。

我們簇擁著，坐在浴室的地板上，傾聽炸彈落在城市其他地方的聲音。艾瑪在醫藥櫃裡找到一瓶消毒酒精，然後堅持要幫我清理和包紮頭上的傷口。接著，小珊開始哼起旋律，是一首我知道卻不記得曲名的歌。艾絲梅在浴缸裡玩著她的橡皮鴨。逐漸地，我體內的感應開始消滅。短短的幾分鐘裡，這間閃爍著光芒的浴室彷彿自成一個世界，像是個遠離麻煩和戰爭的繭。

但屋外的戰爭拒絕被人忽視太久。防空高射砲不斷擊發，彈片飛濺，像爪子般劃過屋頂。炸彈落下的位置距離我們更近了，直到他們回報，轟炸的聲音被更低、更惡毒的聲音給取代——牆壁倒塌的轟然悶響。奧莉芙抱住自己，霍瑞斯則把手指塞進耳朵裡。盲眼兄弟低聲呻吟，站在那裡前後搖晃。裴利隼女士鑽進布蘭溫大衣的更深處，鴿子則在梅琳娜的大腿上顫抖。

「你們到底把我們帶進什麼瘋狂的世界裡了？」梅琳娜說。

「我警告過妳嘍。」艾瑪回答。

每次爆炸，就在艾絲梅的浴缸裡造成一次水波晃動。小女孩抓住橡皮鴨，開始哭泣，她的啜泣聲充斥著整個小房間。小珊哼歌哼得更大聲了，然後在旋律之間暫停下來，對她低語：「妳很安全，艾絲梅。妳在這裡很安全。」只是艾絲梅哭得更厲害。霍瑞斯把手指抽出來，試著在牆上用手影做出動物，大嘴一開一合的鱷魚或飛舞的小鳥，來分散她的注意力，但艾絲梅幾乎沒有注意到。接著，我覺得我們之中最不可能想到要讓小女孩的心情好一點的人，朝浴缸溜過來。

「看這裡。」伊諾說，「我這裡有個小小人想要騎你的鴨子，而且他的大小正好適合。」伊諾從他的口袋裡拿出一個黏土小人模型，只有三吋高，這是他在石洲島上做的最後一個小人。當伊諾彎起小人的腳，把他放在浴缸邊緣時，艾絲梅的哭聲終於減弱。接著，伊諾把自己的拇指壓在小人胸口，小人就活了起來。艾絲梅的臉龐亮了起來，看著小人跳起來，在浴缸的邊緣上行走。

「繼續啊。」伊諾說，「讓她看看你能做什麼。」

黏土人跳起來，彈了下他的腳跟，然後行了一個誇張的禮。艾絲梅邊拍手邊笑。當炸彈再度落下，讓小人失去平衡，失足摔進浴缸裡時，她笑得更大聲了。

我的背脊突然一涼，頭皮一陣發麻，接著體內的感應沖刷過全身，這一波感覺太快又太銳利，我忍不住哀嚎一聲，從我坐的地方跌倒在地。其他人看見我的樣子，立刻就知道發生什麼事。

牠們要來了。牠們很快就要來了。

牠們當然知道我們在這裡：伊諾剛才使用了他的能力，而我甚至沒想到要阻止他。這麼做，就像是在我們這裡燃起煙火訊號一樣。

我跌跌撞撞地爬起來，體內的痛楚一波波地襲擊著我，讓我支撐不住。我試著大喊：**走，快跑！從屋子後面出去！**但我沒辦法把字說出口。艾瑪把雙手放在我的肩上。「振作一點，親愛的，我們需要你！」

接著，有東西開始撞擊前門，每次的撞擊聲都在屋內形成回音。「牠們在這裡了！」我終於說道，但是前門在卡榫上搖晃的聲音，早已替我說明一切。

每個人手忙腳亂地站了起來，互相推擠地衝進大廳裡，驚慌地聚集在一起。只有小珊和艾絲梅留在後面，被嚇壞地縮成一團。我和艾瑪試著把布蘭溫拖離浴缸旁。「我們不能就這樣丟下她們！」當我們把她拖向門口時，她大喊著。

「我們當然可以！」艾瑪說，「她們會沒事的，噬魂怪要追的可不是她們！」

我知道這是事實，但我也知道噬魂怪會撕碎一切擋在牠們道路上的東西，包括幾個普通的女孩。

布蘭溫憤怒地捶了下牆壁，在牆上留下一個拳頭形狀的凹洞。「我很抱歉。」她對女孩們說，然後讓艾瑪拉著她進入大廳。

我跟在她們身後跑，肚子一陣陣痙攣。「把門鎖上，不管是誰都不要開門！」我大叫，然後回頭從正要關上的門邊看見小珊面孔最後一眼，她的大眼睛裡充斥著恐懼。

我聽見前廊有扇窗被打碎的聲音。自殺式的好奇心讓我忍不住往轉角看去，染黑的窗簾下方擠進一大團扭動的觸手。

接著艾瑪抓住我的手臂，一把拉開我，我們衝過另一條走廊，衝出後門，衝進一座被灰燼覆蓋的花園，然後跑進一條小巷裡。在那裡，其他人正形成一個鬆散團體，向前跑著。接著某個人大喊：「看，看！」我邊跑邊轉身，看見一隻白色巨鳥在街道上展翅。伊諾說：「地雷……那是個地雷！」看起來像是翅膀的東西，在我眼中突然恢復原形，那無疑是一頂降落傘，掛在下方的肥胖銀色身軀，則是一包捆起來的炸藥。一位死亡天使正平靜地飄向地面。

噬魂怪衝出屋外。我可以遠遠地看見牠們，大步跑過院子，舌頭在空中揮舞。

地雷降落在屋旁，發出輕微的碰撞聲。

「趴下！」我尖聲大叫。

我們完全沒有機會尋找任何掩護。我才剛趴到地面上，一陣眩目的強光、地表被撕裂的聲音及一波足以烤熟我們的熱風就擊中了我，打出我肺部裡的空氣。冰雹般的碎石瓦礫沖刷著我的背部，我抱住膝蓋，抵在胸口，盡可能讓自己縮得愈緊愈好。

在那之後，我耳裡只聽得見風聲、警報及一陣嗡嗡作響的聲音。我大口呼吸，卻被空氣裡迴旋的灰塵嗆到。我把毛衣的衣領拉起，遮住口鼻，過濾空氣，然後終於逐漸找回呼吸的節奏。

我數了數自己的四肢：兩隻手臂，兩條腿。

很好。

我緩緩坐起身子，看向四周。我沒辦法從霧茫茫的灰塵中看見什麼，但我聽見我的朋友們互相呼喊著對方的名字。我聽見霍瑞斯和布蘭溫的聲音，還有阿修和米勒的。

艾瑪在哪裡？

我嘶聲大喊她的名字，試著爬起來，但又再度跌回地上。我的腿還是完整的，只是顫抖不止，承受不住我的體重。

我再度大叫：「艾瑪！」

「我在這裡！」

我迅速轉頭看向聲音的來源。她的身影逐漸從煙霧中出現。

「雅各！喔，老天。感謝上帝。」

我們兩個都在顫抖。我抱住她，雙手摸索著她的全身，確定她一切完好。

「妳還好嗎？」我說。

「還好。你呢？」

我的耳朵很痛、肺也很痛，背上被瓦礫和碎石擊中的地方刺痛著，不過肚裡的疼痛已經不見了。在爆炸發生的那個瞬間，就像是有人把我體內的開關關上了一樣，感應徹底消失。

噬魂怪們被蒸發了。

「我很好。」我說，「我很好。」

除了磨破皮或割傷外，其他的人也都很好。我們蹣跚地聚集在一起，然後比較著彼此身上的傷口。全都不是太嚴重的傷害。「這真的是奇蹟。」艾瑪邊說邊不可置信地搖著頭。

當我們看到四周的景色時，這一切更像是奇蹟。我們周圍全是釘子、水泥碎塊，還有像刀般尖利的木頭碎片，被爆炸撞擊地深深刺入地面。

伊諾往一輛停在路邊的車子走去。車窗被擊碎了，車身被彈片打得像是機關槍掃射過。「我們應該會死的。」他感嘆道，把一隻手指伸進車身的洞裡。「為什麼我們身上沒有被打出洞來？」

阿修說：「你的上衣，夥伴。」接著他朝伊諾走去，從他扎滿了碎石的毛衣上拔下一根變形的釘子。

「你的也是。」伊諾從阿修的毛衣上拔出一塊鋸齒邊緣的金屬。

我們全都低下頭檢查自己的毛衣。每件毛衣上都刺著尖銳的玻璃碎片或金屬，那些碎片應該要刺穿我們的身體，但是沒有。這些刺癢的、極不合身的特異毛衣，並不像那隻鶓鹿（emu-raffe）所猜的那樣防火或防水。這些毛衣全都防彈。而且救了我們的命。

「我做夢也沒想到，有天我會欠這駭人的醜衣服一條命。」霍瑞斯邊說邊用手指感受毛衣的羊毛質料。「我在想，我能不能用它來做一件燕尾夾克。」

接著梅琳娜出現了，鴿子停在她的肩膀上，盲眼兄弟站在她的兩側。他們利用自己聲納般的感知能力找到了一面低矮的強化水泥牆，它聽起來很堅固，然後在炸彈爆炸前，拖著梅琳娜躲到後面。現在只剩下那兩個普通女孩還生死未卜。但當塵埃落定，她們的屋子或屋子的殘骸再度出現在視野內後，生還的希望似乎消失無蹤。最上方的樓層塌陷，壓扁了下方的樓層，剩下的是像骷髏般裸露的梁柱殘骸，以及冒著煙的瓦礫。

不論如何，布蘭溫還是朝那裡跑了過去，嘴裡大喊著姊妹們的名字。我麻木地看著她跑走。

「我們原本能救她們的，但是我們沒有。」艾瑪悲慘地說，「我們讓她們死了。」

「這不會造成任何影響的。」米勒說，「她們的死已經被記錄在歷史之中，就算我們今天救了她們，明天她們仍然會被其他東西奪去性命。或許是另一顆炸彈，或許是車禍。她們屬於過去，不管我們怎麼干預，歷史總會自己修補好它的漏洞。」

「這就是為什麼妳不能回到過去殺掉小嬰兒希特勒，然後阻止戰爭發生。」伊諾說，「歷史會自我修復。你不覺得這很有趣嗎？」

「不。」艾瑪厲聲說道，「而且你是個沒心沒肺的混蛋，竟用這種口氣說要把小嬰兒殺掉的事。」

「是小嬰兒希特勒。」伊諾說，「再說，聊聊圈套的時空理論，比陷入無意義的歇斯底里要好得多。」他看著布蘭溫爬上瓦礫堆，在廢墟裡挖掘著，把碎石揮開。

她轉過身來，對著我們揮舞手臂。「在這裡！」她大喊。

伊諾搖搖頭。「誰都好，請去把她帶回來吧。我們還有時鳥要找呢。」

「在這裡！」布蘭溫叫道，比上一次更大聲。「我可以聽見其中一個女孩的聲音！」

艾瑪看著我。「等等。她說什麼？」

然後我們全跑過去與她會合。

我們在一片破碎的天花板下找到那個小女孩。天花板掉下來，罩在浴缸上，擠壓變形，但沒有完全崩塌。艾絲梅縮在下面，又髒又溼，而且嚇壞了，但活得好好的。浴缸真的保護了她，就像她姊姊對她保證的那樣。

布蘭溫把天花板抬起來，正好夠艾瑪伸手進去把艾絲梅拉出來。她緊緊攀住艾瑪，發抖啜泣。「我的姊姊呢？」她說，「小珊在哪裡？」

「噓，寶貝。噓。」艾瑪邊說邊抱著她前後搖晃。「我們要帶妳去醫院。小珊很快就會跟上我們。」這當然是個謊言，而我看得出來，當艾瑪這麼說時，心都碎了。我們活下來了，小女孩也活下來了，這是今天的兩個奇蹟，若再想要求第三個奇蹟，似乎太貪心。

但第三個奇蹟的確降臨了，或至少像是個奇蹟：她的姊姊應聲了。

「我在這裡，艾絲梅！」聲音從我們上方傳來。

「小珊！」小女孩大叫著，而我們全轉頭往上看。

小珊掛在屋頂的一根木頭橫梁上。木頭柱子斷了，向下傾斜四十五度角。小珊在下降的那端，但我們仍然搆不到那個高度。

「放手！」艾瑪說，「我們會接住妳！」

「我沒辦法！」

我更靠近地看向她，接著我知道她為什麼沒辦法了，而這個發現讓我差點昏倒。

小珊的手腳沒有抓住任何東西。她並不是掛在橫樑上，而是從橫梁上垂下來。她的身體正中央被柱子穿過。但是她仍眨著眼睛朝我們這裡看過來。

「很明顯，我被卡住了。」她平靜地說。

我很確定小珊馬上就要死了。她受了驚嚇，所以感覺不到痛，但此刻體內流竄的腎上腺素很快就會耗盡，她將逐漸逝去，直到完全消失。

「誰幫我把姊姊帶下來！」艾絲梅哭喊道。

布蘭溫朝她走去。她爬上一座崩塌的樓梯，來到破損的屋頂下方，然後伸手抓住橫梁。她用力往下拉，那超乎常人的力量讓木頭繼續向下傾斜，直到距離下方的瓦礫堆夠近，阿修和伊諾得以抓住她的腿，小心翼翼地讓她滑下橫梁，直到她發出一聲輕微的啵，然後降落到地面上。

小珊略顯遲疑地低頭看著自己胸口的大洞。那個洞的直徑大約有六吋，是個完美的圓形，就和那根貫穿她的橫梁一樣。她似乎不怎麼在意。

艾絲梅從艾瑪身邊掙脫開來，衝向她的姊姊。「小珊！」她喊道，「感謝上帝，妳沒事！」

「我可不覺得她沒事！」奧莉芙說，「我完全不覺得她沒事！」

小珊完全不在意自己，只擔心艾絲梅。在緊緊擁抱過她之後，小珊跪下來，把小女孩的手臂張開，檢查她的割傷和瘀青。「告訴我，妳哪裡受傷了。」她說。

「我耳鳴，我的膝蓋刮傷，有泥土跑進我的眼睛裡……」

然後，艾絲梅顫抖著哭了起來，剛才發生的事所造成的驚嚇，再度席捲而來。小珊抱住她，說著：「好了，好了……」

小珊的身體不可能還有任何活動機能，這完全不合理。但奇怪的是，她連血都沒有流，也沒有任何臟器外露，就像我以為會從恐怖電影裡看到的那樣。事實上，小珊看起來就像是個被人打出一個洞的紙娃娃。

儘管大家都希望她給個解釋，不過我們還是留給姊妹倆一點相處的時間，從適當的距離外驚訝地看著她們。

只有伊諾沒有這種禮貌。「不好意思。」他邊說邊走進女孩們的私人空間中。「可以請妳解釋一下，為什麼妳還活著嗎？」

「沒什麼大不了的。」小珊說，「不過我的裙子大概沒救了。」

「沒什麼大不了的？」伊諾說，「我可以直直地看穿妳耶！」

「是有點嚴重啦。」她承認道，「但是它大概一、兩天就會癒合。這種事情就是這樣。」

伊諾呆滯地大笑出聲。「這種事情？」

「看在所有特異者的分上。」米勒悄聲說道，「你們知道這代表什麼，對吧？」

「她是我們的一員。」我說。

我們有問題想問，一大堆問題想問。當艾絲梅逐漸收乾眼淚，我們終於鼓起勇氣問她們。

小珊知道自己是特異者嗎？

她說她知道自己不一樣，但從來沒聽過特異者這個詞。

她有在任何一個圈套裡生活過嗎？

沒有（「一個什麼？」），所以這代表她就是她外表看起來的歲數。她說她十二歲。

沒有時鳥來找過她嗎？

「有人來過一次。」她回答，「有其他人像我一樣。但加入他們，就意謂著我得拋下

艾絲梅。」

「艾絲梅沒辦法……做任何特別的事嗎？」我問。

「我可以用鴨子的聲音，從一百倒數回一！」艾絲梅邊抽氣邊自告奮勇地說道，然後開始表演。「一百，九十九，九十八……」

在她繼續數下去之前，一聲警報打斷她。這一聲音調很高，朝著我們的方向快速移動。一輛救護車駛進街道，衝向我們，車頂上的頭燈已經抹上了黑色，所以只有部分的光線透出來。它在附近停下來，警報聲停止，司機跳出車外。

「有人受傷了嗎？」司機問道，朝我們快步奔來。他穿著一套縐巴巴的灰色制服及一頂磨損的金屬頭盔。儘管他充滿了活力，但他的面容憔悴，好像好幾天沒睡一樣。

他的視線落在小珊胸前的大洞上，然後煞住腳步。「我的老天啊！」

小珊站了起來。「這沒什麼，真的！」她說，「我很好！」為了要展現她究竟有多好，她把自己的拳頭來回穿過身上的洞，然後做了一次開合跳。

那個醫護人員昏了過去。

「嗯。」阿修邊說邊用腳尖頂了頂倒在地上的男人。「我還以為這些傢伙會更強悍呢。」

「他顯然很不適任，所以我提議借走他的救護車。」伊諾說，「我們不知道那隻鴿子會帶領我們到城市的哪個角落。如果那裡很遠，我們可能要走一整晚，才到得了鶴鶉女士那裡。」

一直坐在斷牆上的霍瑞斯跳了下來。「這是個不錯的點子！」他說。
「這是個欠揍的點子！」布蘭溫說，「你不能偷走救護車，傷患需要它！」
「我們就是傷患。」霍瑞斯哀號道，「我們需要它！」
「這根本不是同一回事！」
「聖人布蘭溫！」伊諾諷刺地說，「妳這麼在乎芸芸眾生的性命，所以妳要拿裴利隼女士的性命來換其他人嗎？一千個普通人也比不上一個她來得重要！或者，也比不上我們任何一個人！」
布蘭溫倒抽一口氣。「不應該把這種話說給……」
小珊走到伊諾後面，臉上的表情一點也不愉快。「聽好了，小子。」她說，「你要是敢再暗示一次我妹的生命毫無價值，我會痛揍你。」
「冷靜點，不是在指妳妹妹。我說的是……」
「我知道你在說什麼。如果你再說一次，我就會痛揍你。」
「很抱歉，傷害了妳纖細敏感的感情。」伊諾說，他的音量因怒氣而提高。「但妳從來不認識任何一隻時鳥，妳也沒有住過圈套，所以妳不可能理解這個，現在這個時刻，嚴格來說並不是真的。這是過去。這座城市裡的每一個普通人的生命都已經活過了，他們的命運已經被決定了，不管我們偷了多少輛救護車都一樣！所以這該死的一點也不重要，妳懂了吧。」
小珊什麼也沒說，似乎有點挫敗，但她看著伊諾的眼神依舊凶狠。
「就算如此。」布蘭溫說，「我們也不該造成他人不必要的痛苦。我們不能偷走救護車！」

「當然，妳說的沒錯，但是想想裴利隼女士吧！」米勒說，「她剩不到一天的時間了。」

我們的團體似乎分裂成兩派了，一派支持偷走救護車，另一排派則堅持用走的。所以我們決定投票。我是反對偷車的，但主要是因為地面被炸彈打得坑坑疤疤，根本不知要怎麼開那輛東西。

艾瑪舉起手。「誰贊成開車？」她說。

幾隻手舉起。

「不贊成的呢？」

突然間，一聲巨大的破裂聲從救護車的方向傳來，我們轉過身去，看見裴利隼女士站在救護車的後輪旁，其中一個輪子正在嘶嘶噴著氣。裴利隼女士也投了票，用她的嘴喙戳進汽車的車輪裡。現在，沒人能使用救護車——我們不行，傷患也不行，而我們也不需要繼續爭論或耽誤任何時間了。

「嗯，這樣事情就簡單多了。」米勒說，「我們走路去。」

「裴利隼女士！」布蘭溫喊道。「妳怎麼能這麼做？」

裴利隼女士忽視義憤填膺的布蘭溫，跳向梅琳娜，抬頭看向她肩頭的鴿子，尖嘯一聲。她的意思表達得很明確了：快走了，好嗎！

我們能怎麼辦？時間正一分一秒的過去。

「跟我們一起走。」艾瑪對小珊說，「如果這世界還有一點公平正義的話，我們就能在天黑前找到一個安全的地方。」

「我說了，我不會丟下我的妹妹。」小珊回答，「你們要去的地方是她不能進去的，不是嗎？」

「我……我不知道。」艾瑪結巴地說道，「有可能……」

「反正我也不在乎。」小珊冷冷地說，「在我看到你們的所作所為之後，我連跟你們一起過馬路都不願意。」

艾瑪向後退了一步，臉色變得蒼白。她小聲地問道：「為什麼？」

「就連你們這種無家可歸又備受折磨的人，都無法對其他人產生一點點的同情。」小珊說，「那這個世界一點希望也沒有了。」她轉身，帶著艾絲梅朝救護車走去。

艾瑪的反應就像是被人打了一巴掌，她的臉頰脹紅。她追向小珊。「我們不全和伊諾想得一樣！至於我們的時鳥，我很確定她不是故意那麼做的！」

小珊旋身面向她。「那絕不是意外！我很慶幸我妹不像你們。我希望我也不是。」

她再度轉身，而這次艾瑪沒有跟著她。她受傷地看著小珊離開，然後垂頭喪氣地走在其他人身後。她試著向小珊示好，但這舉動卻反咬了自己一口。

布蘭溫脫下自己身上的毛衣，放在瓦礫堆上。「下次，當空襲再度發生時，讓妳的妹妹穿上這個。」她對小珊喊道，「這會比任何浴缸都更安全。」

小珊什麼也沒說，甚至連看都不看一眼。她正彎身看著救護車司機，他已經坐起身子，正喃喃自語：「我剛剛做了一個最詭異的夢……」

「妳做了件蠢事。」伊諾對布蘭溫說，「現在妳沒毛衣了。」

「閉上你的肥嘴。」布蘭溫回答，「如果你曾對人做過任何一件好事，你或許就會明白了。」

「我的確對別人做了一件好事。」伊諾說，「但那差點害我們被噬魂怪吃掉！」

我們喃喃說著再見，不過沒有任何回應，聲音逐漸消失在陰影之中。梅琳娜把鴿子從她的肩頭舉向天空。鴿子飛了一小段距離，直到一條繫在牠腳上的繩子被拉到最長，然後牠就在那裡盤旋，像一隻把鐵鍊扯緊的狗。「鶺鴒女士在這個方向。」她朝著鴿子拉扯繩子的方向點點頭，我們則跟著她和她的鴿子朋友，沿著街道往前走。

我正打算要繼續觀測噬魂怪的存在，畢竟我現在的地位接近整個團體的首領，不過不知為什麼，我回頭瞥向那對姊妹，正好看見小珊抱著艾絲梅坐進救護車裡，然後彎身親吻她妹妹刮傷的膝蓋。我很想知道，她們之後會發生什麼事。我知道米勒之後會告訴我，事實是，沒人聽過小珊的名字，而像她擁有這麼特殊的能力，應該會非常知名，這多半意謂著她沒有活過這場戰爭。

這整件事嚴重打擊了艾瑪。我不知為什麼向一個陌生人證明我們的好心有這麼重要，因為，我們都知道我們是好人，但我們並不是天使下凡，或許我們的人性中仍有著複雜的黑暗面，這樣的認知似乎讓她很困擾。「她們不懂。」她不斷重複道。

同樣地，我想道。或許她們懂。

第十一章

所以，現在就是這樣：所有的一切都繫在那隻鴿子身上。我們今晚會是是平安地躲進時鳥保護下的避難處，或是等著被噬魂怪吞下肚；裴利隼女士會平安的度過今晚，或是我們會消耗完她的時間；我會不會活著回到家，或者再度見到我的父母——這些全都依賴在一隻瘦骨如柴的特異鴿子身上。

我走在隊伍的最前面，感應著噬魂怪，不過真正領路的是那隻鴿子，扯著繩子的樣子，就像一隻獵狗在追蹤氣味般。我們在鴿子往左飛時就左轉、往右飛時就右轉，順從得像綿羊，就算那意謂著我們得摸索著走過被炸彈炸凹、隨時都有可能讓我們折斷腳踝的街道，或是擠過數不清的房屋殘骸，那些鐵條的尖端在昏暗的火光中微微顫動，高度直指我們的喉頭。

在下午那場嚇人的經歷過後，現在我體會到前所未有的疲憊感。我的頭奇怪的刺痛著，腳步沉重。炸彈的隆隆聲響已經停了，警報終於平靜下來，而我懷疑是不是這些噪音才讓我一直清醒到現在。現在煙霧瀰漫的空氣中，充滿著細微的小聲音：水從斷裂的主要道路中冒出來，一隻受困的狗發出陣陣哀鳴，用沙啞的呻吟聲求助。偶爾會有幾個旅人的身影從黑暗中冒出來，就像來自地下世界的幽魂，眼睛裡閃爍著恐懼與懷疑，手裡揣著各種物品，如收音機、銀器、珠寶盒、骨灰罈。一個亡者承擔著另一個亡者的重量。

我們在一個T字型的路口停了下來，鴿子在左右兩邊來回飛舞。女孩對著鴿子鼓勵地喃喃說道：「快啊，溫妮。乖鴿子，為我們領路吧。」

伊諾湊向前，低語道：「如果你不找到鶽鶲女士，我會親手把你烤來吃。」

鴿子躍向空中，奮力往左邊飛去。

梅琳娜怒視著伊諾。「你是個混帳。」她說。

「我得到我要的結果啦。」伊諾回答。

最後我們到達一座地下車站。鴿子領著我們穿越拱形大門，進入售票大廳。我正想說，*所以我們要搭地鐵啊，真是聰明的鴿子*，然後才發現這個大廳已經廢棄，售票亭的玻璃也碎了。儘管火車應該不會太快進站，我們還是簇擁著向前，穿越沒有鎖上的大門，經過一條貼滿斑駁布告、磁磚碎裂的走道，然後繞下一條長長的階梯，來到嗡嗡作響、燈火通明的城市中央。

經過每一層樓，我們都得小心翼翼地跨過裹著毛毯的熟睡市民：一開始都是單獨的人，後來逐漸出現一整群聚集的避難者，排列在一起的樣子像散開的火柴。最後，當我們來到底部，眼前是一整片的人潮，像波浪般覆蓋住整座月臺，數以百計的人擠在鐵軌與牆壁間，蜷縮在地上、躺平在長椅上或陷入摺疊椅中。沒在睡覺的人們，手裡抱著嬰孩輕輕搖晃、看書、玩牌或祈禱。他們不是在這裡等車，因沒有車會駛進這個月臺。他們是空襲下的難民，而這裡是他們的避難所。

我試著要感應噬魂怪，但這裡有太多人、太多影子。如果我們還有僅存的好運，這裡可以讓我們稍作休息。

所以，現在呢？

我們需要鴿子領路，但牠似乎看起來有點困惑，就像我一樣，或許也是被大量的人潮嚇住了。所以我們站在那裡等待，睡著難民的呼吸聲、鼾聲和呢喃聲，詭異地圍繞著我們。

一分鐘後，鴿子堅定起來，飛往鐵軌的方向，把繩子拉到最長，然後像溜溜球般彈回梅琳娜的肩上。

我們踮起腳尖繞過月臺邊緣的人們，然後跳下鐵軌的凹槽。鐵道延伸至月臺兩側的隧道裡。我忍不住想，我們的未來就在其中一張深不見底的黑色大口裡。

「噢，希望我們不必走進**那裡面**。」奧莉芙說。

「我們當然要。」伊諾說，「在我們把每一條下水溝鑽完之前，今天都不能算是個完美的假日。」

鴿子往右邊跳躍，我們沿著鐵軌開始前進。

我跳過一灘油膩的水坑，一群老鼠從我腳邊竄過，讓奧莉芙尖叫著躍進布蘭溫的懷裡。隧道在眼前延伸，看上去漆黑而邪惡。我突然覺得，這裡絕對是迎戰噬魂怪最差的地點。這裡沒有可攀爬的牆面、沒有房屋供我們躲藏，也沒有可在身後關上的石碑。這裡又長又直，只有幾盞紅色燈泡做為照明，相隔著一段距離閃爍。

我愈走愈快。

黑暗包圍我們四周。

小時候，我習慣和爸爸玩捉迷藏。躲的人總是我，他則負責找人。我非常擅長躲藏，因為比起其他四、五歲的孩子，我擁有長時間保持安靜的特殊能力，而且我完全沒有幽閉恐懼症：我可以想辦法把自己塞進最狹小的衣櫃縫隙中，然後在那裡待上二、三十分鐘，完全不發出任何聲音。

所以，你很可能覺得黑暗、狹窄的空間對我來說都不是問題。或者，至少，你會認為這條理應只容納火車和鐵軌的隧道，會比隨時都可能有噬魂生物衝出來的開放墓園來得好應付。但是，當我們愈走愈深入隧道時，我的內心卻被愈來愈強烈的厭惡感所占據。這感覺和我感應到噬魂怪時的感覺不一樣；這只是非常單純的不好的預感。所以我盡可能地催促大家快速前進，不斷推著梅琳娜，直到她叫我滾遠一點。腎上腺素逼我保持清醒，把疲憊感壓抑在心靈的角落。

在經過許多Y字型隧道後，鴿子帶著我們走向一條廢棄的鐵道，這裡的枕木破爛腐朽，地上積著一汪死水。遠處隧道中火車行經時的氣壓，讓隧道裡的空氣像是某種巨獸在呼吸。

接著，前方一點亮光突然閃現，朝我們快速移動，而且愈變愈大。艾瑪大叫：「火車！」我們趕緊分成兩邊，背部緊貼著牆。我摀住耳朵，半期待著火車行經時引擎聲的轟然巨響，但是這聲音始終沒有出現，卻只聽見一聲細小高亢的哀鳴，而我非常確定這聲音來自腦內。亮光充斥隧道，包圍住我們，我的耳壓突然一變。然後亮光消失。

我們頭暈目眩地從牆邊退開。腳下的鐵軌和枕木是新的，好像才剛鋪設好，隧道聞起來也沒有那麼重的尿騷味。隧道中的燈泡照得更亮，不過光線並不穩定，而是不斷搖晃，因為這些並不是電燈，而是油燈。

「發生什麼事了？」我問。

「我們穿過了圈套。」艾瑪說，「但是那道光是怎麼回事？我從來沒看過那種狀況。」

「每個圈套都有自己的怪癖。」米勒說。

「有人知道我們現在在什麼時代嗎？」我問。

「我猜是十九世紀後半期。」米勒說，「在一八六三年之前，倫敦還沒有地下鐵道設施。」

接著，我們身後，另一道亮光出現，這次還伴隨著一陣熱風及震耳欲聾的噪音。「火車！」艾瑪再度大叫起來，而且這次是真的。我們緊貼牆上，讓颶風般的噪音、亮光和熱氣駛過身邊。這輛火車不像現代火車的造型，而是老舊的蒸氣火車，尾端甚至掛著一節守車，有個留著大鬍子的男人抓著一盞燈站在上面，當列車在下一個轉角轉彎時，錯愕地盯著我們。

阿修的帽子飛到地上，被列車輾壞了。他把帽子撿起來，發現它變得破破爛爛之後，又憤怒地扔回地上。「我一點也不在乎這個圈套。」他說，「我們才剛進來十秒鐘，它就已經想殺掉我們了。我們快點去找該找的東西，然後離開這裡。」

「我百分之百贊同。」伊諾說。

鴿子帶著我們沿軌道向前走。大約十分鐘後，鐵道來到盡頭，眼前是一道看似空白的牆面。我們無法理解，直到我注意到牆壁和天花板的連接處有一扇暗門，就在頭頂二十呎高的地方。因為沒別的方法了，奧莉芙脫掉鞋子，讓自己飄上去看個仔細。「門上有鎖。」她說，「轉輪密碼鎖。」

門的角落有一個鴿子大小的洞，但那對我們一點幫助也沒有。我們需要密碼。

「大家覺得密碼可能是什麼？」艾瑪把問題拋給所有人。

大家的回答是聳肩，以及一片空白的表情。

「毫無概念。」米勒說。

「我們得用猜的。」艾瑪說。

「說不定是我的生日。」伊諾說，「試試『三、十二、九十、二』。」

「誰會知道你的生日啊？」阿修說。

伊諾皺眉。「試試就對了。」

奧莉芙來回轉動轉盤，然後試了試門鎖。「抱歉，伊諾，沒用。」

「或者，我們圈套的時間？」霍瑞斯建議道，「九，三，四十。」

這一組數字也沒用。

「不可能像是日期這麼好猜的數字。」米勒說，「這樣就失去用鎖的意義了。」

奧莉芙開始嘗試隨機的數字組合，我們站在那裡看著，隨著每一次的失敗而變得愈來愈焦慮。裴利隼女士從布蘭溫的大衣中悄悄溜出來，朝正在地上啄食的鴿子跳去。當鴿子看見裴利隼女士時，試著跳開，但是裴利隼女士追著牠，從喉頭發出一聲低而模糊的威脅鳴叫。

鴿子拍打雙翅，飛上梅琳娜的肩膀，脫離裴利隼女士的魔爪。斐利隼女士站在梅琳娜的腳邊，對著鴿子嘎嘎大叫。這似乎讓鴿子緊張到了極點。

「裴利隼女士，妳想做什麼？」艾瑪問。

「我覺得她想從妳的鴿子那裡得到一點資訊。」我對梅琳娜說。

「鴿子知道路。」米勒說，「或許牠也知道密碼。」

裴利隼女士轉過來對米勒叫了聲，然後對鴿子叫得更大聲。鴿子試著躲到梅琳娜的脖子後面。

「也許鴿子知道密碼，但是不知道要怎麼告訴我們。」布蘭溫說，「牠可以告訴裴利隼女士，然後裴利隼女士就可以告訴我們。」

「叫妳的鴿子跟我們的鳥說話。」伊諾說。

「你們的鳥是溫妮的兩倍大，而且鳥嘴和爪子都太銳利。」梅琳娜邊說邊退後一步。

「溫妮很害怕，但我不怪她。」

「這沒什麼好怕的。」艾瑪說，「裴利隼女士不會傷害任何一隻鳥。那違反了時鳥的準則。」

梅琳娜瞪大眼睛，然後瞇起雙眼。「她是時鳥？」

「她是我們的院長！」布蘭溫說，「阿爾瑪．拉菲．裴利隼。」

「你們還真是充滿驚奇啊。」梅琳娜發出一聲大笑，但聽起來不是非常友善。「如果你們已經有一隻時鳥了，為什麼還要找另一隻？」

「這是個很長的故事。」米勒說，「可以這麼說，我們的時鳥需要幫助，只有另一隻時鳥才幫得了她。」

「快把這隻該死的鴿子放到地上，讓裴利隼女士跟牠說話！」伊諾說。

最後，梅琳娜不情願地同意了。「來吧，溫妮。好女孩。」她輕柔地舉起鴿子，放在腳邊，然後用腳壓住牠的繩子，讓牠無法飛離。

所有的人都圍繞在周圍，看著裴利隼女士和鴿子對質。鴿子試著逃跑，但繩子限縮了牠的移動範圍。裴利隼女士面對著牠，咯咯叫個不停。那就像是一場拷問，鴿子把頭藏在翅膀下，開始發抖。

接著，裴利隼女士啄了牠的頭。

「嘿！」梅琳娜說，「別那麼做！」

鴿子依然藏著牠的頭，沒有回應。裴利隼女士又啄了一次，這次力道更大。

「夠了！」梅琳娜說，然後把腳移開繩子，彎身下去想把鴿子撈起來。但在她的手指碰到鴿子前，裴利隼女士用爪子割斷了繩子，用鳥喙箝住鴿子一條彎曲的腿，然後跳開。鴿子揮舞著翅膀尖叫。

梅琳娜嚇壞了。「回來這裡！」她憤怒地大叫，準備去追兩隻鳥兒，但布蘭溫抓住她的手臂。

「等等！」布蘭溫說，「我很確定裴利隼女士知道她在做什麼……」

裴利隼女士在一小段距離外的鐵軌處停下，遠離所有人。鴿子在她的嘴裡掙扎，梅琳娜也在布蘭溫的手中掙扎，但兩者都徒勞無功。裴利隼女士像是在等鴿子自己累到放棄掙動，但是她似乎不耐煩了，開始咬住鴿子的腿，在空中來回甩動。

「裴利隼女士，拜託！」奧莉芙喊道，「妳會殺死牠的！」

我幾乎都想衝過去親手扯開牠們了，但是那兩隻鳥不斷伸出尖利的爪子和嘴喙，沒人能夠靠近。我們喊叫著哀求裴利隼女士住手。

最後，她終於停了下來。鴿子從她口中掉落，在地上掙扎起身，驚恐得無法逃離。裴利隼女士再度用一開始的方式逼近牠，而這次，鴿子終於鳴叫著回應了。裴利隼女士用嘴喙在地上敲了三下、十下，最後又五下。

三、十、五。奧莉芙嘗試了這組數字，鎖啪的一聲彈開，門向內開啟，一座繩梯鬆開來，沿著牆壁垂落地面。

裴利隼女士的拷問達到目的，而她做了她該做的事來幫助我們，光憑這一點，我們就不該對她的行為太過苛求，直到她做了下一個舉動。她再度咬住鴿子的腿，像是洩憤般把牠重重甩在牆上。

我們全都驚恐地倒抽一口氣。我震驚到說不出話。

梅琳娜甩開布蘭溫，朝鴿子衝過去，一把撈起牠。鴿子無力地從她手上垂下來，脖子折斷變形。

「喔，老天。她殺了牠！」布蘭溫喊道。

「我們花了這麼多時間要抓鴿子。」阿修說，「看看我們做了什麼。」

「我要砸爛你們時鳥的頭！」梅琳娜尖叫，因憤怒而瘋狂。

布蘭溫再度抓住她的手臂。「不，不行！住手！」

「你們的時鳥是個野蠻人！如果這就是她的本性，那我們和偽人待在一起還比較好！」

「收回那句話！」阿修叫道。

「絕不！」梅琳娜說。

他們又來回交換了更多刺耳的話，接下來的拳腳衝突似乎已無法避免了。布蘭溫緊抓住梅琳娜，我和艾瑪則抓住阿修，直到他們冷靜下來，不過兩人仍惡狠狠地瞪著對方。

沒人敢相信裴利隼女士剛才究竟做了什麼。

「幹嘛大驚小怪？」伊諾說，「那只不過是隻笨鴿子。」

「牠不是。」艾瑪說。她的口氣就是在責備裴利隼女士。「那隻鴿子是鷦鷯女士的私人朋友，牠已經活了超過一百歲，還被記載在《童話》裡，而牠現在死了。」

「謀殺。」梅琳娜說道，然後往地上啐了一口。「沒有任何原因就殺掉某人，這就是謀殺。」

裴利隼女士隨意地朝鑽過她翅膀下的老鼠啄去，像是完全沒聽見這段對話。

「有些邪惡的東西進到她心裡了。」奧莉芙說，「這一點也不像裴利隼女士。」

「她正在改變。」阿修說，「她愈來愈像動物了。」

「我希望她心中還有一點殘留的人性，讓我們拯救。」米勒陰鬱地說。

我們也希望。

我們爬出隧道，各自沉浸在自己的心事中。

門後是一條走道，通往一道上升的階梯，接著又通向另一條走道和另一扇門。門後的房間灑滿陽光，裡面的衣服從地面一直堆到天花板：衣架、櫃子和衣櫥裡全塞滿了衣物。房裡有兩個木製屏風可用來更衣，還有幾面立鏡，以及一張木製工作檯，上面擺著縫紉機和好幾綑布料。這裡是小型服裝店，同時也是工作室，更是霍瑞斯的天堂。霍瑞斯衝進去，大喊：「我置身天堂啦！」

梅琳娜走在最後面，陰鬱地踱進房裡，什麼也沒說。

「這是什麼地方？」我問。

「這是個更衣間。」米勒回答，「好讓來訪的特異者們可以融入這個圈套裡的普通人。」他指向一幅裱了框的畫，上面示範著如何正確穿上這個時代的服裝。

「入境隨俗！」霍瑞斯邊說邊衝向其中一排衣架。

艾瑪要求大家都換上新衣。除了幫助我們融入之外，換衣服或許也能甩掉追蹤我們的偽人。「但把你們的毛衣穿在裡面，以防有更多麻煩找上我們。」

布蘭溫和奧莉芙各自從屏風後選了件素面的洋裝，我則把我身上沾滿灰燼和汗水的長褲、夾克，換成不成套但相對乾淨的西裝。才剛穿上，就覺得不舒服了，我忍不住懷疑，為什麼人們這麼多個世紀來都要穿著如此僵硬又正式的服裝。

米勒穿上一套剪裁俐落的套裝，然後在一面鏡子前坐下。「我看起來如何？」他問。

「你看起來就像個穿著衣服的隱形人。」霍瑞斯說。

米勒嘆氣，在鏡前流連了一小段時間，然後脫掉衣物，再度消失在我們眼前。

霍瑞斯一開始的興奮之情已逐漸消退。「這裡的選擇全都糟糕至極。」他抱怨道，「這些衣服要不是被蟲蛀壞、要不就是用毫不相襯的布料縫補！我真的受不了繼續穿得像街頭流浪兒了！」

「街頭流浪兒不會引人注意。」艾瑪在屏風後面說道，「但頭戴高帽的小紳士會。」當她走出來時，腳踩一雙閃亮的紅色平底鞋，身穿藍色短袖洋裝，長度剛好過膝。「你覺得呢？」她邊說邊旋轉，讓裙襬飛揚。

她看起來就像是從《綠野仙蹤》裡走出來的桃樂絲，而且更可愛。在這麼多人面前，我不知道該怎麼啟齒，所以只給了一個尷尬的露齒微笑，對她豎起大拇指。

她大笑。「喜歡嗎？那真是太糟糕了。」她帶著狡猾的微笑說道，「我會超級格格不入。」她的臉上突然閃過受傷的神情，像是因大笑而感到罪惡。在發生了這麼多事、還有這麼多事情待解決的時候，好像不該感到開心，於是她再度回到屏風後面。

但是，我也感受到了。那些沉重的恐懼，親眼所見的恐怖事件，一次又一次在我腦中重播，永無止境侵蝕著我的內心。我想這麼告訴她：可是不需要隨時隨地都覺得妳得感到難過。大笑並不會讓事情變得更糟，就像哭泣也不會讓事情變得更好。大笑不代表妳不在乎，也不代表妳遺忘，那只代表妳是人類。但我也不知該怎麼告訴她這些。

當她再度走出來時，身上穿著一件有破袖子的寬鬆上衣，以及一條長及腳背的掃帚裙（看起來更像街頭流浪兒了）。不過她還是留下了紅鞋。艾瑪無法抗拒閃亮的東西，就算只有一點點也好。

「那這個呢？」霍瑞斯揮舞著一頂他找到的亮橘色假髮。「這要怎麼幫助我們『融入當地的普通人』？」

「因為我們要去參加一個嘉年華會。」阿修抬頭看向牆上一張嘉年會的宣傳海報。

「等等！」霍瑞斯加入阿修，站在海報下方。「我聽過這地方！這是個觀光圈套（tourist loop）。」

「什麼叫做觀光圈套？」我問。

「過去這在特異者的圈子中相當常見。」米勒說，「這種圈套會設定在歷史中相當重要的時間與地點。他們設計了某種像是壯遊的行程，這曾經是特異者的特異教育中必要的課程之一。當然，這是好多年前的事了，在之前，出國旅行相較還很安全。我不知道還有這種團體保留下來。」

接著他安靜下來，沉浸在過去美好的記憶之中。

等我們換裝完成後，把二十世紀的衣服堆在一起，然後跟著艾瑪走出另一道門，走進一條布滿垃圾和紙箱的小巷。還隔著一段距離，我就聽見嘉年華會的聲音：管樂器隨興的嗚嗚聲，以及人群鬧哄哄的悶響。儘管我緊張又疲憊，還是感受到一絲興奮。這曾是全世界的特異者們不惜長途跋涉也要來參與的盛會，而我父母甚至沒帶我去過迪士尼樂園。

艾瑪下達尋常的指令。「待在一起，等雅各和我的指令。不要跟任何人說話，也不要看任何人的眼睛。」

「我們怎麼知道要去哪裡？」奧莉芙問。

「我們必須用時鳥的方式思考。」艾瑪說，「如果你是鶴鶉女士，你會想要躲在哪裡？」

「任何不是倫敦的地方？」伊諾說。

「要是某人沒有謀殺那隻鴿子就好了。」布蘭溫苦澀地看著裴利隼女士說。

院長站在碎石路上看著我們，但沒人想碰她。我們得讓她消失在視線之外，於是霍瑞斯回到更衣間，拿來一個丹寧布袋。裴利隼女士並不喜歡這個安排，但當她發現沒人想要帶著她時，尤其是布蘭溫現在只覺得她很噁心，只好乖乖爬進袋裡，讓霍瑞斯用皮繩束起袋口。

我們循著嘉年華會令人陶醉的聲音前進，穿過幾條蜿蜒小路，經過幾輛載著蔬菜、穀物與新鮮兔肉的馬車小販，周圍則是孩子與野貓瞪著飢渴的雙眼，還有一些面容骯髒的婦女坐在路邊削馬鈴薯皮，削下的外皮堆成一疊。他們的臉雖髒，表情卻很驕傲。儘管試著不引起任何注意，但當我們經過時，那些小販、孩子、女人和野貓，以及倒吊在馬車上、雙眼白濁的死兔子，都看著我們。

就算我穿著符合這時代的服裝，還是覺得自己徹底地格格不入。我明白，要融入他們，我們的舉止和服裝同樣重要，而我和朋友們都不像這裡的人，有著垮下的肩膀和飄移不定的視線。未來，如果想要像偽人般完美的喬裝打扮自己，我得磨練我的演技。

愈走愈近後，嘉年華會的聲音變得更大，味道也更重——過熟的肉品、烤栗子、馬糞、人類排泄物及炭火冒出的濃煙，混雜在一起，成為某種甜膩的氣味，讓空氣變得黏稠滯留。最後，我們終於來到嘉年華會外圍，廣場上擠滿了人、彩色帳篷，和多得讓我眼花撩亂的活動，整個場景造成我極大的感官衝擊。會場裡有特技演員和走鋼索的表演者，有人在投擲飛刀或表演吞火，還有各式各樣的街頭表演。一個江湖術士從馬車廂裡拿出沒有認證的藥品，說道：「這是一種罕見的藥劑，能使內臟免於寄生蟲孳生、預防風溼、阻止放臭屁！」一旁的舞臺上站著一個身穿燕尾服的大嘴男人，和一隻像是史前動物的生物，牠的灰皮膚鬆垮下垂、布滿皺紋。當我們從人群中擠過去時，我花了整整十秒鐘才發現那是一隻熊。牠的毛被剃光，綁在椅子上，並被穿上女人的裙裝。牠的眼睛暴凸。表演者露齒一笑，然後假裝要遞給牠一杯茶，大聲叫道：「各位先生女士！向你們介紹全威爾斯最美麗的淑女！」這句話為他贏得一陣爆笑。我暗暗希望那隻熊可以掙脫鐵鍊，並當著所有觀眾的面吃了他。

為了戰勝這讓人頭暈目眩的瘋狂景象，我把手伸進口袋裡，手掌貼在手機螢幕平滑的玻璃，然後閉上眼睛，對自己低語：「我是個時空旅行者。這是真的。我是雅各，我正在時空旅行。」

這件事情已經夠驚人了。不過更驚人的可能是，時空旅行尚未毀了我的大腦；因為某種奇蹟，我還沒有變成那種會在街角大哭大叫的瘋子。人類的心智比我想像的更富有彈性，能夠延伸擴張，容納所有衝突與看似不可能發生的事。我很幸運。

「奧莉芙！」布蘭溫大叫。「離開那裡！」我抬起眼睛，看見布蘭溫正抓著奧莉芙，把她扯離一個彎身與她說話的小丑。「我一直告訴妳，千萬不要和普通人說話！」

我們這群人實在太多，而此地充滿了會吸引孩子們注意力的誘惑，要讓大家聚集在一起，簡直是個不可能的任務。布蘭溫就像女童軍的訓導員，在我們之中有人脫隊、跑去看彩色的紙風車或糖果時，把每個人抓回來。奧莉芙是最容易被分散注意力的孩子，而且好像永遠也不記得我們正處於危險之中。事實上，能讓大家遵守規矩的原因只有一個：因為他們不全是真正的孩子，有些人內心年長許多，成熟的部分和孩童心態互相衝突，達到平衡。如果我們都是真正的「小孩」，我想根本就不可能做到。

有段時間，我們只是漫無目的的閒晃，試著尋找可能是鶴鶉女士的人，或是特異者可能躲藏的地點。但是這裡的每樣事物看起來都非常特異——這整個圈套，這裡面混亂的陌生事物，全是特異者的最佳偽裝。而且，即使在這裡，人們還是會注意到，當我們經過時，他們都會轉頭往這裡看過來。這裡有多少人是偽人的間諜，或者就是偽人？我特別擔心那個想要把奧莉芙帶開的小丑。他不斷出現，我敢發誓，我們至少經過他五次以上了。他出現在一條小路的入口，或者從窗口往下看著我們，或者從照相亭裡往外看，或者頂著一頭亂髮和恐怖的妝容，站在一幕鄉村風格的背景圖前。他好像同時出現在各個地方。

「我們這樣出現在大庭廣眾之下並不明智。」我對艾瑪說，「我們不能這樣永無止境的繞圈圈。別人會注意到我們。那些小丑們。」

「小丑們？」艾瑪說，「總之，我同意你的意見，但是在這麼多瘋狂事物之中，我不知該如何開始。」

「我們應該從所有嘉年華中最特異的部分開始。」伊諾插嘴，擠到我們中間。「雜耍表演。」他指向廣場邊緣一座高聳華麗的入口。「餘興表演與特異者的關係，就像餅乾和牛奶一樣，是絕配。或者，像噬魂怪和偽人。」

「通常如此。」艾瑪說，「但偽人也知道這點。我很確定鷦鷯女士有辦法保持自由之身這麼長的時間，她絕不會躲在這麼明顯的地方。」

「妳有更好的點子嗎？」伊諾說。

我們沒有，所以我們轉變方向朝餘興表演的場地走去。我轉頭尋找那個詭異的小丑，但是他已經消失在人群之中。

在餘興表演的入口處，有個穿著破爛的宣傳員，對著大聲公不斷大喊，說大家只需要花一點入場費，就能看見「生物法則中最令人驚奇的變異」。這個表演的名稱叫做「奇人大會議」。

「那聽起來滿像我之前去過的幾個晚宴。」霍瑞斯說。

「那些『奇人』之中，或許會有幾個特異者。」米勒說，「他們或許會知道關於鷦鷯女士的消息。我認為這值得我們付費入場。」

「我們沒有入場費了。」霍瑞斯邊說邊從口袋裡拿出一枚沾著毛屑的硬幣。

「我們從什麼時候開始得付費看餘興表演了？」伊諾說。

我們跟著伊諾走到表演後臺，那裡的牆上開了一個入口，連接著大而單薄的帳篷。當我們正在想辦法尋找空檔溜進去時，布簾掀開，一名穿著正式的男子和一名女士衝了出來。男人扶著她，女士則用扇子朝自己搧風。

「讓開！」男人吼道，「這女士需要新鮮空氣！」

布簾上方的牌子寫著：非表演者勿入。

我們溜了進去，隨即停下腳步。一個長相平凡的男孩坐在高腳椅上，就在距離入口不遠處。他顯然是某種官方管理員。

「你們是表演者？」他問，「不是表演者不能進來喔。」

艾瑪佯怒地說道：「我們當然是表演者。」為了證明，她在指尖點燃一簇小小的火焰，然後在眼睛裡戳熄。

男孩聳了聳肩，好像一點也不覺得驚奇。「那就進去吧。」

我們從他身邊擠過去，眨著眼睛慢慢適應黑暗的環境。餘興表演的頂棚低矮，帆布構築成宛若迷宮般的路線，狹窄的路兩旁點著火炬，每隔二、三十呎就來個急轉彎，每過一個彎道，眼前就會出現一組新的「大自然所厭之物」。一群觀眾從我們的反方向走來，有些人在笑，有些則面色慘白、渾身發抖，跟我們錯身而過。

首先見到的幾個組合，都是餘興表演裡一定會出現的基本款，沒什麼特異之處：渾身

BEARDED LADY
ILLUSTRATED MAN
THE MATCHSTICK MEN
THE FOLDING MAN

布滿刺青的「畫人」，留著鬍子的女人邊捋著長鬍子邊發出公雞的咯咯叫聲，還有一個男人把自己當成人體針墊，在臉上插滿針，並用鐵鎚把鐵釘從鼻孔打進去。我覺得這已經夠驚人了，但是我的朋友中曾有人跟裴利隼女士一起去歐洲巡迴表演餘興節目，因而他們幾乎無法抑制自己的呵欠。

一個牌子上寫著驚奇火柴人。在牌子下站著一名紳士，身上黏滿數以千計的火柴盒，他身旁站著另一個人，穿著與他相仿的服裝，只是上面黏的是火柴。火柴盒人撞上火柴人，讓火焰蔓延到他身上，火柴人則佯裝驚恐。

「業餘的。」艾瑪說，拉著我們往下一區走去。

奇人們終於變得夠奇怪了。有個女孩身穿綁滿流蘇的長裙，身上纏繞著一隻大蟒蛇，依她的指示扭動起舞。艾瑪承認這的確是某種特異能力，畢竟，能指揮蛇類動物的人，僅辛卓克才做得到。但當艾瑪向她提起鷦鷯女士時，她只是瞪著眼，身上的蛇對我們發出嘶聲、露出獠牙，於是我們繼續前進。

「我們是在浪費時間。」伊諾說，「裴利隼女士已經沒時間了，我們卻在嘉年華會裡逛大街！為什麼不乾脆買點甜點，當成度假算了？」

不過只剩一個奇人了，因此我們往前走。最後一個舞臺是空的，僅一面空白的背景牆，和一張擺了花的小桌子。旁邊的畫架上放著一個牌子：世界知名的摺疊人。

舞臺工作人員搬著一只行李箱走上舞臺，放下後離開。

群眾聚集過來。行李箱孤單地立在中央，群眾開始喊著「開始表演吧！」或「把怪胎

N 3d.

放出來！」。

行李箱震動了一下。接著前後搖晃，直到它向其中一側傾倒。觀眾們擠向舞臺，專注地盯著箱子。

行李箱的卡榫彈開後，箱子緩緩地打開。一雙白色的眼睛向外看著人們，接著箱子又打開了一點，足以露出整張臉。那是一名成年男性的面孔，鬍子修剪得整整齊齊，戴著圓形的小眼鏡。不知怎的，他居然有辦法把自己摺疊在不比我的身體更大的行李箱裡。

觀眾們拍手叫好。而當男人展開四肢，踏出小得不可思議的行李箱時，掌聲變得更大。他長得又高又瘦，瘦得像根竹竿，事實上，他的骨頭看似快要刺穿皮膚了。他就像個人形驚嘆號，但他的模樣極具尊嚴，因此我無法嘲笑他。他目光深沉地打量著人群，然後深深一鞠躬。

他花了一分鐘的時間，示範怎麼把肢體摺疊成各種不科學的模樣——他的膝蓋扭曲，讓腳尖碰到他的臀部，然後彎下腰，讓膝蓋碰到胸口——周圍響起更多的掌聲。他不斷鞠躬，然後表演結束。

當群眾逐漸散去時，我們仍然留在原位。在摺疊人準備離開舞臺時，艾瑪問他：「你是特異者，對吧？」

男人停下腳步，緩緩轉身，用倨傲且嫌惡的眼光看著艾瑪。「不好意思，妳說什麼？」他帶著濃厚的俄羅斯口音說道。

「很抱歉用這種方式逼近你，但我們必須找到鶴鶉女士。」艾瑪說，「我們知道她在

這裡的某處。」

「噗！」男人發出一個介於大笑與噴口水之間的聲音。

「這是緊急事件！」布蘭溫請求道。

摺疊人用手臂交叉成一個瘦骨嶙峋的X，說道：「我聽不懂你們在說什麼。」然後走下舞臺。

「現在怎麼辦呢？」布蘭溫問。

「我們繼續找。」艾瑪說。

「如果我們找不到鶻鷀女士呢？」伊諾問。

「我們就繼續找。」艾瑪咬牙說，「大家聽懂了嗎？」

每個人都聽得清楚明白。事實上，我們也沒有別的選擇。如果這麼做沒用，如果鶻鷀女士不在這裡，或者無法盡快找到她，我們的努力就全都白費了，而我們也會失去裴利隼女士，就像我們不曾趕來倫敦一樣。

我們循原路走出餘興表演的場地，挫敗地經過空舞臺、長相平庸的看門男孩，離開帳篷，走入日光下。我們站在出口，不確定接下來的行動，就在這時，男孩從布簾後探頭出來。「有什麼問題嗎？」他說，「不喜歡那些表演嗎？」

「表演……還不錯。」我揮揮手，想打發他。

「對你們來說不夠特異嗎？」男孩問。

這句話引起我們的注意。「你說什麼？」艾瑪問。

「維克林和路克立（Wakeling and Rookery）那裡。」他邊說邊指著我們身後的廣場某處。「那邊才有**真正**精采的表演。」接著對我們眨眨眼睛，縮回帳篷內。

「這有點神祕。」阿修說。

「他剛才說了特異嗎？」布蘭溫問。

「什麼是維克林和路克立？」我問。

「一個地點。」霍瑞斯說，「或許是這個圈套中的某處。」

「可能是兩條街的路口。」艾瑪說，然後她拉開帳棚的布簾想問清楚那是不是他的意思，但他已經消失了。

於是我們走進人群，朝他所指示的廣場另一端走去。這是我們最後一個希望，就維繫在兩條、甚或不知是不是真實存在的街道上。

在距離廣場幾個街區之外，人聲逐漸減弱，被機械工業的運作聲所取代，烤肉與動物排泄物的味道，也變成另一種更臭的不知名氣味。越過一條被高牆圍繞的泥濘河床後，我們進入一個工廠林立的社區，高聳的煙囪朝天空排出黑煙。我們很快就發現這裡是維克林街。大夥兒沿著街道往前走，期望能找到名為路克立的地點，卻來到一條大水溝前，伊諾說那叫做內河。於是我們轉彎，從原路走回來。當我們回到維克林街的起點時，整條街道開始扭曲變形，工廠建築內縮成一片辦公大樓，牆面上一片空白，沒有任何標記，好像這個社區在建設時就被設計成不具名的模樣。

我一直試圖緩解的糟糕預感再度增強。難道我們被設計了，刻意被送到這個廢棄之地，好讓我們中埋伏？

街道扭曲後再度拉直，接著我撞上艾瑪的背。她原本走在我前面，卻突然停下腳步。

「怎麼了？」我問。

她用手指向前方，代替回答。在我們前方的T字型路口，聚集著一群人。儘管天氣又熱又黏，那些人之中卻有好幾個穿大衣、披披肩。他們圍繞著某棟建築，錯愕地抬頭盯著它看，就和我們現在的動作一樣。建築物本身並無特別之處，是一棟普通的四層樓建築，上面三層的牆壁上開著小而圓的窗口，像是古老的辦公大樓。事實上，它看起來就和周遭的其他房屋一樣，除了一個地方：它完全被冰封了。冰塊封住窗戶和門，冰柱像獠牙般從屋簷和梁柱垂下。雪花從門口噴灑出來，在人行道上堆積。這棟房子宛若被暴風雪襲擊，從內部被襲擊。

我朝布滿雪花的路牌上看去。路——立街。

「我知道這個地方。」梅琳娜說，「這是特異檔案館，所有的官方文件都保存在這裡。」

「妳怎麼知道？」

「華眉女士曾推薦我來這裡當監察委員的第二助理。測驗很困難，我花了二十一年的時間念書。」

「這樣被埋在冰裡是正常現象嗎？」布蘭溫問。

「我不記得它有這個特徵。」梅琳娜說。

「這裡也是時鳥委員會舉辦一年一度法規審查大會的地點。」米勒說。

「時鳥委員會在這裡開會？」霍瑞斯說，「實在太寒酸了。我還以為會是座城堡之類的地方呢。」

「這裡並不需要引人注目。」梅琳娜說，「愈不顯眼愈好。」

「那麼，他們一點也不擅長藏東西。」伊諾說。

「我說過，它原不該被埋在冰裡的。」

「你們覺得這裡發生什麼事？」我問。

「不是什麼好事。」米勒說，「絕不是什麼好事。」

毫無疑問，當然要趨前查看，但那不代表我們要像個傻瓜般直接衝進現場。我們站在稍遠處觀察人們來來去去。有些人試著開門，但門被冰凍住了，怎樣都打不開。人群退去一點。

「滴、答、滴。」伊諾說，「我們在浪費時間。」

我們穿越剩下的人潮，走上結冰的人行道。整棟建築物散發出冰涼的氣息，我們發起抖來，紛紛將手掌塞進口袋裡，以抵抗這股低溫。布蘭溫用她的力量拉開門，結果把整扇門給扯了下來，卡榫都掉了，而門後的走廊完全被冰堵住了去路。冰塊卡在牆壁間，從地板到天花板全被卡死，眼前所見只是一片模糊的藍色。窗戶也是一樣的情況：我把凝在玻

璃上的霜擦掉，但是看進去依然只看得見冰塊。建築的內部彷彿誕生了一條冰河，而它的支流填補了所有能延伸進去的空間。

我們用盡各種辦法，試著進到屋內。我們繞著房子走一圈，想找到沒被堵住的窗戶或門，但所有可能的入口全塞滿了冰。我們撿起地上的磚頭和碎石，試著把冰塊打掉，但是冰出乎意料的堅硬，就連布蘭溫也只能在上頭掘出幾吋深的洞。米勒翻閱《童話》，想要找到關於這棟建築物的資訊，不過書裡並無任何相關祕密的記載。

最後，我們決定冒一點風險。我們圍成一個半圓，把艾瑪擋在他人的視線外，讓她把手加熱後貼在冰塊上。冰塊逐漸融化，她的手沉入冰塊中，水流過我們腳邊。但是這樣的進展實在太慢，五分鐘後，冰才融化至手肘的深度。

「照這種速度，我們光是要走過走廊，就得花上一整個星期的時間。」艾瑪邊說邊從冰塊中抽出手來。

「妳覺得鶴鶉女士真的在裡面嗎？」布蘭溫問。

「她必須要在。」艾瑪堅持地說。

「我發現正面思考簡直是種傳染病，傳染力驚人。」伊諾說，「如果鶴鶉女士真的在裡面，她早就被凍僵了。」

這句話讓艾瑪對著他抓狂。「對！我們的未來既黯淡又悲慘，充滿了毀滅與破壞！如果明天就是世界末日的話，我想你一定非常高興，因為這樣你就可以說*我早就說過了！*」

伊諾眨了眨眼睛，接著平靜地說道：「妳可以選擇活在自己幻想出來的完美世界裡，親愛的。但我是個現實主義者。」

「如果你曾經給過大家任何實質的幫助，而不只是單純的批評。」艾瑪說，「如果你在危機中曾經給大家任何有建設性的意見，而不只是在我們失敗時聳聳肩，一副未卜先知的模樣，我或許還會願意忍受你永無止境的負面態度！但是實際上……」

「我們什麼都試過了！」伊諾打斷她。「妳希望我給什麼意見？」

「還有一個方法沒試。」奧莉芙在我們這群人的邊緣大聲說道。

「什麼方法？」艾瑪問。

奧莉芙決定直接動作來代替回答。她轉身離開人行道，加入群眾，面向建築物，然後聲嘶力竭地大叫：「哈囉，鷦鷯女士！如果妳在裡面，請妳出來！我們需要妳的……」

在她說完前，布蘭溫就一手抓住她，剩下的句子全被壓抑在布蘭溫的手臂下。「妳瘋了嗎？」布蘭溫挾著奧莉芙回到我們中間。「妳會讓我們全都被發現的。」

她把奧莉芙放在人行道上，準備繼續責備她，淚水卻突然順著奧莉芙的臉頰滑下。「我們被發現又怎麼樣呢？」奧莉芙說，「如果我們沒辦法找到鷦鷯女士、沒辦法拯救裴利隼女士，就算現在有一整群偽人軍團降落在我們身上，又有什麼差別呢？」

一名女士從人群中朝我們走來。她年紀不輕，背脊彎曲，面容被斗篷的帽子遮住大半。「她還好嗎？」女士問道。

「她很好，謝謝。」艾瑪不屑一顧地說。

「我不好！」奧莉芙說，「沒有一件事是對的！我們想要的只是平靜地在島上生活，但是發生太多壞事，而我們的院長受傷了。現在我們只是想救她，卻連這點都做不到！」

奧莉芙垂下頭，可憐地啜泣起來。

「嗯，既然如此。」女士說，「你們到這裡找我，可真是正確的決定。」

奧莉芙抬起頭、吸著鼻子問道：「為什麼？」

這時，女士消失了。

就這樣消失了。

她從她的服裝中憑空消失，斗篷落在走道上，噗的一聲擠出一股空氣。我們震驚得目瞪口呆，直到有一隻小小鳥從斗篷縐褶中跳出來。

我愣住，不大確定該不該出手抓牠。

「有人知道這是什麼鳥嗎？」霍瑞斯說。

「我相信，這是一隻鷦鷯。」米勒說。

小鳥拍打著翅膀，躍入空中，然後飛向建築物的一側，消失在轉角。

「別跟丟了！」艾瑪大叫。我們朝牠奔去，腳步在結冰的地面上打滑，轉過街角，衝入建築物與相鄰房屋間布滿雪花的小路。

小鳥不見了。

「該死！」艾瑪說，「她往哪裡去了？」

我們聽見腳底下傳來一連串怪聲：金屬碰撞聲、說話聲及宛若沖水的聲音。我們把雪踢開，看到地上有扇木門嵌在地磚裡，像是通往某個地窖。

門沒拴上，於是我們拉開門板。門後是一排階梯，通往黑暗的深處。階梯被融化的冰覆蓋，水流進下方看不見的水溝裡，發出明顯的聲響。

艾瑪蹲下身，朝黑暗中喊道：「哈囉？下面有人嗎？」

「你們下來的話就有嘍。」一個遙遠的聲音回答道，「快跟上！」

艾瑪驚訝地站了起來。她大喊：「你是誰？」

我們等著對方回答，但是沒人說話。

「我們在等什麼？」奧莉芙說，「那是鷦鷯女士耶！」

「我們不能確定。」米勒說，「我們不知道這裡發生了什麼事。」

「嗯，我會找到答案的。」奧莉芙說。在任何人來得及阻止之前，她就跳進門內，緩緩飄下階梯。「我還活得好好的！」她的聲音在階梯底部嘲弄著我們。

於是我們只能羞愧地跟著她走下階梯，接著發現一條隧道穿越厚厚的冰層。冰冷的水珠從天花板上滴落，或沿著牆壁形成一條水流。隧道裡並非全黑，走道前方有一抹詭異的光線傳來。

我們聽見腳步逐漸接近，前面的牆壁有道影子往這邊移動。接著，一個穿著斗篷的人影出現在走道的轉角，在燈光下形成剪影。

「你們好，孩子們。」那個人影說，「我是巴蘭斯嘉．鷦鷯（Balencicaga Wren）。你們能來這裡，真是太好了。」

第十二章

聽見這句話，我們的反應就像是撬開一個酒瓶。一開始是內在的放鬆，大家倒抽一口氣或發出咯咯笑聲，接著則是溢於言表的喜悅：我和艾瑪跳起來擁抱彼此，霍瑞斯則跪在地上高舉雙手，像在高喊**哈利路亞**。奧莉芙興奮得無法讓自己停留在地面上，儘管她還穿著鞋子，卻飄在空中。她結結巴巴地說：「我、我、我們……我們以為這、這輩子再也見、見不到任何時鳥了！」

我們終於找到鷦鷯女士了。幾天前，她對我們而言，只不過是一個掌管著不知名圈套的神祕時鳥而已，但在那之後，她有了另一層含意：她是我們所知的最後一隻自由時鳥，而且得以保有健全之姿，她是希望的象徵，是我們一直所渴望的。而她現在就在我們面前，脆弱且富有人性。透過愛迪森的照片，我可以認出她來，儘管照片中的一頭黑髮已被銀白髮絲取代。深沉的擔憂讓她的眉角與嘴角下垂。她的肩膀彎曲，好像不僅是因為年齡增長，還有許多重擔壓在肩上；我們寄予她的期待是股無形的重量。

鷦鷯女士把斗篷的帽子拉下，對我們說：「我也很高興能見到你們，但是你們必須馬上進來。待在外面並不安全。」

她轉身，沿著走道離去。我們跟在她身後，穿過結冰的隧道，像是跟著母鴨的小鴨。因腳底打滑，我們張開雙臂，彆扭地試著保持平衡。一隻時鳥對特異孩子們的影響就像這樣：就算我們才初次見面，但光是她的存在，對我們就有立即的安撫作用。

地板傾斜向上，帶領我們經過被冰霜覆蓋的鍋爐，進入一個大房間。房間的地面、牆壁和天花板都被冰凍住，只有我們進來的那個隧道得以進出，直直切入房間中。冰層很厚，卻很乾淨，我甚至能直接看透某些部分，直達二、三十呎的深度，看過去的景物只有一點模糊。這裡是個接待中心，一排排高背椅面對著大桌子，不過全被困在冰層中。透過冰塊，帶著藍色的陽光從上方一扇搆不到的窗戶照進來，那扇窗戶外則是街道，留下一抹模糊的灰色。

就算有一百隻噬魂怪，牠們也得花上一星期的時間來對付這些冰，才有辦法找到我們。如果沒有那個隧道入口，這裡絕對是最棒的堡壘，或是最棒的監牢。

牆上掛著幾十個鐘，指針堅定地指著不同方向。（或許是為了記錄每個圈套不同的時間？）鐘的上方，指示牌標示出幾個特定的辦公室名稱：

←世俗事務副局長辦公室
←記錄檔案保存中心
非特定緊急事故中心→
混淆與拖延戰術部門→

透過世俗事務辦公室的門，我看見一個被困在冰層中的男人。他的身體彎曲，好像當冰層把他整個人冰凍起來之前，正試著要把自己的腳拯救出來。看似他已在裡面待了很久，我顫抖著轉開視線。

隧道尾端是一道華麗的樓梯，兩側都豎著欄杆。這道樓梯沒被冰凍住，不過上面散落著許多紙張。一個女孩站在下層的階梯上，冷冷地看著我們在冰上搖搖晃晃地前進。她留著一頭中分長髮，長度直達屁股，臉上戴著副圓圓的小眼鏡，不時伸手調整鏡框的位置。她的嘴唇很薄，看似不曾微笑過。

「奧瑟雅！」鶴鶉女士嚴厲地說，「妳不該在通道打開時這樣遊蕩，任何東西都有可能闖進來的！」

「是的，女士。」女孩回答，然後微微偏了偏頭。「女士，他們是誰？」

「他們是裴利隼女士的孩子們。之前我和妳提過他們。」

「他們有食物嗎？或者藥品？或者任何有用的東西？」女孩說話的速度慢得讓人難以忍受，口氣和她的表情一樣僵硬而不帶溫度。

「在妳把通道關上之前，不可以再問問題。」鶴鶉女士說，「現在就去！」

「是的，女士。」女孩回答，然後慢條斯理地沿著隧道往前走，雙手貼著牆。

「很抱歉。」鶴鶉女士說，「奧瑟雅不是故意要表現得這麼倔強，那是她的天性。但她能把危險阻擋於門外，所以我們非常需要她。我們在這裡等她回來。」

當鶴鶉女士往臺階上坐下時，我幾乎可以聽見她骨頭發出清脆的喀嚓聲。我不太確定她說的危險是什麼意思，但我們有太多問題要問了，所以這個問題得保留到之後。

「鶴鶉女士，妳是怎麼知道我們身分的？」艾瑪問，「我們什麼都還沒提。」

「這是身為時鳥應該要知道的事。」鷦鷯女士回答，「從這裡到愛爾蘭海之間，樹上都有我的眼線。而且，你們太出名了！只有一隻時鳥的孩子們有辦法整群脫離腐者的魔爪，毫髮無傷，那就是裴利隼女士。但我不敢相信，你們是怎麼能來到這麼遠的地方，而且沒被逮到；或是，看在特異者的分上，你們是怎麼找到我的！」

「嘉年華會上有個男孩指引我們來這裡。」伊諾說，他抬起一隻手，在下巴附近比畫。「大概這麼高，戴著一頂蠢帽子。」

「他是我們其中一名守衛。」鷦鷯女士點點頭說，「但你們是怎麼找到他的？」

「我們抓到妳的一隻間諜鴿子。」艾瑪驕傲地說，「牠帶我們來到這個圈套的。」（她保留了裴利隼女士殺掉鴿子的部分沒說。）

「我的鴿子！」鷦鷯女士喊道，「但你們是怎麼知道牠們的事？又是怎麼抓到牠的？」

米勒往前跨出隊伍。他向霍瑞斯借了從更衣間裡拿出的大衣禦寒，雖然鷦鷯女士看見飄浮在半空中的外套時並不訝異，只是當她聽見米勒說的話竟有些驚訝。「我從《童話》中推測出妳的鴿子們棲息的地方，不過我們是在妳的動物園中第一次聽見關於牠們的事，是一隻自命不凡的狗告訴我們的。」

「但是沒有人知道我的動物園在哪裡！」

鷦鷯女士此刻震驚得幾乎說不出話。我們給她的答案只會引發更多的問題，因此把故事全盤托出，從我們搭乘小船離開石洲島的那一刻開始講起，盡可能說得愈快愈好。

「我們差點就淹死了！」奧莉芙說。

「也差點被子彈打到、被炸彈炸碎、被噬魂怪吃掉。」布蘭溫說。

「還差點被地下列車輾過。」伊諾說。

「或者差點被櫥櫃壓扁。」霍瑞斯邊說邊對著梅琳娜皺起臉。

「我們長途跋涉，穿過危機四伏的國家。」艾瑪說，「就只是為了找人幫幫裴利隼女士。我們希望那個人是妳，鶬鶊女士。」

「我們就是靠著這個念頭才走了這麼遠的。」米勒說。

鶬鶊女士花了點時間才開口，聲音中充滿情緒。「你們是勇敢而優秀的孩子。你們都是奇蹟，每一個人都是，任何一隻時鳥都會以你們為榮。」她用斗篷的袖子擦去淚水。「很遺憾裴利隼女士發生這樣的事。我與她並不熟，因為我處於半退休的狀態，但我能向你們保證：我們會把她找回來的。把她和我們的姊妹們找回來！」

把她找回來？

我這時才注意到，裴利隼女士仍躲在霍瑞斯提著的布袋裡。鶬鶊女士根本還沒見到她呢！

霍瑞斯說：「她在這裡呀！」他放下袋子，解開袋口。

幾秒鐘後，裴利隼女士搖搖晃晃地走出來，因為待在黑暗中過久而頭暈眼花。

「看在老人家的分上！」鶬鶊女士喊道，「但是……我以為她被偽人抓走了！」

「她是被抓走過。」艾瑪說，「不過我們把她搶回來了！」

鶬鶊女士太興奮了，甚至連枴杖也沒拿，就從地上跳起，我得扶住她的手肘，以免她摔倒。「阿爾瑪，真的是妳嗎？」鶴鶉女士上氣不接下氣地問道。當她終於找到平衡後，朝裴利隼女士跑去，一把撈起她。「哈囉，阿爾瑪？妳在裡面嗎？」

「那是她沒錯！」艾瑪說，「她就是裴利隼女士！」

鶴鶉女士伸長手臂，把裴利隼女士翻過來又轉過去，讓她不禁尖聲鳴叫。「嗯，嗯，嗯。」鶴鶉女士瞇起眼睛、抿起嘴唇，低聲說道。「你們的院長不太對勁。」

「她受傷了。」布蘭溫說，「從內在受傷了。」

「她沒辦法再變成人類。」艾瑪說。

鶴鶉女士沉鬱地點了點頭，好像她已經知道是怎麼回事了。「她維持這樣多久了？」

「三天。」艾瑪說，「自我們把她從偽人手中搶回來時開始。」

我說：「妳的狗告訴我們，如果不快點把裴利隼女士變回來，她就永遠變不回來了。」

「是的。」鶴鶉女士說，「愛迪森說得對。」

「他也說，只有其他時鳥才能拯救裴利隼女士。」艾瑪說。

「這也是對的。」

「她變了。」布蘭溫說，「她再也不是原本的那個她。我們需要找回原本的裴利隼女士！」

「我們不能讓她就變成那種野蠻生物！」霍瑞斯說。

「所以呢？」奧莉芙說，「妳可以把她變回人類嗎？鶴鶉女士，拜託？」

我們圍繞著鶴鶉女士，朝她靠攏。挫敗感的重量似乎變得實際，壓在我們身上。

鶴鶉女士舉起雙手，示意要我們安靜。「我也希望這有那麼簡單，」她說，「或是有這麼即時。當一隻時鳥以鳥的型態存在太久，她就會僵化，像是凍僵的肌肉。如果你們太急著把她扳回原狀，她就會被折斷。她必須逐漸回到原本的狀態，一步一步、小心翼翼地慢慢來，像是在雕塑黏土般。如果我花一個晚上的時間來幫她，或許明天早上她就能恢復原狀。」

「如果她能撐到那麼久的話。」艾瑪說。

「替她祈禱吧。」鶴鶉女士回答。

那名長髮的女孩再度出現，朝我們緩緩地走來，雙手依然貼著牆。手摸到的地方，就會形成一層新的冰。在她身後，隧道已經窄得只剩下幾呎寬，再過不久，就會全部封死。我們會被關在裡面。

鶴鶉女士揮手叫女孩過來。「奧瑟雅！快跑上樓，要護士準備一間診療室。我需要所有的醫療援助！」

「妳所謂的援助，是指藥劑、注射，或是懸吊手術？」

「全部！」鶴鶉女士喊道，「動作快，這是緊急事件！」

接著，我看見女孩注意到裴利隼女士。她的眼睛睜大——這是我看過她最明顯的反應——然後開始往樓梯上移動。

這次，她是用跑的。

上樓梯時，我抓著鶴鶉女士的手臂，幫助她站穩腳步。這棟建築物有四層樓，我們正在朝頂樓前進。除了樓梯之外，整棟建築物只剩頂樓可以使用，其他樓層全都冰封住了，巨大的冰層堵在房間與走廊中。我們就像是爬過一顆空心的超巨大冰塊。

當我們快速經過一間又一間的辦公室時，我朝裡面瞥了幾眼。冰塊撐破了門，把門板推得脫離卡榫，可以透過那些縫隙看見裡頭留下劫掠的痕跡：被打翻的家具、扯開的抽屜，還有散落滿地的紙張。一枝步槍靠在桌上，槍枝的主人則被凍在半空中。一個特異者頹然倒在牆角，頭上有一整片的彈孔。他們宛若龐貝古城裡的犧牲者，只是困住他們的不是火山灰，而是冰。

實在很難想像這全出自於那個女孩的手。除了時鳥外，奧瑟雅肯定是我這輩子見過最強大的特異者之一。我抬起頭，正好看見她消失在上方的樓層，那頭蓬鬆的長髮，就像是一片模糊的殘影。

我從牆上折下一截冰柱。「這真的全是她的傑作？」我邊問邊把冰柱在手中翻來轉去。

「這的確是她做的。」鶴鶉女士在我身邊喘著氣回答。「她是……或者該說曾經是，混淆與拖延戰術部門部長的實習生。當劫掠發生的那天，她也在這裡執行她的任務。但是那時，她對自己的力量所知太少，只知道她的手掌溫度總是低得很不自然。據奧瑟雅說，她的能力只有在炎熱的夏日才比較有用處，但她從來沒想過這會是某種防禦性武器。直到她親眼看見兩隻噬魂怪在她面前吃了部長，本能的恐懼感才從體內召喚出她從不知道的強大能力。她凍住了那個房間，以及噬魂怪，然後是整棟建築物。僅花了她幾分鐘的時間。」

「幾分鐘！」艾瑪說，「我才不信。」

「我也希望能親眼在這裡見識到呢。」鷦鷯女士說，「但要是這樣的話，我就會和其他的時鳥一起被抓走了。就像葉鷹女士、方雀女士，還有克羅女士那樣。」

「她的冰沒辦法阻止偽人嗎？」我問。

「她已經阻止了大多數。」鷦鷯女士說，「有很多偽人被冰凍在建築物中。但儘管他們損失慘重，還是得到了他們想要的東西。在整棟大樓被完全冰封前，他們想辦法帶著時鳥從屋頂溜了出去。」鷦鷯女士苦澀地搖著頭。「我以我的性命發誓，有天我會親自護送那些傷害我們姊妹的傢伙下地獄。」

「她的能力最後還是沒有任何幫助。」伊諾說。

「奧瑟雅沒有辦法拯救時鳥。」鷦鷯女士說，「但是她建立了這個冰屋，這樣已經夠好了。若是沒有這棟建築，我們就沒有避難所。過去幾天裡，我把這裡當成作戰指揮中心，並把其他圈套裡的倖存者帶來這裡。這裡是我們的堡壘，是整個倫敦裡唯一安全的地方。」

「所以，目前妳有什麼進展呢？」米勒問，「那隻狗說，妳是來這裡解救妳的姊妹。運氣怎麼樣？」

「不太好。」鷦鷯女士低聲說，「我的努力目前並不成功。」

「或許雅各可以幫妳。」奧莉芙說，「他非常特別。」

鶴鶉女士看了我一眼。「是這樣嗎?你的天賦是什麼，年輕人?」

「我可以看到噬魂怪。」我有點難為情地說。「也可以感應到牠們。」

「有時候還能殺掉牠們。」布蘭溫說，「鶴鶉女士，如果我們沒找到妳，雅各就要幫助我們殺進噬魂怪看守的懲罰圈套裡，好讓我們帶回其中一隻被綁架的時鳥。事實上，或許他能幫妳……」

「你人真好。」鶴鶉女士說，「但我的姊妹們並不是被關在懲罰圈套裡。她們並不在倫敦附近，我很確定。」

「她們不是嗎?」我問。

「不，一直都不是。關於懲罰圈套的事情，是腐者們捏造出來誘捕他們在劫掠中沒逮到的時鳥。也就是我。而且他們差點就成功了。我就像個傻瓜般直直落入他們的陷阱中。懲罰圈套就像是個監牢!幸好我最終逃了出來，只留下幾道疤痕做為紀念。」

「那麼，被綁架的時鳥在哪裡呢?」艾瑪問。

「就算我知道，也不會告訴你們，因為這不是你們的事。」鶴鶉女士說，「擔心時鳥的安危並不是特異孩子們的義務，是我們要替你們擔心才對。」

「但是，鶴鶉女士，這不公平。」米勒開口，但是被鶴鶉女士的一句「我不想再聽到你們提起這件事了!」堵住了嘴。於是，事情就是這樣了。

鶴鶉女士突如其來的拒絕讓我很震驚。想想，要不是因為我們擔心裴利隼女士的安危，還勞心勞力地大老遠把她帶來這裡，她的餘生就要在鳥的形體中度過了。所以這當然是我們的事，因為這些時鳥們可沒辦法讓她們的圈套免於劫掠之災。我不喜歡鵪鶉女士用那種看待小孩的方式和我們說話，而從艾瑪皺起的眉頭看來，她也不喜歡——但是把這些話說出來似乎又太過無禮，於是我們在尷尬的沉默中爬完剩下的樓梯。

我們來到樓梯頂端，這層樓只有幾個房門是被冰封的。鵪鶉女士從霍瑞斯手中接過裴利隼女士，說道：「來吧，阿爾瑪，看看我能為妳做什麼。」

奧瑟雅從一道打開的房門中走出來，她的臉頰發紅、胸口起伏。「妳要的房間都準備好了，女士。妳要求的每樣東西都準備好了。」

「很好，很好。」鵪鶉女士回答。

「如果有需要我們幫妳。」布蘭溫說，「任何幫忙……」

「我只需要時間和安靜。」鵪鶉女士回答，「我會拯救你們的時鳥，孩子們。我用我的生命保證。」接著她轉身，帶著裴利隼女士和奧瑟雅，一起走進房裡。

我們不知道該做什麼，因此我們跟著她，在房間門口聚集。門沒有完全關上，所以我們輪流站在那向裡頭窺視。房裡點著一盞黯淡的油燈，鵪鶉女士坐在一張搖椅上，裴利隼女士則站在她的大腿上。奧瑟雅在一張實驗桌旁混合著幾種不同的液體，她不時舉起一個小瓶子，並輕輕搖晃，然後湊到裴利隼女士的鳥喙底下，就像當人快要昏厥時，拿著提神醒腦的藥放在鼻子前那樣。而整段時間裡，鵪鶉女士前後搖晃著搖椅，一手撫摸裴利隼女士的羽毛，輕哼著一首搖籃曲。

「Eft kaa vangan soorken, eft kaa vangan soorken, malaaya……」

「那是一首屬於特異者的老曲子。」米勒低語道，「回家吧，回家吧……記住你原本的模樣……之類的。」

鷦鷯女士聽見他的聲音，抬起眼來，然後對我們擺了擺手。奧瑟雅穿過房間，走過來把門關上。

「嗯，好吧。」伊諾說，「看來這裡一點也不需要我們。」

在過去的三天裡，我們的院長是靠著我們才存活下來，而現在我們卻突然變得多餘。雖然我們很感激鷦鷯女士，但她還是讓我們感覺像是被命令上床睡覺的小孩。

「鷦鷯女士知道自己在做什麼。」一個帶著俄羅斯口音的人在我們身後說道，「我們最好放心交給她。」

我們轉身，看見那個瘦骨如柴的摺疊人站在那裡，雙手交抱在胸前。

「是你！」艾瑪喊道。

「又見面了。」摺疊人說道，他的聲音深沉得像來自海底深處。「我的名字是謝爾蓋・安卓帕夫（Sergei Andropov），我是特異者抵抗軍的將軍。跟我來，我帶你們四處看看。」

「我就知道他是特異者！」奧莉芙說。

「妳才不知道。」伊諾說，「妳只是猜測而已。」

「從見到你們的那刻起，我就知道你們是特異者。」摺疊人說道，「你們是怎麼躲過追捕的？」

「因為我們很狡猾。」阿修說。

「他的意思是我們很幸運。」我說。

「但大多數的時候，我們只是很餓。」伊諾說，「這裡有食物嗎？我餓得可以吃下一整隻鴯鶓鹿了。」

僅僅是聽到別人提起食物，我的肚子就發出野獸般的咕嚕聲。抵達倫敦之後，我們就什麼也沒吃，這段時間現感覺起來就像是一輩子。

「當然有。」摺疊人說，「跟我來。」

我們跟著他穿過走廊。

「所以，跟我說說你們的特異者軍團吧。」艾瑪說。

「我們會擊潰偽人，並且奪回屬於我們的東西。他們會因為綁架時鳥而受到懲罰。」摺疊人推開走廊上的一扇門，帶領我們走進一間被破壞的辦公室，裡面有好些人睡在地上或桌子下方。當我們經過時，發現其中有幾張臉是我們在嘉年華會上見過的。那個長相平凡的男孩及捲髮的弄蛇女孩。

「他們都是特異者？」我問。

摺疊人點點頭。「他們是別的圈套的生還者。」他邊說邊為我們打開另一扇門。

「那你呢？」米勒問，「你是從哪裡來的？」

摺疊人帶著我們走進一個前廳，在那裡，我們的說話聲就不會吵醒熟睡中的特異者。這房間有兩扇巨大的木門，上面雕刻著數十種鳥形的徽紋。「我來自冰雪荒原（Icy Waste）之外的一座凍土島嶼。」他說，「數百年前，當第一隻噬魂怪降生時，牠們先襲擊了我的家園，毀了一切。村莊裡的每一個居民都死了，老弱婦孺，一個也不剩。」他的手在半空中做了一個切割的動作。「我躲在奶油攪拌機裡，靠稻草稈呼吸，而我的兄弟們就在同一間屋子裡慘遭殺害。之後，我逃來倫敦，躲避噬魂怪的攻擊。但牠們跟來了。」

「太可怕了。」布蘭溫說，「我真的覺得很遺憾。」

「總有一天，我們會復仇。」摺疊人說。他的臉色沉了下去。

「你說過了。」伊諾說，「所以，你們的軍團現在有多少人？」

「現在有六個。」摺疊人邊說邊向我們剛經過的房間比畫。

「六個人？」艾瑪問，「你是說……他們？」

「加上你們，就有十七個了。我們的人數成長很快。」

我不知道到底該笑，還是該哭。

「哇喔，等等。」我說，「我們來這裡可不是為了要從軍。」

摺疊人看了我一眼，眼神冷得足以把整個地獄冰凍起來。然後他推開那兩扇木門。

他帶領我們走進一間大房間，裡面擺著一張橢圓形的桌子，桌面打磨拋光得發亮。「這裡是時鳥委員會的會議室。」摺疊人說。

周圍的牆上全是歷代著名特異者的肖像，但不是掛在牆上的畫作，而是直接以油彩和碳粉畫在牆面上。最靠近我的一幅畫，是一張有著大眼睛的面孔。他的雙眼瞪大、嘴巴張開，而在他嘴裡，是一座小小的、還在運作的噴泉。他的嘴巴周圍以荷蘭語寫著一串格言，米勒站在我身邊翻譯道：「長者的口是智慧的泉源。」

在那旁邊還有另一串句子，是以拉丁文寫成。「Ardet nec consomitur。」梅琳娜說，「被焚燒，但不致滅亡。」

「還真是配合現狀啊。」伊諾說。

「不敢相信我現在真的在這裡。」梅琳娜說，「我花了這麼多時間研究這個地方，做夢都想著要來這裡。」

「這只是個房間而已。」伊諾說。

「對你來說只是個房間。但對我而言，這裡是整個特異者世界的核心。」

「一個被挖掉的核心。」某個新的聲音加入對話，我看過去，卻看見那個在嘉年華會上見到的小丑，正朝我們大步走來。「寒鴉女士（Miss Jackdaw）被抓走時，就站在你們現在所站的位置。我們在那裡找到一大把她的羽毛。」他操著一口美國式英文，在我們前面幾呎的位置站定，一手插在腰上。「這就是他們？」他朝摺疊人問道，用一隻火雞腿指著我們。「我們要的是士兵，不是小蘿蔔頭。」

「我已經一百一十二歲了！」梅琳娜說。

「對，對。我已經聽過很多次了。」小丑說，「順帶一提，當我在嘉年華會裡看到你們時，我就知道你們是特異者。你們是我所見過最明顯的特異者團體。」

「我也是跟他們這麼說。」摺疊人說。

「我想不通他們是怎麼逃過追捕的，還從威爾斯一路跑來這裡。」小丑說，「事實上，我覺得這很可疑。你們確定你們當中真的沒有偽人嗎？」

「你敢這樣說我們！」艾瑪說。

「我們是被抓到過。」阿修驕傲地說，「但是帶走我們的偽人沒辦法活著跟你說這個故事。」

「嗯哼，我還是玻利維亞的國王咧。」小丑說。

「那是**真的**！」阿修吼道，臉頰脹得通紅。

小丑舉起雙手。「好啦，好啦，冷靜點，孩子！如果你們的身分不合格，我相信鷦鷯不會放你們進來的。好了，我們做個朋友吧，吃一隻火雞腿。」

不需要他提醒，我們已經餓到沒辦法繼續對他保持敵意了。

小丑帶我們走到一張堆滿食物的桌子旁。烤栗子和烤肉，那些我們在嘉年華會中一直避免自己受到誘惑的食物。我們圍繞著桌子，毫無顧忌地把食物塞進嘴裡。摺疊人只吃了五顆櫻桃和一小截麵包，就說他這輩子沒吃得這麼飽過。布蘭溜沿著牆壁踱步，心中因惦記著太多事情而不太吃得下。

吃飽後，整張桌子就像是戰爭結束後的戰場，堆積著啃過的骨頭，桌面上充滿油膩的痕跡。小丑向後靠在椅背上，說道：「所以，特異孩子們。你們的故事是什麼？為什麼要從威爾斯跑來這裡？」

艾瑪擦了擦嘴說：「為了找人幫助我們的時鳥。」

「那在她得到幫助之後呢？」小丑說，「之後你們要幹嘛？」

我正忙著把最後一點麵包泡進火雞的烤肉汁裡，但在聽到這句話時，我抬起眼睛看向他。這個問題太直接、太簡單，也太顯而易見，不敢相信我們之前完全沒想過。

「別說這種話。」霍瑞斯說，「你會害我們觸霉頭的。」

「鶼鶼是個奇蹟製造者。」小丑說，「沒什麼好擔心的。」

「我希望你說的沒錯。」艾瑪說。

「我當然說得沒錯。所以，有什麼計畫？你們當然會留下來幫助我們戰鬥，但是你們要睡在哪裡？先說好，不是和我睡，我的房間是單人房。很少有例外。」他看著艾瑪，挑起眉。「注意，我說的是很少。」

在那個瞬間，所有人都把目光轉向牆上的畫作或開始調整自己的衣領，只有艾瑪的臉色變得鐵青。或許我們都太悲觀了，認為成功的可能性太小，所以沒人在意若成功拯救了裴利隼女士之後要做什麼。或者，過去幾天中遭遇到的危險，讓我們認為根本沒有機會思考這個問題。不管是什麼原因，小丑的話都讓我們措手不及。

如果我們真的做到了呢？如果裴利隼女士現在走進這個房間，已恢復原本的樣子呢？

最後，給出答案的人是米勒。「我想我們會再度往西前進，回到我們出發的地方。裴利隼女士會再製造出另一個圈套，一個不會被人發現的圈套。」

「就這樣？」小丑說，「你們要躲起來？那其他的時鳥呢——那些運氣沒那麼好的時鳥呢？我的時鳥呢？」

「拯救全世界不是我們的工作。」霍瑞斯說。

「我們不是在試著拯救全世界，只是在拯救特異者的世界。」

「嗯，那也不是我們的工作。」霍瑞斯的聲音聽起來虛弱又防衛，似乎是因為自己這麼回答而感到羞愧。

小丑傾身向前，怒視著我們。「那麼，這應該是誰的工作？」

「一定有人能做到。」伊諾說，「某些有更精良的裝備、專門受訓來做這類事情的人……」

「腐者們在三週前做的第一件事，就是攻擊特異者防衛隊。四天之內，防衛隊就四散了。在他們消失、時鳥們也消失之後，誰來負責保護特異者的世界？啊，這個責任現落到你我身上。」小丑把他的火雞腿扔下。「你們這些懦夫讓我感到噁心。我沒胃口了。」

「在這麼長的旅程後，他們都累壞了。」摺疊人說，「饒了他們吧。」

小丑像個尖酸刻薄的老師般揮舞著他的手指。「嗯哼。沒人可以吃閒飯。我不在乎你們在這裡待一小時或一個月，只要你們還在這裡，就得參與戰鬥。現在你們只是一群骨瘦如柴的小鬼，但都是特異者，所以我知道你們都有隱藏的天賦。讓我看看你們有什麼能力！」

他站起來，朝伊諾走去，伸出手來，好像要藉由搜身來找出伊諾的天賦。「喂，那個你。」他說，「露一手來瞧瞧！」

「我需要一個死人來示範。」伊諾說，「如果你敢碰我，那個死人就是你。」

小丑轉而面向艾瑪。「那妳呢，甜心？」艾瑪舉起一隻手指，讓火焰在指間跳躍，像是一支生日蠟燭。小丑笑了起來。「幽默！我喜歡。」接著他轉向盲眼兄弟。

「他們有特殊的腦內連結。」梅琳娜站出來，擋在小丑與兩兄弟之間。「他們能用聽力視物，而且知道對方心裡在想什麼。」

小丑拍了拍手。「終於有點有用的了！他們可以當我們的守衛，一個人待在嘉年華會，另一個留在這裡。若是外面出了什麼差錯，我們立刻就會知道！」

他推開梅琳娜，兩兄弟害羞地避開了他。

「你不能分開他們！」梅琳娜說，「喬爾和彼得不喜歡離對方太遠。」

「而我不喜歡被隱形的屍體怪物獵殺。」小丑說，然後開始動手把哥哥從弟弟身邊拉開。兩個男孩的手臂勾著對方，大聲哀嚎，彈著舌頭，眼珠瘋狂地快速轉動。就在我準備插手阻止時，兩兄弟還是被分開，兩人發出一聲尖叫，大聲而尖銳，我以為我的頭就要裂開了。桌上的餐盤粉碎，所有人都蹲了下來，用手摀住耳朵。我想我聽見下方冰層裂開的聲音。

回音消散之後，喬爾和彼得緊抓著對方，在地上瑟瑟發抖。

「看看你做了什麼！」梅琳娜對小丑喊道。

「老天，他們太驚人了！」小丑說。

布蘭溫用一隻手掐住小丑的脖子，把他舉了起來。「你要是繼續糾纏我們，」她平靜地說，「我會把你的頭塞進牆壁裡。」

「真是……抱……歉……啊。」小丑從喉頭中擠出一絲聲音說道，「放……我……下來……好……嗎？」

「好啦，小溫。」奧莉芙說，「他道歉了。」

布蘭溫不情願地把他放回地面。小丑咳了幾聲，然後調整好他的戲服。「看來我錯估你們了。」他說，「你們會替我們的軍隊增加不少戰力。」

「我說過了，我們不會加入你們的蠢軍隊。」我說。

「說到底，戰鬥的意義是什麼？」艾瑪說，「你們甚至不知道時鳥在哪裡。」

摺疊人從椅子上站了起來，居高臨下地看著我們。「重點是，如果腐者們逮到剩下的時鳥，一切就無法挽回了。」他說。

「他們看起來已是勢不可擋了。」我說。

「如果你們這麼想，那你們顯然什麼都不知道。」小丑說，「如果認為在你們的時鳥恢復後，腐者就會停止獵殺，那你們就比外表看起來還笨。」

霍瑞斯站起身來，清清喉嚨。「你已經告訴我們最壞的情況了。」他說，「最近幾天，我們聽過太多最糟的情況。但從沒人談論到最好的情況會是什麼。」

「喔，顯然你有很多好話可說。」小丑說，「來吧，夢想家。把你的理論告訴我們。」

霍瑞斯深呼吸，鼓起勇氣。「偽人們想要的是時鳥，現在他們也抓到了大部分。也就是說，這就是偽人們要的。現在他們可以進行最邪惡的計畫，而他們也這麼做了：他們成為超級偽人，或半人半神，或其他可能的東西。到那時候，他們就不再需要時鳥或特異者，也不再需要圈套。他們會去別的地方當他們的半神，不會再來騷擾我們。事情會恢復正常，甚至比過去更好。因為不會再有人想要吃掉我們，或綁架時鳥。那時候，我們或許就能放個長假，像原本那樣。我們可以去看看這個世界，把腳趾踩進美麗的沙子裡，而非一整年都冷冰冰、灰濛濛的海灘。所以，我們為什麼要在這裡戰鬥？那樣我們會自投羅網，或許在沒人干涉的情況下，一切都會變得美好。」

有段時間，沒人說話。接著小丑開始大笑，笑得停不下來，最後從椅子上摔下，笑聲在牆壁間迴盪。

接著伊諾說：「我無話可說了。等等，不對，我有話要說！霍瑞斯，這是我聽過最扯、最天真又最懦弱的夢話了。」

「但這是有可能的。」霍瑞斯堅持道。

「對，就像月亮也有可能是起士做的。別做夢了。」

「我現在就能結束你們的爭執。」摺疊人說，「你們想知道偽人能無法無天之後，會對我們做什麼嗎？來，我帶你們去看。」

「心臟夠強的人才能來。」小丑邊說邊看向奧莉芙。

「如果他們都能接受，我也行。」奧莉芙說。

「我已經警告過嘍。」小丑聳聳肩。「跟著我們。」

「我不會讓你拖著我們下水的。」梅琳娜說，然後將顫抖的盲眼兄弟從地上扶起來。

「那妳就留在這裡。」小丑說，「任何不想被淹死在水裡的人，跟上。」

臨時醫療中心裡，傷患們躺在不成系列的病床上，一名擁有凸出大眼的護士正在看護他們。這裡有三名病人——如果你想這麼稱呼他們的話——一個男人和兩個女人。男人側著身體，精神處於半崩潰狀態，喃喃自語，嘴角流著唾液。其中一名女人則是盯著天花板，臉上沒有任何表情，另一名女人則縮在棉被底下，輕聲呻吟，宛若在噩夢中掙扎。我們這群人中的幾個孩子站在門外觀望，似乎擔心他們正在經歷的痛苦是會傳染的。

「今天他們的狀況如何？」摺疊人朝護士問道。

「惡化了。」她回答，在病床間來回奔忙。「現在我得讓他們一直保持麻醉狀態，否則就會不停哀嚎。」

這些傷患都沒有明顯外傷、沒有染血繃帶，也沒有固定斷肢的支架，更沒有盛裝著紅色液體的臉盆。比起醫院，這房間更像是精神病院。

「他們怎麼了？」我問，「他們是在劫掠中受傷的嗎？」

「不。是鵪鶉女士帶他們來的。」護士回答，「她發現他們被遺棄在一間醫院裡，那裡已經被偽人改建成某種醫學實驗中心。這些可憐的人們是他們的白老鼠，經歷過無法言喻的可怕實驗。」

「我們找到他們的舊紀錄。」小丑說，「好幾年前他們被偽人綁架。大家都以為他們死了。」

護士從喃喃自語的男子床頭拿下一張紀錄表。「這位先生名叫班特略，他過去曾經熟知一百種語言，但現在，只會說一個詞，不斷重複著同一個詞。」

我悄悄靠近床邊，看著他的嘴型。呼叫，呼叫，呼叫，他說道。呼叫，呼叫，呼叫。

那是囈語。他已經神智不清了。

「那邊那位女士。」護士用手中的紀錄表指向呻吟的女人。「她的紀錄上說她會飛，但我從沒看過她飄離床舖超過一吋的高度。剩下的這位，她應該要是隱形的才對，但她現在就像日照般讓人看得一清二楚。」

「他們有受到折磨嗎？」艾瑪問。

「顯然是有，他們都被折磨到發瘋了！」小丑說，「他們都被折磨到忘了怎麼當個特異者了。」

「你可以折磨我一整天。」米勒說，「我也絕不會忘記怎麼隱形。」

「讓他們看看那些疤。」小丑對護士說道。

護士伸長手臂，將被單從毫無動靜的女子身上拉開。她的肚子上布滿紅色的細疤痕，脖子和下顎也是，每一條疤都和香菸差不多長。

「我不會說這是折磨的證據。」米勒說。

「那請問這叫做什麼？」護士惱怒地問道。

米勒忽略她的問句。「還有更多傷疤嗎？或者這就是全部了？」

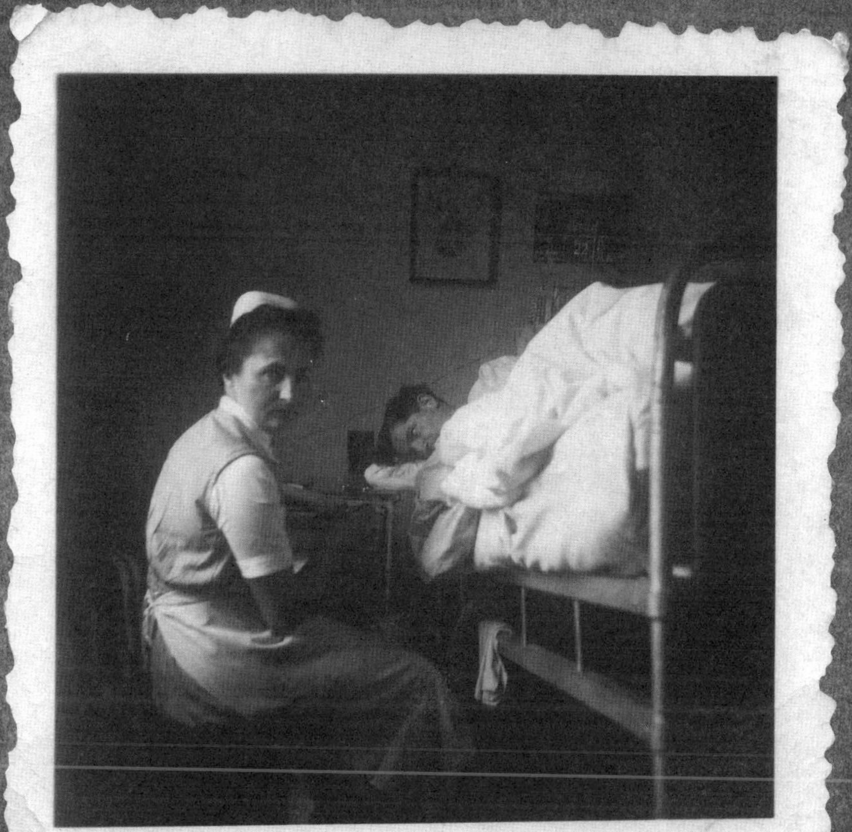

「當然還有更多。」護士把被單掀起來，露出女人的腳。女子的膝蓋後方、大腿內側和腳底，也都布滿傷痕。

米勒彎下腰去檢視她的腳。「傷疤在這種位置實在很不尋常，妳說呢？」

「你想做什麼，米勒？」艾瑪問。

「安靜。」伊諾說，「如果他想扮演大偵探福爾摩斯，就讓他演吧。我願意欣賞。」

「我們乾脆割他十刀好了。」小丑說，「到時候再來問他那樣算不算折磨！」

米勒越過房間，走到低語的男人床邊。「我可以檢查他嗎？」

「我很確定他不會拒絕你。」護士。

米勒把被單從男人的腳上掀起來。在他的一隻腳上，也有和那女人一樣的傷疤。

護士的手比向縮在被單下的那名女子。「如果你想知道，她的腳下也有一樣的傷痕。」

「夠了。」摺疊人說，「如果這不是折磨，那會是什麼？」

「探索。」米勒說，「這些切口都非常精準，是手術的痕跡。這些傷口不是為了製造疼痛，因為他們都是在麻醉狀態下開刀的。偽人們在找某樣東西。」

「所以他們在找什麼？」艾瑪問，但她一點也不想知道答案。

「有個傳說是關於特異者的腳。」米勒說，「你們有誰記得？」

霍瑞斯說道：「特異者的腳底是其靈魂之窗。但這是為了騙小孩編出來的，要讓孩子們在戶外玩耍時穿上鞋子。」

「或許是，或許不是。」米勒說。

「別開玩笑了！你覺得他們是在找……」

「特異者的靈魂。而且偽人們成功了。」

小丑大笑出聲。「一派胡言。他們失去了特異能力，所以你就覺得他們的第二靈魂被移除了？」

「一部分是。現在大夥兒都知道，偽人已經花了好幾年的時間在研究第二靈魂了。」

我想起和米勒在火車上的對話，因此我說：「但你告訴我，特異者的靈魂正是我們可以進入圈套的原因。如果這些人的靈魂消失了，他們怎麼有辦法待在這裡？」

「嗯，我想他們並不真的在這裡，對吧？」米勒說，「我的意思是，他們的心智絕對在別處。」

「你現在真的在胡說了。」艾瑪說，「我覺得你扯得夠遠了，米勒。」

「再忍耐我一下。」米勒說。他現在正在來回踱步，逐漸興奮起來。「我想你們從來都沒聽過正常人能進入圈套，對吧？」

「沒有，因為大家都知道這完全不可能。」伊諾說。

「幾乎不可能。」米勒說，「那很不容易，也很難做得漂亮，但是的確有發生過……一次。那是裴利隼女士的兄弟進行的一次不合法實驗，我記得那是好幾年前，在他發瘋後組織起後來變成偽人的分裂團體之前。」

「那為什麼我完全沒聽過？」伊諾問。

「因為這件事情實在太具爭議，而且實驗的結果立刻就被封鎖了，沒有人可以重新進行那個實驗。這證明你能帶著普通人類進入圈套，但那是強迫，唯有具備時鳥力量的人才能做到。一般的人類並沒有第二靈魂，因此他們無法承受圈套裡的時間悖論，大腦會變成一團爛泥。在他們進入圈套的那刻起，就會變成流著口水、精神異常的植物人。就像眼前的這些可憐人一樣。」

在米勒的話音落下後，房間裡一陣沉默。然後艾瑪舉起手遮住嘴巴，低聲說：「喔，該死。他說得對。」

「嗯，既然如此。」小丑說，「那麼，事實比我們想的更糟。」

我感覺到空氣從房中抽離。

「我不確定有沒有聽懂。」霍瑞斯說。

「他說那些怪物們偷走了他們的靈魂！」奧莉芙喊道，然後她哭著衝向布蘭溫，把頭埋進她的大衣裡。

「這些特異者們不是失去了他們的能力。」米勒說，「他們的能力是被偷走的，連同他們的靈魂，一起餵給了噬魂怪。這讓噬魂怪得以進入圈套，也就是為什麼他們對特異者的世界造成這麼大的破壞。牠們為偽人抓到更多的特異孩子，好讓他們可以利用那些靈魂，製造出更多進化的噬魂怪。就這樣惡性循環下去。」

「所以他們想要的不只是時鳥。」艾瑪說，「還有我們，以及我們的靈魂。」

阿修站在男人的床尾，他僅剩的最後一隻蜜蜂在他身邊憤怒地飛舞著。「這麼多年來，他們都在綁架特異孩子們……而這就是他們要做的？我還以為那些孩子只是被丟去當噬魂怪的食物。但是這……這比當食物還要糟糕太多了。」

「誰知道他們會不會也想要抽走時鳥們的靈魂？」伊諾說。

這個念頭讓我們全都背脊一涼。小丑轉向霍瑞斯說：「你推測的那些最好的狀況呢？現在看起來如何？」

「不要嘲弄我。」霍瑞斯說，「我會咬人。」

「大家都出去！」護士命令道，「不管有沒有靈魂，這些人都生病了。這裡不是讓你們吵嘴的地方。」

於是，我們陰鬱地來到走廊上。

「好了，你已經給我們看過恐怖秀了。」艾瑪對小丑和摺疊人說，「而且我們真的嚇壞了。現在，告訴我，你們到底要什麼。」

「很簡單，」摺疊人說，「我希望你們能留下來參與戰鬥。」

「原本以為我們已經讓你們看到非留不可的原因了：這是為了你們好。」小丑說。他伸手拍了拍米勒的背。「但你們的朋友做得比我們更好。」

「留下來為了什麼而戰？」伊諾說，「時鳥們甚至不在倫敦，鶴鶉女士已經告訴我們了。」

「別再提倫敦了！倫敦的任務已經結束！」小丑說，「戰鬥就是在這裡發生的，我們輸了。等鶴鶉從那些毀壞圈套中找到的生還者全部帶來後，我們就要整裝出發，去別的大陸、別的圈套。別處一定還有更多的倖存者，還有像我們這樣願意繼續奮鬥的特異者。」

「我們會建立起軍隊。」摺疊人說，「**真正的**軍隊。」

「至於尋找時鳥的部分。」小丑說，「那不是問題。我們會抓住一個偽人，然後嚴刑拷問，直到他給出答案為止。我們會要他把歲月地圖（Map of Days）交出來。」

「你們有歲月地圖？」米勒說。

「我們有兩份。特異者檔案館就在樓下，你知道的。」

「這的確是好消息。」米勒的聲音裡充滿了興奮之情。

「要逮到偽人，說的比做的容易。」艾瑪說，「他們會說謊。說謊是他們的專長。」

「那我們就抓兩個，然後交叉比對他們的謊言。」小丑說，「他們老是在這附近探頭探腦，所以下次再讓我們看見……砰！我們就會抓住其中一個。」

「不需要等。」伊諾說，「鵪鶉女士說這棟屋裡現在就有偽人。」

「當然。」小丑說，「但他們全凍僵，徹徹底底的死了。」

「那不代表他們不能被拷問。」伊諾說。一抹笑容在他臉上擴大。

小丑轉身面向摺疊人。「我真的開始喜歡上這些小怪胎了。」

「所以你們和我們是同一陣線了？」摺疊人問，「你們會留下來一起戰鬥了嗎？」

「我還沒這麼說。」艾瑪說，「給我們一分鐘，好好討論這件事。」

「有什麼好討論的？」小丑說。

「當然，慢慢來。」摺疊人邊說邊拉著小丑往走廊的另一端移動。「來吧，我去泡咖啡。」

「好啦。」小丑不情願地回答。

我們圍成一個圈，就像這段過程中每次遇到麻煩時一樣。只是，這次我們不是七嘴八舌地大吼大叫，而是按照順序，一個個輪流開口。這裡發生的一切，讓我們的心神沉鬱了起來。

「我認為我們應該要留下來戰鬥。」阿修說，「我們現在知道偽人在搞什麼了。如果就這樣拋下他們，回到原本的生活，假裝這一切都沒有發生，我沒辦法原諒自己。現在唯一值得尊敬的行為就是戰鬥。」

「試著生存下去也是值得尊敬的事。」米勒說，「我們的族人生存了二十個世紀，他們是隱居，而不是戰鬥。所以或許我們需要的是更好的躲藏之道。」

布蘭溫轉向艾瑪說：「我想知道妳的看法。」

「對，我想知道艾瑪的看法。」奧莉芙說。

「我也是。」讓我驚訝的是，伊諾也這麼說。

艾瑪深吸一口氣，說道：「發生在其他時鳥身上的事實在太可怕了。那是一種犯罪，而我們的未來很有可能與她們的存亡脫不了關係。但儘管如此，我的忠誠不是屬於她們，而是屬於我的救命恩人——裴利隼女士。只屬於裴利隼女士。」她停下來，點點頭，像是在測試並確認自己話裡的平靜感。然後繼續說道，「等她再度恢復原本的樣子，天知道是什麼時候，我會做任何她要求我做的事。如果她要我戰鬥，我就會戰鬥；如果她要我們再找個圈套躲起來，我也會照做。不管如何，我的信念都不會改變：裴利隼女士是對的。」

其他人考慮了這番話語。最後，米勒說：「說得好，布魯小姐。」

「裴利隼女士是對的！」奧莉芙歡呼道。

「裴利隼女士是對的！」阿修附和。

「我不管裴利隼女士怎麼說。」霍瑞斯說，「我會留下來戰鬥。」

伊諾發出一聲爆笑。「你？」

「每個人都認為我是個膽小鬼。我要藉此證明他們錯了。」

「不要為了幾個無傷大雅的玩笑就放棄你的生命。」阿修說，「誰管別人是怎麼想啊？」

「不只是這樣。」霍瑞斯說，「記得我在石洲島上看到的幻象嗎？我瞥見時鳥們被關的地方。我無法明確地指出地點，但我很確定，當我看到時，我會認得那個地方。」他用食指點了點自己的額頭。「在我腦子裡的東西很可能會替他們省掉一堆麻煩，也能拯救那些時鳥。」

「如果一部分的人挺身戰鬥，另一部分的人留在後面。」布蘭溫說，「我會保護留下來的人。保護他人是我的天職。」

然後阿修轉向我，問道：「那你呢，雅各？」我突然覺得口乾舌燥。

「對啊。」伊諾說，「你怎麼想？」

「嗯。」我說，「我……」

「我們散散步吧。」艾瑪邊說邊勾住我的手臂。「你我需要談談。」

我們緩緩走下樓梯，在抵達最底端之前什麼也沒說。隧道入口已被奧瑟雅封了起來，形成一道弧形的冰牆。我們坐下來，盯著冰，看了好長一段時間，看著裡面被封住的軀體在昏暗的光線中扭曲變形，就像藍色琥珀中包覆的標本。我們只是坐在那裡，而從大夥兒累積的沉默來判斷，我知道接下來的對話會很難熬，因沒有一個人想要先開口。

最後，艾瑪說：「嗯，所以？」

我說：「我和其他人一樣，我想知道妳怎麼想的。」

艾瑪笑了一聲，但那笑聲聽起來不是開心，而是侷促。「我不確定你想知道。」

她說得對。但我還是催促她說。「快點啦。」

艾瑪把一隻手放在我的膝上，然後又收了回去。她不安地換了個姿勢。我的胸口一陣緊繃。

「我覺得，這是你該回去的時候了。」艾瑪終於說。

我眨了眨眼睛，花了一點時間叫自己相信她真的這麼說了。「我不懂。」我喃喃說道。

「你說你被送來這裡一定有原因。」艾瑪很快地說，眼神盯著自己的大腿。「那就是來幫助裴利隼女士。現在看來，她應該沒有大礙。如果你曾欠她任何東西，現在也還清了。你對我們的幫助遠超過你的想像。現在，你該回家了。」她的話說得又快又急，像是這些令人痛苦的念頭已藏在心裡很久了，現在終於能夠擺脫它們。

「這裡就是我的家。」我說。

「不。」艾瑪堅持道。她抬眼看著我。「特異者的世界正在消亡，雅各。這是個失落的夢境。就算現在有奇蹟發生，讓我們能對抗腐者，並且戰勝，我們也永遠都會活在過去的陰影下。我們要面對的是破碎與混亂。而你*擁有*一個家，一個沒有被毀滅的家，還有愛你的雙親。」

「我已經說過了。我不想要那些。我選擇的是*這裡*。」

「你做過承諾，你也遵守了。而現在那都已經結束了，你得回家。」

「不要一直這麼說！」我喊道，「妳為什麼要推開我？」

「因為你有一個真實的家庭、真實的家園，如果你以為我們會選擇這個世界，而不是你所擁有的一切——你以為我們不會放棄我們的圈套、我們的歸屬，以及我們的特異能力，只為了嘗試你的世界——那你就是活在幻想裡。光是想像你拋棄那一切，就讓我覺得很不舒服——究竟是為了什麼？」

「為了妳，妳這白痴！我愛妳！」

我不敢相信我這麼說了。艾瑪也無法相信。她的嘴巴大大張開。「不。」她說，奮力搖著頭，像是要抹去我剛說的話。「不，這對現況一點幫助也沒有。」

「但那是*事實*！」我說，「妳覺得我為什麼要留下來而選擇不回家？那不是因為我爺爺，也不是因為什麼責任感，*完全*不是，也不是因為我討厭我的父母，或不喜歡我的家和那些優渥的生活環境。我留下來是為了妳！」

有段時間，艾瑪一句話也沒說。她只是點點頭，然後轉開視線，手指爬過她的頭髮，露出一塊我沒有注意到的白色水泥碎屑。那讓她看起來突然老了許多。

「這是我的錯。」艾瑪最終說道，「我不該吻你的。或許我讓你誤解了什麼，對不是事實的事物信以為真。」

這句話刺傷了我，我反射性地縮起身子，像是要保護自己。「如果妳不是這個意思，就不要這麼說。」我說，「或許我沒什麼約會經驗，但不要把我當成那種可憐兮兮的輸家，好像只要看到漂亮女生的臉就什麼事都不會做了。妳沒有強迫我留下來。我留在這裡，是因為我想這麼做，因為我對妳的感覺，就像我對其他事物的感覺一樣真實。」我讓這段話懸在空中，感受其中的真實性。「妳也有這種感覺。」我說，「我知道妳有。」

「我很抱歉。」艾瑪說，「我很抱歉，這麼說太殘酷了，我不該說出來的。」她的雙眼泛著淚光，用手臂抹了抹眼睛。她試著把自己偽裝得像石頭般堅強，但現在，那層表面正在崩落。「你說得對。」她說，「我非常在乎你。所以沒辦法看著你為了沒有意義的事情白白死去。」

「我不會的！」

「該死，雅各，你會！」她氣得不自覺地點燃手中的火焰。幸好她的手已不在我的膝蓋上。她雙手合十，熄滅火焰，然後站了起來。她指向冰塊中的某處，「看到桌上那盆植物了嗎？」

我點點頭。

「它看起來是綠色的，被冰塊永久保存下來。但它的內在已經死了。在冰溶化後，會變成褐色，然後粉碎。」她和我的視線交會。「我就像那株植物。」

「妳不是。」我說，「妳很……完美。」

她的面孔變得緊繃，強迫自己保持耐性，像是在對冥頑不靈的小孩解釋什麼事情。她再度坐下，牽起我的手，貼在她光滑的臉頰上。「這個？」她說，「這是個謊言。這不是真正的我。如果你能看見真實的我是什麼樣子，你就不會想要我了。」

「我不在意這種事情……」

「我是個老女人了！」她說，「你覺得我們年齡相仿，但我們不是。眼前這個你說你愛的人，她其實是個醜老太婆，一個躲在女孩體內的乾癟老女人。你是個年輕人、是個男孩，對我來說，你就像個小嬰兒。你無法想像隨時在死亡邊緣徘徊是什麼感覺。你也不該了解。我永遠也不希望你了解。你還有長長的人生可以期待，雅各。而我的人生已經耗盡了。只要再過一天……我想就快了，我會死去，變成塵土。」

她的語氣冰冷，像在陳述一個定局。我知道她相信這些話。這麼說讓她很痛苦，就像我聽見時一樣痛苦。但我知道她為什麼要這麼說。她正試著用她的方式拯救我。

但這仍然很傷人，部分是因為我知道他說的是實話。如果裴利隼女士恢復原狀，那麼我在這裡的任務就完成了：解決爺爺留下來的謎團，把我的家庭欠裴利隼女士的一切還清。我也在這裡經歷了夢想般的生活，或者，至少是一部分。這一刻，我的義務只剩下我的父母。對艾瑪來說，儘管我一點也不在乎她是不是比我老，抑或者和我完全不一樣，她已經下定決心，而且不會被任何事情動搖。

「也許在這一切都結束之後。」艾瑪說，「我會寄給你一封信。你也會回我一封。也許某天，你會再見到我。」

一封信。我想到在她房裡找到的那只覆滿塵土的箱子，裡面堆著爺爺寄給她的信。對她來說我只像是那樣嗎？一個和她隔海相望的老人？一個回憶？此刻我才發現，我正在以一種完全沒想過的方式步上爺爺的後塵。不論從哪個方面來說，我都在做他曾經做過的事。而或許在將來的某一天，當我變得太老、太慢、太掉以輕心時，也會經歷和他相同的死亡。艾瑪會繼續活著，在沒有我們倆的生活中繼續前進。也許某天，會有人在她的衣櫃裡找到一箱屬於我的信，就在爺爺的箱子旁，然後好奇我們對她究竟代表什麼。

「如果你們需要我呢？」我說，「如果噬魂怪回來了呢？」

淚水在她眼中閃爍。「我們會找到辦法的。」她說，「聽著，我沒辦法繼續談下去了。我真的覺得心臟會受不了。我們可以回去告訴其他人，你的決定了嗎？」

我咬緊牙關，突然很生氣她這麼刻意地逼我做出選擇。「我什麼都還沒決定。」我說，「是妳做了決定。」

「雅各，我告訴過你了……」

「對，妳告訴過我了。但我還沒有下定決心。」

她雙手在胸前交疊。「我可以等你。」

「不。」我邊說邊起身。「我需要一個人想一想。」

然後，我留下她，一個人走上樓。

第十三章

我靜靜地穿過走廊。我在時鳥們的會議室外站了好一會兒，聽著裡頭傳來的動靜，但我沒走進去。我悄悄往醫務室裡瞥了一眼，看見護士坐在一張位於病床間的高腳椅上打盹，床上的特異者們此時都只剩下一半的靈魂。我把鷦鷯女士的房間門推開一點，看著她把裴利隼女士放在大腿上，緩緩搖動搖椅，手指溫和地撫弄著她的羽毛。我沒和任何人說半句話。

穿越空曠的走道與亂七八糟的辦公室，試著想像，如果在這一切結束後，我選擇回家，家應該要是什麼樣子。我又該和我爸媽說些什麼？我想，我大概什麼也不會說。反正他們永遠也不可能相信我。我會說我其實發瘋了，才會寫一封通篇胡言亂語的信給爸，接著跳上一艘船逃走。他們會說，這是一種壓力反應，想盡辦法用各種身心發展失調的理論來歸結我的行為，然後幫我開藥。他們會怪高倫醫生建議我去威爾斯，因為從此之後他便銷聲匿跡。他們會說他跑路了，因為他是個騙子，我們根本就不該相信那個庸醫。而我會再度變回那個可憐兮兮又精神受創的富二代雅各。

這簡直就像是一種刑罰。但若是留在這裡唯一的原因，現在也不需要了，我不會自我貶低到死纏著她不放。我有我的尊嚴。

在經歷過這段特別的日子後，我還能忍受佛羅里達的生活多久呢？我已經完全成了另一個人，和以前那個普通的我徹底不同。或者，我本來就不是個普通人，而現在我終於知道了。我已經改變了，至少這給了我一點希望：就算在最平凡的環境裡，我還是有可能找到一些方法活出精采的人生。

對，我想離開是最好的選擇。如果這個世界就要毀滅，我卻束手無策，那為什麼要留在這裡呢？我們只能繼續逃亡、繼續躲藏，直到再也沒有安全之處可躲、再也沒有圈套能維持我朋友們的年輕外表。我留下來是為了要見證他們的死亡，是為了在艾瑪崩毀、粉碎時抱住她。

對我來說，那比任何噬魂怪更致命。

所以，對，我會離開。我會找回我舊人生中尚存的一切。再見，特異者們。再見，特異者世界。

這是最好的選擇。

我四處閒晃，直至來到走廊的一處，房間只被凍住一半，冰從地面上冒出來，停在半途，像是沉船中的水流，讓桌面與檯燈的上半截像疲憊的游泳選手般露在冰層之外。冰凍的窗戶外，太陽正在西沉。長長的影子投射在牆上，並在樓梯口破碎成更多的影子。光線消失後，影子染上一層藍色，將周遭的所有東西都抹上一層海水藍。

突然發現，這或許是我在特異者世界裡的最後一晚了。這是我和這輩子最好的朋友們相處的最後一晚。我和艾瑪的最後一晚。

我為什麼要獨自一人度過呢？因為我很難過，因為艾瑪傷害了我的自尊，我有充分的理由可以憂鬱。

夠了。

就在我轉身準備離開房間時，我感覺到了：肚子裡那股熟悉的糾結感。

噬魂怪。

我停下腳步，等待另一波疼痛侵襲。我需要更多資訊。疼痛的嚴重程度和噬魂怪與我的距離有關，而疼痛的頻率則與噬魂怪的強度有關。當兩個強大的噬魂怪在追殺時，我感應到的是一長串毫無間斷的抽筋感，但我此刻感受到的，卻是相隔很久之後才出現的一次抽痛，且非常輕微，幾乎不敢確定我的感應是正確的。

我緩緩走出房間，沿著走廊往前。就在我經過第二扇門前，感覺到第三次抽痛：這次稍微強烈一點，但依然輕微得像是耳語。

我試著小心翼翼地推開房門，盡可能不發出聲音，但它被冰封死了。我必須拉住門把，然後對它又搖又踢，直到它向後彈開，露出房裡長到胸口高度的冰塊。我小心地靠近冰塊，往裡窺伺。儘管光線昏暗，我還是一眼就看見了噬魂怪。牠蹲坐在地上，身體被冰困住，直抵黑色眼球的高度，僅有半顆頭露在冰塊外，其他危險的部分，牠的爪子、牙齒和舌頭，都被困在冰塊之中。

牠還有一點生命跡象，但心跳緩慢得幾乎像是快要停止，也許一分鐘才跳一下。每次的心跳，都在我體內造成一陣疼痛。

我站在門口盯著牠看，有點著迷，有點緊繃。牠失去意識、失去行動力，非常地脆弱。爬上冰塊，把冰椎刺進噬魂怪的頭骨裡，會是件非常輕易的事。如果有人知道這裡有隻噬魂怪，他們絕對會這麼做。但是有某種感覺阻止我這麼做。牠現在沒有造成任何威脅。每一隻和我接觸過的噬魂怪都會在心中留下印記，我會在夢中看見牠們腐爛的面孔。

我很快就要回家了，之後我就不再是「噬魂怪殺手」雅各。我不需要把它也留在記憶中，這已經跟我無關了。

我退出房間，關上房門。

當我回到會議廳時，外面的天色幾乎全暗。因鷦鷯女士不讓大家點油燈，以免被外面的人看見，所以大家聚在一張大檜木桌邊，桌上擺著幾根蠟燭，有些人坐在椅子上，有些人則雙腳交疊地坐在桌上，低聲說著話，低頭打量著什麼。

門推開後，所有人都轉過頭來看我。「鷦鷯女士？」布蘭溫充滿希望地問道，在椅子裡直起身子、瞇起雙眼。

「那只是雅各而已。」另一個黑暗的身影說道。

失望的嘆息聲此起彼落。接著，布蘭溫說：「喔，哈囉，雅各。」接著把注意力轉回桌面。

當我走向他們時，和艾瑪對上視線。在那個瞬間，我看見她眼底那股未經矯飾的鮮明情緒：我想，那是恐懼。她擔心我真的決定做她鼓勵我做的選擇。接著，她的目光轉暗，再度望向桌面。

我半希望艾瑪會同情我，替我告訴大家，我會離開的事實。但是她當然還沒這麼做，因為我也還沒讓她知道。不過我想，當我走過房間時，她看見我的表情就知道我的決定了。

很顯然，大家都還不知情。他們太習慣我的存在了，所以完全不會想到我有離開的可能。我強迫自己保持鎮定，然後要大家聽我說。

「等等。」一個帶有嚴重口音的聲音說。在蠟燭的光線下，我看見那個弄蛇的女孩與她的蟒蛇正一起看著我。「這邊的這個傢伙剛才說了一堆關於我家鄉的垃圾話。」她轉向整張桌子周圍唯一的一張空椅，說，「我的族人都叫它『辛哈拉維帕』（Simhaladvipa）——獅子群居之處。」

米勒從椅子上回答道：「很抱歉，因為這裡用白紙黑字寫得很清楚：『錫蘭之地』（the Land of Serendip）。製作這份地圖的特異地圖製作師可不是隨便胡謅的！」

直到我走得夠近，才發現他們在看的東西原來是歲月地圖。這份地圖比我們遺失在海上的那份大得多，平攤在桌上，厚度像磚頭一樣。「我知道我的家鄉叫什麼名字，就是『辛哈拉維帕』！」弄蛇女孩堅持道，她的蟒蛇從脖子上鬆開身子，用鼻尖敲著地圖，指向一個印度附近的水滴型島嶼。不過，在這份地圖上，印度被稱為「馬拉巴」，而那個應該叫做斯里蘭卡的島嶼，上面印著一串字寫著「錫蘭之地」。

「這個爭論是沒有意義的。」米勒說，「很多地方都有各種不同的名稱，就看那塊地上居住了多少族群。現在請讓妳的蟒蛇退開好嗎?他會把地圖弄皺的。」

弄蛇女孩哼了幾聲，然後對蟒蛇低聲說了幾句話，蟒蛇再度繞回她的脖子。在這段時間裡，我沒辦法把視線從地圖上轉開。我們弄丟的那本地圖已經夠壯觀了，儘管我才翻開過一次，而且還是在夜晚，籠罩在燒掉孤兒院的橘色火光下。而這本地圖完全是另一個層次的東西。不僅是它驚人的尺寸，這本的華麗內頁讓我們那本像是用皮製封面裝訂的廁所衛生紙。整本地圖充滿彩色圖片，每個頁面都比一般的紙更厚，或許是小牛皮，而且每一頁都用金色勾勒出邊線。豐富的圖像、傳說與註釋塞滿地圖的邊界。

米勒注意到我讚嘆的視線，說道：「是不是很驚人？除了《特異者法典》（*Codex Peculiaris*）之外，這是整個特異者世界裡最完美的一本書。無數製圖師、畫家和製書人耗費了一生，就為了製作這本書。據說，波布勒斯・安諾馬勒（Perplexus Anomalous）自己也親手畫了其中幾幅地圖呢。我從還是小男孩時就想親眼目睹這份地圖。噢，我真是太開心了！」

「這真的很驚人。」我說。這的確很驚人。

「米勒剛才讓我們看了他最喜歡的幾個部分。」奧莉芙說，「我最喜歡那些圖片！」

「為了轉移他們的注意力。」米勒解釋道，「順便打發等待的時間。過來，雅各，幫我翻頁。」

與其用我悲傷的宣言破壞米勒的美好時光，不如晚點再公開我的決定。反正在天亮前，我哪也不會去，而且我想再享受幾分鐘和我的朋友們待在一起的時光，不被重擔所壓迫。我讓自己滑入米勒旁的空位，手指滑過書頁。頁面大到需要我和他的雙手方能一起翻動。

我們仔細審視地圖。我完全被它吸引，尤其是偏遠地區的部分。歐洲和它上面的圈套自然都有妥善的註解和劃分，不過愈偏僻的區域就顯得愈潦草。一大部分的非洲甚至是空白的。未知的區域。西伯利亞地區也是，但歲月地圖給俄羅斯的東邊一個名稱：遙遠廣大的孤獨之境。

「這些地方有圈套嗎？」奧莉芙邊說邊指著地圖上的中國地區。「那裡也有像我們這樣的特異者嗎？」

「顯然是有的。」米勒說，「特異者的身分是由基因決定的，不是地區。不過大部分的特異者世界都未經探索。」

「為什麼？」

「我想那是因為我們太忙於生存了。」

我意識到，生存包括非常多的東西，但探索和戀愛絕不是其中的一部分。

我們翻閱了更多書頁，尋找空白的部分。書裡有很多，而且全都有著非常奇妙的名稱。悲傷的沙之王國。憤怒所建之地。群星高地。我無聲地複誦著這些地名，感受每一個詞彙圓滑的發音。

在地圖的邊緣，那些區域被冠上了令人發毛的名稱：荒原。斯堪地那維亞的北邊叫做冰雪荒原。婆羅洲的中央則寫上窒息荒原。大部分的阿拉伯地區被命名為無情荒原，巴塔哥尼亞的南端是黯淡荒原。有些地方則根本不存在於地圖上，像是紐西蘭和夏威夷。而佛羅里達州只是美洲大陸上突出的一小角。

看著歲月地圖，就算是上面寫得最禁忌的地區，也讓我產生一種奇怪的嚮往。這讓我想起了在好久以前的午後時光，我和爺爺一起研究著世界地圖，那些地圖都是在飛機和衛星發明之前就畫下的，當時還沒有高解析度照片，無法看清世界上每一個角落和每一個邊緣。現今讓人熟悉至極的海岸線，那時也都是幻想出來的線條。而大海與叢林的深度和廣度，那時都還只是靠著出發探索的探險家們犧牲了半數夥伴的傳言與粗略的目測，才得到那些資訊。

當米勒叨叨絮絮地說著歲月地圖的歷史時，我的手指滑過亞洲地區大片的沙漠。**有翅生物的續行之地**。這裡面有著全新的世界等待我們去發掘，而我才剛接觸到一點皮毛。這個念頭讓我充滿遺憾，卻也帶著令人羞愧的放鬆感。我就要回家了，即將再度見到我的爸媽。而且，為了探險而探險，這行為似乎有點幼稚。未知的事物有它的浪漫之處，一旦被發現、被分類、被劃記之後，它就被降格了，只會是地圖上另一件尋常的事實，不再帶有神祕感。所以，讓地圖上保有幾處空白或許才是好的：讓這個世界留下一點魔法、而不是揭發存在於這世上的每個祕密。

或許，有時候，保有一點幻想是好的。

就在此刻，我告訴他們了。沒必要繼續拖延下去。我只是脫口說出：「我要回去了。」我說，「在這一切結束之後，我就要回家了。」

有段時間，四周是驚訝的沉默。艾瑪終於抬眼看我，而我看見裡面充滿了淚水。

接著，布蘭溫從桌上跳了下來，伸手抱住我。「兄弟。」她說，「我們會想你的。」

「我也會想念你們。」我說，「比我能說的更想念。」

「可是為什麼？」奧莉芙飄到我眼睛的高度。「是因為我太討人厭了嗎？」

我把手按在她的頭上，讓她回到地面。「不，不。這和你們沒有關係。」我說，「妳很棒，奧莉芙。」

艾瑪往前。「雅各是來幫助我們的。」她說，「但他必須回到原來的生活，那個世界還在等著他。」

孩子們看來都能理解。他們並不生氣，多數人是真心為我感到開心。

鷦鷯女士把頭探進房裡，給我們一些速報，一切都非常順利，她說，裴利隼女士正在恢復中。她在早晨時就能準備好了。然後鷦鷯女士再度消失。

「感謝諸神。」霍瑞斯說。

「感謝諸鳥。」阿修說。

「感謝諸神和諸鳥。」布蘭溫說，「感謝每座森林裡的每棵樹上的每一隻鳥。」

「也感謝雅各。」米勒說，「如果沒有他，我們沒辦法走這麼遠。」

「我們大概連離開島上也沒辦法。」布蘭溫說，「你為我們做了好多，雅各。」

他們走過來，一個個輪流擁抱我。他們退開後，只有艾瑪還站在那裡，她伸出手，最後一個抱住我，一個長長的、苦甜半摻的擁抱，感覺就像是告別。

「要求你離開，是我這輩子做過最艱困的決定。」她說，「我很高興你接受了。我不確定我有沒有勇氣要求你第二次。」

「我討厭這樣。」我說，「我希望有個地方可以讓我們平靜地在一起。」

「我知道。」她說，「我知道，我知道。」

「我希望……」我開口。

「別說。」她說。

但我還是說了。「我希望妳能跟我回家。」

她轉開視線。「你知道如果我這麼做會發生什麼事。」

「我知道。」

艾瑪不喜歡這麼長的告別。我可以感覺到她正在堅固起自己的內心，試著把痛苦藏在心底。「所以，」她公事公辦地說道，「接下來是這樣的。等裴利隼女士恢復人形，她會帶你回去嘉年華、回到地底下，等你穿過轉換口後，就會回到現代了。那之後，你有辦法自己處理嗎？」

「我想可以。」我說，「我會打給我爸媽。或者去找個警察局之類的。我相信現在英國的每個社區牆上都掛著我的海報，我爸就是這樣的人。」我發出一點笑聲，因為如果不這麼做，我想我會哭出來。

「那就這樣。」艾瑪說。

「那就這樣。」我說。

我們看著對方，還沒準備放手，卻又不知還能做什麼。我的直覺是想親吻她，但我克制住自己。我不能再這麼做了。

「你走吧。」艾瑪說，「如果你再也沒有我們的消息，嗯，總有一天，你能將我們的故事告訴你的孩子，或你的孫子。至少我們不會完全被遺忘。」

這一刻，我就知道，接下來我們說的每一個字都會讓人心痛。每句話都包覆在痛苦中，而且會永遠提醒我們此刻的疼痛感。我需要現在就抽身，否則再也離開不了。所以我悲傷地點點頭，擁抱她最後一次，然後退到房間角落，準備睡覺，因為我真的非常、非常疲倦。

不一會兒，其他孩子拖來了被單及毯子，在我身邊圍成一圈，形成一個小小的窩。我們擠在一起，抵抗愈來愈嚴酷的低溫。但當大夥兒安頓下來後，卻發現自己怎麼樣都睡不著，於是我站起身來，在房裡踱步，隔著一段距離凝視大家。

在我們的旅程開始後，我感受過太多的情緒，快樂、恐懼、希望和驚嚇，但在這一刻之前，我不曾覺得寂寞。布蘭溫剛才喊我兄弟，那聽來並不正確。對他們來說，我頂多就是表親。艾瑪說得對：我永遠也不可能了解的。他們是如此的年長，並經歷過太多事情。而我來自另外一個世界。現在是回家的時候了。

最後，我終於在下方樓層與上方閣樓的冰塊碎裂聲中睡著。整棟建築像被賦予了生命一樣。

這個晚上，我一直做著詭異而緊張的夢。

我夢到自己又回到家，過著尋常的平凡生活。我吃了漢堡，速食店那種巨大咖啡色、油膩膩的漢堡。我坐在瑞奇那輛 Crown Vic 的副駕駛座，聽著爛收音機裡播放的吵鬧音樂。

我和爸媽一起去了雜貨店，走過一條條過度明亮的長走道，而我在那裡看見了艾瑪。她把手放在魚攤的冰塊上冷卻，溶化的水流得滿地都是。她沒有認出我來。

接著，我又到了慶祝十二歲生日的那個電動遊樂場。拿著一把塑膠槍，開槍射擊一顆顆充著血的氣球。

雅各，你在哪裡？

然後，我到了學校。老師在黑板上寫字，但所有的字母都沒有邏輯。接著每個人突然跳了起來，衝出教室。有些事不對勁。一聲巨大的噪音響起又消失，所有人站在原地動也不動，抬頭看著天空。

是空襲。

雅各，雅各，你在哪裡？

有隻手搭在我肩上。是個老人。一個沒有眼睛老人。他是來搶走我的眼睛的。不，不是老人，是某種「東西」，一個怪物。

接著我開始狂奔。我正追著我以前養過的一隻狗，幾年前，她從我手中掙脫了，帶著她脖子上的皮帶去追一隻樹上的松鼠。她的皮帶纏在樹上，勒死了自己。我們花了兩星期的時間在大街小巷裡呼喚她的名字，卻在第三個星期找到她死於樹下。她是一隻老狼狗。

警報聲間歇。我繼續跑著，然後有輛車靠邊停下來接我。我爸媽在車上，穿著正式服裝，他們沒有看我。車門鎖上，我們繼續往前開。車外的天氣熱得讓人窒息，但車內開著暖氣，且車窗是關著的。收音機停在電臺與電臺之間雜訊的頻道。

媽，我們要去哪裡？

她沒有回答。

爸，為什麼我們要停在這裡？

接著我們下車，而我又再度可以呼吸。我們走上一片美麗的綠地。空氣聞起來像剛割完草。人們穿著黑衣，聚集在地上的一個洞口邊。

平臺上擺著一個打開的棺木。我往裡頭瞥了一眼。空的，但是有一個油狀的汙點在底部擴散，白色的布料逐漸染黑。**快，快蓋上蓋子！**黑色的焦油氣泡從縫隙中冒出來，滴落到草地上，滲入土裡。

雅各，你在哪裡？說點什麼好嗎？

墓碑上寫著：亞伯拉罕．艾拉．波曼。我摔進他的墓穴，旋轉的黑色陰影吞噬我，我持續下墜，這個洞像是永無止境般。然後我身處地底某處，獨自一人，在成千上萬條連通的隧道中漫無目的的行走。這裡好冷，冷得我覺得皮膚會凍僵、骨頭會碎裂。四周全是黃色的眼睛，正在黑暗中盯著我看。

我跟著他的聲音前進。**雅哥，過來。不要害怕。**

隧道向上延伸，尾端一片光亮。有個年輕人站在隧道口，平靜地讀著一本書。他看起來和我很像，甚至和我長得一樣。我想，那就是我。只是當他說話時，發出來的卻是爺爺的聲音。**我有東西要給你看。**

一度我從夢中驚醒在黑暗中，我知道自己在做夢。但我不知道我在哪裡，只知道不在

我的床上，也不是和會議廳裡的大家在一起。我待在別的房間裡，一片漆黑，有冰塊在我下方，我的腹部一陣翻攪……

雅各，過來！你在哪裡？

一個聲音從外面傳來，似乎是來自走廊尾端。那是真的聲音，不是夢中虛無的幻覺。

接著我再度進入夢境。我在一個決鬥擂臺的綁繩外，而臺上，是我的爺爺正在和一隻噬魂怪對峙。

他們繞著對方打轉。爺爺看起來很年輕，身手矯健，打著赤膊，手中握著一把刀。噬魂怪彎著身子，身體扭曲，舌頭在空中揮舞，張開的嘴裡有黑色液體滴落在墊子上。牠甩出一根舌頭，爺爺閃過牠的攻擊。

不要害怕疼痛，這是關鍵。爺爺說。它會教導你。擁抱痛苦，讓它和你對話。它在說：哈囉，我和你沒什麼不同；我屬於噬魂怪，但我也屬於你。

噬魂怪的舌頭再度朝他抽來。這次的攻擊早就在爺爺的意料之中，他算準腳步，躲開了。噬魂怪第三度攻擊，這次爺爺手中的刀刺出，割下噬魂怪的舌尖。舌頭在墊子上彈跳。

牠們是愚蠢的生物。很好預測。和牠們對話，雅各。接著爺爺開始說話，但卻不是英文、不是波蘭文，也不是我在半夢半醒之間聽到的語言。那像是某種喉音，不像是從嘴巴或聲帶發出的。

接著噬魂怪停止移動，只待在原地搖晃，像被催眠般。爺爺邊繼續說著那種恐怖的語言邊放下刀，往噬魂怪的方向移動。他靠得愈近，噬魂怪就顯得愈溫順，最後跪在墊子上。就在我以為牠要閉上眼睡著時，不管爺爺對牠施加了什麼魔法，牠就在這一刻掙脫了。牠所有的舌頭全朝爺爺身上竄去，吸乾了他。當他摔落在地時，我翻過繩索，衝到他身邊，噬魂怪這時滑開了。爺爺仰躺在墊子上，我跪在一旁，雙手捧著他的臉，他對著我低語，血沫從嘴邊湧出。我彎下身子聽他說：**你擁有的比我更多，雅各**。他說：**你擁有的比我所有的還多**。

我能感覺到他的心跳慢了下來。心跳間的間隔從幾秒變成幾十秒。接著……

雅各，你在哪裡？

我再度驚醒。現在，房間裡充滿了光線。才剛破曉，天色呈現一片藍。我跪在被冰填滿一半的房間裡，而我的手不是捧著爺爺的臉，而是放在噬魂怪凸出的頭骨上，裡面有著緩慢運作、昆蟲般的腦袋。牠的眼睛睜開，直直望著我，我也回望著牠。**我看見你了**。

「雅各！你在做什麼？我到處在找你！」

是艾瑪，焦慮地從走廊的另一端跑過來。「你在做什麼？」她又說了一遍。她沒看見噬魂怪，也不知道噬魂怪在這裡。

我把手收回，遠離噬魂怪。「我不知道。」我說，「我想我可能在夢遊。」

「無所謂。」她說，「快來，裴利隼女士準備要變回來了！」

所有的特異孩子和餘興表演會場裡的特異者們，全擠在小小的房間裡，面色蒼白，神情緊張，有些人倚著牆，有些蹲坐在地，圍繞著兩隻時鳥，就像是一群賭徒圍著鬥蟋蟀的擂臺。艾瑪和我溜進房裡，擠在其中一個角落，緊緊盯著眼前的景象。房間裡一團混亂：鷦鷯女士坐了一整晚的搖椅此刻翻倒在一旁，放著試管與瓶子的桌子也被粗魯地推到牆邊。奧瑟雅站在桌上，手中握著一根綁著網子的長竿，隨時準備使用。

鷦鷯女士和裴利隼女士身處中央。鷦鷯女士正把裴利隼女士摁在地上，她的手上戴著厚實的馴鷹手套，滿身大汗，嘴裡喃喃複誦著古老的特異者語言。裴利隼女士則揮舞著腳爪嘎嘎大叫。但不管她踢得再大力，鷦鷯女士也絕不鬆手。

在這漫漫長夜中，鷦鷯女士溫和的撫摸，不知何時轉變成兩種生物間的角力與某種驅魔儀式的綜合體。裴利隼女士體內那一半的鳥類基因拒絕束手就擒。兩隻時鳥都受了點傷：裴利隼女士的羽毛四處飛散，而鷦鷯女士的臉上有一道長長的血痕。這畫面讓人不太舒服，四周的孩子們張大嘴，驚恐地看著他們。這個凶狠、野蠻的鷦鷯女士，和我們認識的那個全然不同。實在難以置信，要找回裴利隼女士的自我，怎麼會變成現在這種場面，但奧瑟雅一直對我們微笑，還鼓勵地點著頭，像是在說：**就快要成功了，只要她們再多纏鬥一些時間就好了！**

身為一名年邁的老婦人，我不得不說，鷦鷯女士還真是給了裴利隼女士一頓好打。但裴利隼女士接著卻狠啄鷦鷯女士的手，翅膀一拍，差點就從她手中滑脫。孩子們大叫著，倒抽一口氣。鷦鷯女士的速度飛快，跳了起來，想辦法抓住裴利隼女士的腿，把她再度壓制在地板上。孩子們的抽氣聲更大了。我們很不習慣看到我們的時鳥遭受這種對待，而布蘭溫不得不出手阻止阿修跳進圈子裡去保護她。

兩隻時鳥現在都累壞了，但裴利隼女士看起來更疲憊。我可以看見她的力氣正在流失。她的人性似乎終於快要戰勝鳥性了。

「拜託，鷦鷯女士！」布蘭溫喊道。

「妳可以做到的，鷦鷯女士！」霍瑞斯大叫。「把她帶回來我們身邊！」

「不好意思！」奧瑟雅說，「我需要你們保持絕對的安靜。」

時間一分一秒過去，裴利隼女士終於放棄掙扎，倒在地上，翅膀撐開，胸口劇烈起伏，努力地呼吸著。鷦鷯女士把手拿開，在地上坐下。

「差不多了。」她說，「等她變回時，我希望你們不要全衝上來抓她。你們的時鳥一定非常困惑，而我希望她第一個見到的面孔、第一個聽到的聲音是我的。我會向她解釋發生了什麼事。」接著她把手放在胸口，喃喃說道，「回到我們身邊吧，阿爾瑪。快啊，姊妹。回來我們身邊。」

奧瑟雅從桌上下來，拿起一條床單，攤開它，然後圍在裴利隼女士周圍，遮住我們的視線。當時鳥們變回人類時，身上什麼也沒有；這樣可以給她一些隱私。

我們屏氣凝神地等待，接著聽見床單後方傳來一陣奇怪的聲音：先是空氣爆炸的聲響，接著像是有人很用力地拍手掌的聲音。鷦鷯女士跳了起來，搖搖晃晃地向後退了一步。

她看起來嚇壞了，嘴巴大大張開，奧瑟雅也是。接著鷦鷯女士說：「不，不。這不可能。」奧瑟雅跌跌撞撞地向後倒，昏厥過去，手中的床單掉落。地面上，我們看見了一個人形，但不是女人。

他光著身子，身體蜷縮成球狀，背對著我們。他顫抖著伸展四肢，最後終於站了起來。

「那是斐利隼女士嗎？」奧莉芙問，「她看起來真滑稽。」

那顯然不是斐利隼女士。眼前這個人，怎麼看都不像是斐利隼女士。他是個結實矮小的男人，膝蓋關節粗壯，頂著光頭，鼻子像是擦過的橡皮擦。他全身上下覆滿透明的黏稠液體。鷦鷯女士死瞪著他，伸手抓住四周的東西穩住自己。其他人憤怒而驚愕地對著他大叫：「你是誰？你是誰？你把裴利隼女士怎麼了！」

男人緩緩地舉起手，揉了揉眼睛。接著，他終於睜開了雙眼。

他的瞳孔是空白的。

我聽見有人尖叫了起來。

接著，男人平靜地說：「我的名字是胎魔（Caul，中文是胎膜）。你們現在全是我的囚犯。」

「囚犯！」摺疊人大笑出聲，說道，「他說我們是囚犯，是什麼意思？」

艾瑪對著鷦鷯女士大喊：「裴利隼女士在哪裡？這男人是誰？還有，妳把裴利隼女士怎麼了？」

鷦鷯女士似乎喪失了說話的能力。

在困惑逐漸轉變成錯愕與憤怒的同時，我們團團圍住那名矮個子的男人，對他連珠炮般地發問。他站在房間中央，一臉無聊地看著我們，故作端莊地用雙手擋住自己的重要部位。

「如果你們願意安靜下來聽我說，我會解釋一切。」他說。

「斐利隼女士在哪裡？」艾瑪再度大叫，渾身因怒氣而發抖。

「別擔心。」胎魔說。「她在我們的監護下很安全。幾天前，我們在你們的島上綁架了她。」

「所以，我們從船上救下來的那隻鳥……」我說，「那是……」

「那是我。」胎魔說。

「不可能！」鷦鷯女士終於找回了她的聲音。「偽人是沒辦法變成鳥的！」

「就一般標準而言，妳說得沒錯。但你們知道嗎，阿爾瑪是我的姊妹，所以儘管我沒辦法繼承她所有的能力，還是得到了一些不太有用的皮毛，像是如何變成一隻邪惡的小小鳥，把自己偽裝成獵物。我的確完美地模仿了她的人格，對吧？」胎魔微微一鞠躬。「現在，請問我可以跟你們要一條長褲嗎？你們有點乘人之危呢。」

當然沒人理會他的要求。此刻，我的大腦正快速運作著。我記得裴利隼女士曾經提過她有兩個兄弟，我其實看過他們的照片，那時他們都還在阿沃賽女士的照顧下。我的心思穿越過去幾天，我們都還認為這隻鳥是裴利隼女士，我們所經歷的一切，我們所看見的一切。那個被高倫醫師丟進水裡的鳥籠看起來就像真的，我們還拚命想辦法「拯救」她，但自始至終，那都是她的兄弟。裴利隼女士最近做出的殘忍行為似乎有了合理的解釋，因那根本不是她，但我仍然有幾百萬個問題想問。

「這段時間以來，」我說，「你為什麼要維持鳥的外型？就為了監視我們嗎？」

「那是一部分。不過在觀察你們的這段期間，我也希望你們為我完成最後一點工作。當你們在鄉間殺害我的同胞時，我非常驚豔。你們證明了自己是多棒的資源。當然，在那之後，我的同胞隨時都可以半途殺進來，把你們全擄走，但我想要再多觀察一會兒，看看你們的愚昧會不會帶領我找到唯一一隻拚命從我們手中逃走的時鳥。」說到這裡，他轉向鷦鷯女士，對她露齒一笑。「哈囉，巴蘭斯嘉，很高興再度見到你。」

鷦鷯女士呻吟一聲，用手在自己身邊搧風。

「你們這些白痴、智障、大蠢蛋！」小丑大叫。「你們把偽人直接帶來這裡了！」

「還不只這樣呢。」胎魔說，「我們也去參觀過妳的寶貝動物園了！我的同胞們在我們離開後不久就到了。那隻鴯鶓鹿和那隻狗的頭會是我的壁爐架上最棒的裝飾品。」

「你這怪物！」鷦鷯女士尖叫道，雙腿一軟，往後靠在桌子上。

「喔，守護鳥啊！」布蘭溫瞪大眼睛。「費歐娜和克萊爾！」

「你們很快就會再見到她們了。」胎魔說，「她們現在都非常安全。」

現在，這可怕的一切都變得合理。胎魔很清楚，如果他把自己偽裝成裴利隼女士，就能輕鬆地進入鷦鷯女士的動物園。當發現鷦鷯女士不在那裡時，他便急著把我們趕往倫敦。從很多方面來說，我們自一開始就是被操控的，從我們離開石洲島、而我決定與他們同行時就開始了。就連他在樹林裡要布蘭溫讀的那則故事，那個關於石頭巨人的故事，也是操弄我們的一環。他希望我們找到鶆鶆女士的圈套，也希望我們能破解它的祕密。

我們之中即使有人沒被嚇壞，心中也充滿了憤怒。有人對著胎魔大叫，說他該死，並且轉身尋找可用的銳利物來執行這個工作，其餘腦袋還清醒的人則拚命阻止。整段時間裡，胎魔都非常冷靜，等待我們怒火平息。

「可以讓我說句話嗎？」他說，「我可不想被你們宰掉。你們當然可以這麼做，沒人能阻止你們。但如果我毫髮無傷，等我的同胞們抵達時，對你們會好一點。」他假裝低頭檢視手腕上根本不存在的表。「啊，是了。」他說。「他們現在應該快到了，對，就是現在。他們正在包圍這棟建築物，堵住所有逃生的出入口，包括屋頂。容我再補充一點，他們總共有五十六個人，全都帶著齊全的裝備。比齊全還要更齊全。你們知道迷你槍會對人體造成什麼傷害嗎？」他直直望著奧莉芙。「它會把妳變成貓的午餐肉醬，親愛的。」

「聽你在吹牛！」伊諾說，「外面一個人也沒有！」

「我保證，他們就在那裡。在我離開你們可憐的小島後，他們就一直近距離地看著我。而在巴蘭斯嘉露出真面目後，我就對他們放了訊號。那是在十二小時前，比突破一個軍事堡壘所需的必要時間還多。」

「請讓我確認一下。」鶆鶆女士邊說邊往會議室的窗邊走去。窗外幾乎全被冰阻擋，不過有幾個貓眼般的小洞在冰上，裝了鏡子，讓我們可以看到下面的街道。

在等她回來的這段時間，弄蛇女孩和小丑辯論著，要怎麼折磨胎魔。

「我說我們應該先拔掉他的腳趾甲。」小丑說，「然後用熱火鉗燙他的眼睛。」

「在我的故鄉。」弄蛇女孩說，「背叛者的刑罰是在他身上倒滿蜂蜜，然後把他丟在船上，讓他在死水潭上漂流，蒼蠅會將其生吞活剝。」

胎魔轉著他的脖子，活動筋骨，然後伸展他的手臂。「抱歉。」他說，「維持鳥形這麼久，讓我四肢僵硬。」

「你覺得我們在開玩笑？」小丑說。

「我覺得你們是業餘的。」胎魔說，「如果你們能找到幾根竹筍，我就能示範幾道真正邪惡的折磨招數給你們看。當然，我還是誠心建議你們把冰溶掉，這樣可以為我們省下天大的麻煩。我是為了你們好，真心為你們的福祉著想。」

「對，最好是。」艾瑪說，「當你奪走那些特異者的靈魂時，你的關心又到哪去了？」

「喔，沒錯，我們的三名先驅者。他們的犧牲是必要的，都是為了讓我們繼續進步，親愛的。我們在做的事會讓特異者族群大幅進化。」

「真是笑話。」艾瑪說，「你只是個權力慾熏心的虐待狂！」

「我知道你們都是隱居者，而且沒受過什麼教育。」胎魔說，「但你們的時鳥難道都沒有講過我們族人的歷史嗎？我們這些特異者們曾經就像神一般統治著這個地區！巨人們、王者們才是這個地球上真正的掌權者！但幾個世紀過去後，我們的人數突然大幅減少。我們和普通人的血統混合得太多，導致我們的血統幾乎蕩然無存。看看這對我們造成什麼影響！我們躲在這些帷幕後，害怕著這些原本應該要被我們統治的人，被迫困在可悲的孩子身體裡，被那些庸庸碌碌的人們困住，那些女人們！難道你們看不出來她們是怎麼拖垮我們的嗎？你們難道不覺得羞恥？你們到底對我們與生俱來的能力有沒有概念？你們難道不曾感覺到自己體內流著巨人的血液？」他的冷淡逐漸消失，臉色脹紅。「我們不是在試著毀滅特異者的世界，反倒是在拯救它！」

「是嗎？」小丑說，然後走向胎魔，朝他臉上吐了口口水。「嗯，你們的作法還真迂迴。」

胎魔用手背抹去臉上的唾液。「我知道試著和你們講理，一點用處也沒有。時鳥們灌輸你們太多的謊言和口號。我想，最好把你們的靈魂拿走，好讓你們重新開始。」

鶴鶉女士在此刻回來了。「他說的是實話。」她說，「外面約有五十名士兵，全副武裝。」

「噢，噢，噢。」布蘭溫哀嚎道，「我們要怎麼辦？」

「投降。」胎魔說，「乖乖跟我們走。」

「不管他們有多少人，那都無所謂。」奧瑟雅說，「他們永遠也不可能穿過我所有的冰。」

那些冰！我都忘了。我們此時正在一座冰做成的碉堡裡啊！

「沒錯！」胎魔愉快地說，「她說的一點也沒錯，他們進不來。所以，我們有兩種處理方式。其中一種又快又無害，那就是你們自發地溶掉這些冰；另一種則是又慢又痛苦、苦悶又無聊。所謂的圍城戰，也就是我的同胞們會花上好幾週守在外面，直到我們困在這裡靜悄悄地餓死。或許在餓到受不了的時候，你們就會放棄了。或者會開始吃掉自己的夥伴。如果我的同胞們真的必須等那麼久，那等他們闖進來時，會把你們每個人折磨至死。毫無疑問他們一定會這麼做。若是我們真的得走第二條路，看在孩子們的分上，請給我一條褲子。」

「奧瑟雅，幫這人拿條褲子！」鶹鶘女士說，「但是不准，不管在什麼情況下都不准融化那些冰！」

「是的，女士。」奧瑟雅回答，然後離開房間。

「好了，現在。」鶹鶘女士轉向胎魔。「我來告訴你，我們要做什麼。你告訴你的同夥們，讓我們平安地走出這裡，否則我們會殺了你。如果逼不得已，我們絕對會這麼做。而且會把你的肉一塊塊地從冰上小洞扔出去。我知道你的同伴們並不樂見那種狀況，不過我們會有很長的時間來決定下一步。」

胎魔聳了聳肩。「喔。好啊。」

「真的？」鶹鶘女士說。

「原以為我能給你們一個下馬威。」他說，「但妳說得對，我並不想被殺。帶我去其中一個洞口，我會照你們說的轉達給我的同胞。」

奧瑟雅帶著褲子回到房裡，把它扔在胎魔腳邊。穿上後，鶹鶘女士指派布蘭溫、小丑和摺疊人做為他的守衛，並讓他們帶著斷裂的冰錐當成武器。他們用兵錐的尖端指著他的背，一行人穿過走廊。但當我們小心翼翼地穿過時鳥會議廳前的小辦公室時，一切都不對勁了。有人因踢到地上的布而摔跤，接著我聽見黑暗中傳來一陣打鬥聲。艾瑪及時點燃她的火焰，然後我們看見胎魔扯著奧瑟雅的頭髮，把她拉離我們身邊。她掙扎著，揮舞著四肢，對他又踢又踹；而胎魔用一根冰錐指著她的喉嚨，然後吼道：「退後！否則我就把這個東西穿過她的咽喉！」

我們隔著一段距離跟著他走。他拖著不斷反抗的奧瑟雅走進會議廳，接著爬上橢圓形的大桌，從身後勒住奧瑟雅的脖子，冰錐停在她眼前一吋遠的地方，對我們大喊：「**以下是我的要求！**」

不過在他繼續說下去之前，奧瑟雅就從他手中一把拍掉冰錐。冰錐飛了出去，尖端朝下地落在歲月地圖的書頁上。胎魔的嘴巴張大成一個錯愕的圓形，就在這時，奧瑟雅伸手抓住胎魔褲子的前方。他錯愕的表情隨即轉變為扭曲痛苦的模樣。

「**就是現在！**」艾瑪大吼，接著她、我和布蘭溫衝向他們。但就在我們奔跑的同時，橫跨會議廳的距離似乎變長了，短短幾秒鐘，胎魔和奧瑟雅間的打鬥又有了新的發展：胎魔放開了奧瑟雅，跌在桌上，他伸長手臂想要去拿冰錐。奧瑟雅和他一起摔倒，但她的雙手緊緊抱住他的大腿，接著一片薄薄的冰開始沿著胎魔的下半身蔓延開來，凍住他的下半身，並把奧瑟雅的手一起封在冰裡。胎魔的一隻手指搆到冰錐，緊緊抓住，試圖把冰錐拉出地圖，然後扭轉上半身，把尖端指向奧瑟雅的背。他對她尖叫，要她住手，並放開他，否則就要把冰錐刺進她的身體裡。

我們離他們還有一段距離，但布蘭溫抓住我和艾瑪，阻止我們繼續往前。

胎魔尖叫道：「住手！停下來！」他的臉因痛苦而扭曲，冰已經延伸至他的胸口，正要觸及他的肩膀。再過幾秒鐘，他的手臂和手掌也都會被冰封起來。

奧瑟雅沒有停手。

然後胎魔就真的那麼做了。他把冰錐刺進她的背部。奧瑟雅受驚地繃起身子，接著哀嚎起來。鷦鶲女士朝他們飛奔過去。幾近完全覆蓋胎魔的冰開始褪去。當鷦鶲女士趕到他們身邊時，他幾乎已恢復了自由。整棟樓的冰開始融化，消逝的速度就和奧瑟雅的生命一樣。閣樓裡的冰溶化後，從天花板滴落，宛若奧瑟雅的血從她體內流出。現在，她躺在鷦鶲女士的臂彎裡，身體軟綿，逐漸失去意識。

布蘭溫爬上桌子，一手掐住胎魔的脖子，另一手則把冰錐捏成碎片。我們可以聽見樓下的冰也開始溶化，水從窗戶流了出去。我們衝到窗邊，看見樓下的窗戶被水沖開，水流進街道；守在街上的士兵們抱住路燈燈柱或消防栓，以防自己被冰冷的大水沖走。

接著我們就聽見他們的靴子踩著下方的階梯往上跑，也聽見他們從屋頂上闖了進來。很快地，他們就衝進會議廳，帶著槍，對我們大吼。有些士兵帶著夜視頭盔，每個人都全副武裝，自動步槍、雷射瞄準步槍、戰鬥刀。三個人合力把布蘭溫從胎魔身上拉了開來，而胎魔透過幾乎被掐碎的氣管喊道：「帶走他們，動作不要太溫柔！」

鷦鶲女士大喊著，要求我們配合。「照他們說的做，否則你們會受傷的！」但是她自己卻不肯放開奧瑟雅的身體。因此他們拿她來殺雞儆猴：他們搶走了奧瑟雅，然後一腳把鷦鶲女士踢倒在地。接著一名士兵對著天花板開槍，試圖嚇倒我們。當我看見艾瑪打算在她手上形成火球時，我抓住她的手臂，求她別那麼做。「不要，拜託不要這麼做，他們會殺了妳的！」一把步槍的槍托打進我的胸口，讓我倒抽一口氣摔倒在地，接著，有人把我的手反綁在身後。

我聽見他們點了人數，胎魔則列出我們的名字，確保米勒也被抓到了。這是當然的，因為他花了三天的時間和我們待在一起，當然非常清楚我們的每個小細節。

我被人拉著站起來，然後我們穿過房間、走上走廊。艾瑪在我身邊跌跌撞撞地前進，頭髮裡夾雜著血跡，我低聲說道：「拜託，照著他們的話做就好。」雖然她沒有回應，但我知道她聽得見我的聲音。她臉上的表情帶著憤怒、恐懼和驚慌，而我認為或許也挾帶著一點同情，因為我所擁有的一切都被剝奪了。

在樓梯口時，可以看見下方的樓層是一整片白色的河流，像瀑布般向前湧去。唯一的出路就是往上。我們被推著往上走，穿過門口，爬上屋頂，走進日光之中。每個人都全身溼透，冷得要死，被嚇得一句話也說不出來。

只有艾瑪沒被嚇傻。「你們要帶我們去哪裡？」她質問道。

胎魔走向她，對她露齒一笑。一名士兵把她身後上銬的手緊緊拉住。「一個非常特別的地方。」胎魔說，「一個特異者靈魂絕對不會被浪費掉的地方。」

艾瑪一陣戰慄，胎魔放聲大笑，轉身面向天空，高高舉起手臂，打了一個呵欠。在他的肩胛骨下方有兩塊奇怪的凸出部位，像是未成形的翅膀。這是這個內心扭曲的男子外觀唯一可見的跡象，證明他和時鳥真的有關係。

有人在隔壁建築物的屋頂上對著我們大喊。更多的士兵聚集在那裡，正在兩棟房子間搭起便橋。

「死掉的女孩怎麼辦？」其中一名士兵問道。

「太可惜了，真是浪費。」胎魔邊說邊彈了彈舌頭。「我真想嘗嘗她的靈魂。特異者的靈魂一點滋味也沒有。」他對著我們說道，「它們的本質又稠又黏，但如果加入一點點蛋黃醬，再塗在白肉上，那就會非常美味。」

接著他大笑起來，笑聲維持了很長的一段時間。

當士兵領著我們離去，一個一個走過便橋時，我感覺到肚子裡再度傳來一陣熟悉的糾結感，雖然微弱，但是正在逐漸恢復力量，雖然很慢，但是正在逐漸加速。那隻被冰封住的噬魂怪，現在已經復活了。

十名士兵押著我們走出圈套，一路上用槍指著我們。我們穿過嘉年華的帳篷、走過餘興表演的走道，在嘉年華會參觀者驚訝的目光中往前走。我們走過充滿老鼠的小巷，小販與街頭流浪兒們直盯著我們看。最後我們走進更衣室，經過我們留下的那堆衣服，爬進地底下的入口。士兵們不斷驅趕，大吼著要我們保持安靜（儘管已經好幾分鐘都沒有人說話了），叫我們低頭、排好隊，否則就等著挨揍。

胎魔並未同行，他留在後面，與更多的士兵會合，準備「善後」。我猜那意謂著地毯式的搜索，確定沒有任何人逃脫。我們最後一次看到他時，他正穿上一雙現代的軍靴和軍用夾克，並表示他已經厭倦了我們的臉，但他會在「另一邊」和我們碰面。誰知道他是什麼意思。

我們穿過圈套，時間再度前進，但不是進入我們所認得的那條隧道。軌道已經改成金屬製，隧道裡的燈光也不一樣，不再是紅色的白熾燈泡，而是閃爍的霓虹燈，發出令人作嘔的綠光。我們走出隧道、爬上月臺，然後我就知道原因了。我們不再身處十九世紀，甚至也不是二十世紀。擠在月臺上的難民們消失了，整個車站幾乎已經廢棄。我們之前走過的旋轉梯已消失，被一座電梯取代。一面捲動的ＬＥＤ螢幕上顯示：下一班列車將於兩分鐘後進站。牆上有一張電影海報，是這個暑假我在爺爺去世不久前才去看過的電影。

我們已經離開了一九四〇年代。我回到現代了。

我們之中有幾個孩子注意到這件事，臉上露出驚訝和恐懼的表情，像是擔心自己會在一分鐘內就老去、回歸塵土。不過大部分的人都只是錯愕，因為他們根本沒料到我們會被帶到現代。比起長出灰髮和老人斑，他們更擔心自己的靈魂會被抽乾。

士兵們把我們圍在月臺中央等火車進站。堅硬的鞋跟在地上踩出清脆的腳步聲，朝我們移動。我偷偷抬頭看了一眼，是一名警察，而在他身後走出電梯的是另外三名警察。

「嘿！」伊諾大喊，「警察，這邊！」

一名士兵一拳打進伊諾的肚子，讓他跌倒在地。

「這裡一切都沒事吧？」離我們最近的警察問道。

「他們俘虜了我們！」布蘭溫說，「他們不是真的士兵，他們是……」

接著她的肚子也挨了一拳，儘管那對她不造成任何影響。真正讓布蘭溫啞口無言的是那名警察，他脫下墨鏡，露出後方一片空白的眼睛。布蘭溫畏縮地向後退去。

「良心建議。」警察說，「不會有人來幫你們的。我們無所不在。接受事實，這會讓你們比較好過。」

平凡人們開始湧進月臺。士兵從四周擠向我們，小心翼翼地把武器藏起。

一列載滿乘客的火車駛入站內。電動門開啟，一群乘客走上月臺。士兵們開始把我們推向最近的一節車廂，警察們先一步跳上去，把車廂內的幾名乘客趕開。「去別的車廂！」他們吼道，「出去！」乘客們抱怨著，但還是照做。不過在我們身後的月臺上有更多乘客想要擠上車，我們身邊的幾個士兵不得不離開去阻止他們。接下來是一團混亂，車門已準備關上，硬是被警察拉開，導致警鈴聲響個不停；士兵推得太大力，導致伊諾絆倒在地，連帶著絆倒了後面一整群的孩子，而手腕細得足以滑出手銬的摺疊人就選在這一刻掙脫出來，轉身就跑。

響起槍響，接著是第二聲，然後摺疊人向前撲倒，摔在地上。周遭的人們驚慌地往四面八方逃竄，尖叫著想要躲開子彈。原本就已經很混亂的場面，變成徹底的失控。

接著士兵們又推又踢地要把我們趕上火車。我旁邊的艾瑪拒絕合作，使得士兵不得不逼近她。我看見她被銬住的手上閃出一團橘光，她把手向後伸，一把抓住他。士兵跌倒在地，大聲尖叫著。他偽裝出來的外觀上熔出一個手掌形狀的洞。正在推我的士兵舉起槍，準備襲擊艾瑪的脖子，就在這時，受到某種直覺驅使，我把肩膀狠狠地撞進士兵的背部。

他踉蹌兩步。

艾瑪把金屬手銬熔掉了，一團被燒紅的扭曲金屬落在地上。負責我的士兵怒吼著轉回來，但在他能對著我開槍之前，艾瑪已從後面撲向他，伸手抓住他的臉。她的手指溫度高得讓他的臉開始像奶油般融化，他扔下槍，跪倒在地，放聲大叫。

這一切都發生得太快了，僅短短幾秒鐘。

又有兩名士兵朝我們移動過來。幾乎所有人都上車了，只剩下布蘭溫和盲眼兄弟。盲眼兄弟沒有上銬，只是站在一旁，手臂勾著彼此。眼看我們就要被槍殺身亡，布蘭溫做了件我永遠也想不到她會做的事：她甩了哥哥一巴掌，接著粗魯地把弟弟扯離哥哥身旁。

在他們分離的那個瞬間，發出一聲強而有力的尖叫，威力大到足以產生一陣風，狠狠颳過月臺。那就是像是一股能量的龍捲風，我和艾瑪跌跌撞撞地向後倒，士兵的眼鏡也被震碎，我耳朵所能接收的所有頻率全被干擾，因此能聽見的只是尖銳而刺耳的咿。我看見所有的車廂玻璃碎裂，LED螢幕玻璃裂成刀狀，沿著天花板排列的燈管爆炸開來，因此有一小段時間，我們陷入全然的黑暗裡。接著，緊急照明的紅光亮了起來。

我摔在地上，無法呼吸，嚴重耳鳴。有人扯著我的領口把我向後拉，拖離火車，而我幾乎沒辦法指揮我的手腳進行反抗。在我耳中嗡嗡作響的聲音之下，我聽間一個聲音瘋狂地大叫著：「走！快走！」

我感覺到某個溼冷的東西貼在頸後，我被拖進一個電話亭。艾瑪也在那裡，縮成一團，擠在角落，幾乎失去意識。

「把腳縮進去。」我聽見一個熟悉的聲音這麼說。接著，有個矮小的、毛茸茸的身影從我身後踱過來。他長著一副扁鼻子和寬闊大嘴。

是那隻狗。愛迪森。

我把腿收進電話亭裡。我的大腦已經恢復運作，至少我知道只要默默的移動，別發出聲音。

而在地獄般的紅光中，我最後看見的畫面，是鶴鷯女士被推進車廂裡。車門關上，我的朋友們全都在裡面，被槍指著，困在破碎的火車車窗中，身邊圍繞的全是白眼睛的士兵。

接著火車嘶吼著駛入黑暗中，消失在我眼前。

我被舔著我臉頰的舌頭給嚇醒。

又是那隻狗。

電話亭的門已關上，我們三個擠在裡面，坐在地上。

「你昏倒了。」那隻狗說道。

「他們離開了。」我說。

「對。但我們不能停在這裡。他們會回來找你們的，我們得離開。」

「我不認為我現在站得起來。」

愛迪森的鼻子上有一條割傷，一邊的耳朵也不見了。不論他經歷了什麼才來到這裡，都絕對不好過。

我感覺到腿上一陣癢，不過我累得沒辦法檢視那是怎麼回事。我的頭重得像塊石頭。

「別再睡著了。」愛迪森說，然後他轉向艾瑪，開始舔她的臉。

我的腿又開始發癢。這次我轉移了一下重心，伸手過去。

那是我的手機，它正在震動。我簡直不敢相信。我把它從口袋裡撈了出來。電池幾乎快沒電了，訊號微弱得幾乎接收不到。螢幕上顯示著：爸（一百七十七通未接來電）。

如果我的頭沒這麼暈，我或許不會接他的電話。隨時都會有持槍的男子出現把我們一槍斃命，現在不是和爸說話的好時機。但我無法思考，而且我早被制約，電話響起就是該接聽。

我按下通話鍵。「喂？」

一聲哽咽的哭聲從另一端傳來。接著，有人說道：「雅各？是你嗎？」

「是我。」

聽起來一定很可怕，我的聲音只是一絲氣音。

「喔，老天。喔，老天啊。」我爸說。他沒料到我會接電話，或者他早就認為我死了，繼續打這支電話只是因為某種無法抑制的悲傷作祟。「我不……你到哪……發生什麼事……你在哪裡，兒子？」

「我很好。」我說，「我還活著。我現在人在倫敦。」

我不確定為什麼我要告訴他最後一點。或許是因為我覺得我欠他一些真相。

他像是把頭轉離話筒，對著遠處的某人大喊：「是雅各！他在倫敦！」接著他轉回來對我說，「我們都以為你死了。」

「我知道。我的意思是，我不意外。很抱歉，我就那樣離開了。希望我沒有嚇壞你。」

「你把我們嚇死了，雅各。」爸爸嘆了一口長氣，聲音顫抖，同時聽起來又放心、又懷疑、又憤怒。「你媽和我現在也在倫敦。警察在島上找不到你之後……算了，那都不重要。告訴我們，你在哪裡，我們去接你！」

艾瑪的身子動了動，睜開眼睛看向我。她的眼神一片茫然，好像此時她正躲在體內深處，正隔著好幾哩的距離，透過她的大腦和身體窺視著外面。艾迪森說：「很好，很好。現在，堅持住。」接著他轉過去舔她的手。

我對著電話說：「我不能去找你們，爸。我不能讓你們也扯進來。」

「老天，我就知道。你在吸毒，對吧？聽著，不管你惹上什麼麻煩，我們都能幫你。我們不需要讓警察插手，我們只是想要你回來。」

接著我的腦中一陣昏眩。當我再度回神時，我的肚裡那股劇烈的疼痛感讓我弄掉了手機。愛迪森的頭猛一抬，緊盯著我。「那是什麼？」

這一刻，我看見一條長長的黑色舌頭黏上電話亭的玻璃門。接著很快出現第二條，然後是第三條。

愛迪森無法看見怪物，但是他可以看見我臉上的表情。「是牠們，對不對？」

我做出一個「是」的嘴型，愛迪森立刻瑟縮著躲進角落。

「雅各？」爸的聲音從電話裡傳出來。「雅各，你還在嗎？」

那些舌頭開始圍住電話亭，包圍住我們。我不知道該怎麼辦，只知道我必須做點什麼，於是我換了個姿勢，雙手撐住牆，掙扎著想要站起來。

就這樣，我和牠面對面了。好幾條舌頭從裂開的大嘴中吐了出來，牠的眼睛比舌頭更黑，正在幾吋外直直看著我，我們之間只隔著一片玻璃。噬魂怪發出一聲低沉混濁的吼叫，讓我身子一軟。我甚至希望這怪物此刻就可以殺了我，讓我從體內的劇痛中解脫出來。

愛迪森對著艾瑪大喊：「起來！我們需要妳，女孩！點燃妳的火焰！」

但艾瑪說不出話，也站不起來，整個地下車站裡除了我們，只有兩個女人，被噬魂怪身上的臭味熏得快速退開。

我們藏身的電話亭開始左右搖晃，我聽見把它鎖在地上的鋼筋開始發出吱嘎聲，接著啪的一聲斷裂了。我們被噬魂怪舉了起來──六吋，然後是一呎，接著是兩呎──隨後被再度摔回地上。玻璃碎裂，碎片如雨般落在我們身上。

我和噬魂怪之間什麼遮蔽也沒有了。牠的舌頭伸進電話亭裡，纏住我的手臂和腰，接著繞住我的脖子，愈收愈緊，直到我無法呼吸。

就在那一刻，我知道自己死了。而因為我知道自己死了，於是停止掙扎，閉上眼睛，將每吋肌肉都放鬆，向體內爆發的疼痛投降。

接著有件怪事發生了：疼痛感突然停止。痛苦似乎轉變成另外一種東西，我被包裹在其中，在它滾動的表層之下，發現了某種寧靜而溫和的東西。

一陣耳語。

我再度睜開眼睛。眼前的噬魂怪像是被冰凍了一樣，直瞪著我。我毫不畏懼地迎向牠的目光，視線因缺氧而一片漆黑，但感覺不到疼痛。

繞在我脖子上的舌頭鬆開了，經過好幾分鐘後，終於又能呼吸。而在我體內的那陣耳語從我的腹部開始往上，穿過喉嚨，從嘴唇間流出，使我發出一陣不像是語言的聲音，但我卻能從內在知道它是什麼意思。

退。

後。

噬魂怪將舌頭收回那張凸出的嘴裡，闔上下顎。牠的頭輕微下垂，幾乎是一種象徵——順從。

接著，牠坐了下來。

艾瑪和愛迪森抬眼望著我，對這突如其來的平靜感到訝異。「發生什麼事了？」愛迪森問。

「現在沒什麼好怕的。」我說。

「牠走了嗎？」

「沒，但牠現在不會傷害我們。」

艾迪森沒問我為什麼這麼肯定，他只是點點頭，把我的聲音當作再次確認的證明。

我推開電話亭的門，然後扶起艾瑪。「妳能走路嗎？」她的一隻手環繞我的腰，把重心放在我身上。我們一起踏出一步。「我不會離開妳。」我說，「不管妳接不接受。」

她在我耳邊低聲說：「我愛你，雅各。」

「我也愛妳。」我回答。

我彎身撈起電話。「爸？」

「剛才那是什麼聲音？你跟誰在一起？」

「我就在這裡。我很好。」

「不，你一點也不好。待在原地別走。」

「爸，我必須走了。我很抱歉。」

「等等，別掛電話。」爸說，「你的腦袋不太清楚，小雅。」

「不。我和爺爺一樣。我擁有和爺爺一樣的能力。」

電話那端一陣沉默。接著他說：「拜託你回來。」

我深吸一口氣。我有太多話想說，卻沒有時間。我只能這麼說：「我希望很快就能回去，但我有事情要做。我只想告訴你，我愛你和媽，而我所做的一切都不是為了傷害你們。」

「我們也愛你，小雅。如果這和毒品有關，或者是任何其他東西，我們都不在乎。我們會讓你恢復正常的。就像我說的，你現在腦袋不太清楚。」

「不，爸。我只是比較特別。」

接著我掛上電話，然後說出一種我從來不知道我會的語言，命令噬魂怪站起來。就像影子般聽話，牠站起身來。

關於照片

就和《怪奇孤兒院》第一集一樣，這本書裡的所有照片，都是從世界各地找來的真實照片，只有幾張經過數位處理，其餘全是它們原始的樣子。它們的蒐集歷程橫跨了好幾年：來自跳蚤市場、古籍展覽，更重要的是世界各地的照片收藏家。他們的收藏比我的更豐富，並且非常樂意出借他們最重要的收藏，來完成這本書。

以下的照片是從收藏家們那裡借來的。我由衷地感激他們。

頁數	名稱	收藏家
8	雅各的剪影	羅絲琳・利伯威茲
8	艾瑪・布魯	茉莉兒・穆特
9	伊諾・歐康納	大衛・巴斯
10	克萊兒・丹絲莫	大衛・巴斯
10	費歐娜	約翰・凡・諾特
11	阿沃賽女士	艾琳・維特斯
223	女孩登上火車	約翰・凡・諾特
240	哭泣的嬰兒	約翰・凡・諾特
264	特異男孩們	約翰・凡・諾特
305	小珊	約翰・凡・諾特
323	鏡中的米勒	約翰・凡・諾特
330	守門男孩	約翰・凡・諾特

後記

在《怪奇孤兒院》第一集的致謝裡，我已經感謝過我的編輯傑森．雷庫拉克，他總是有著無窮的耐心；而這本續集耗費我的寫作時間是第一集的兩倍，經歷過這段時間後，我由衷感謝他徹徹底底、聖人般傳奇的耐心。事實上，他是對他的工作充滿耐心！我希望這樣的等待是值得的，而我永遠會感謝他幫我找到前進的方向。

謝謝Quirk出版社的工作團隊——布萊特、大衛、妮可、莫妮卡、凱瑟琳、杜奇、艾瑞克、約翰、瑪莉艾倫及布萊爾——他們同時是最理性又最富有創意的出版人。也謝謝所有藍燈書屋的工作人員及海外的出版社們，謝謝他們把我奇怪的文字翻譯成其他語言（以及偶爾邀請一名又高又蒼白、腦子偶爾還不太清楚的美國作家去你們的國家；我為我在你們的貴賓室中製造的混亂感到抱歉）。

謝謝我的經紀人茱蒂．里莫，她總是不厭其煩地看著這本書的草稿，也總是願意提供意見讓這部作品變得更好。還有，她（幾乎）總是善用她空手道黑帶的身手。

更要誠心地感謝我的照片收藏家友人：羅伯．傑克森、彼得．柯恩、史蒂夫．巴諾斯、麥克．費爾利、史黛西．華德曼、約翰．凡．諾特、大衛．巴斯、葉菲．托夫比斯及費比安・布魯瓦特——如果沒有你們，我無法完成這本書。

謝謝歷年來不斷挑戰我、激勵我的老師們：唐諾・羅根、派瑞・蘭特斯、P・F・克魯、強納森・塔斯威、金姆・麥克穆蘭、琳達・詹諾夫、飛利浦・伊斯納、溫蒂・麥克里奧、杜伊・梅爾、傑德・丹納邦、妮娜・富柯、路易斯・海德，以及最重要的約翰・金斯拉。

最感謝塔哈莉，妳用最不可思議的方式照亮了我的生命。我愛妳，甜心。

高寶書版集團
gobooks.com.tw

MS 025
怪奇孤兒院2　空洞之城
Hollow City
作　　者　蘭森・瑞格斯（Ransom Riggs）
譯　　者　陳慧瑛、曾倚華
編　　輯　林俶萍
校　　對　李思佳、林俶萍
排　　版　趙小芳
封面設計　邱筱婷
企　　畫　陳煒翰

發 行 人　朱凱蕾
出　　版　英屬維京群島商高寶國際有限公司台灣分公司
Global Group Holdings, Ltd.
地　　址　台北市內湖區洲子街88號3樓
網　　址　gobooks.com.tw
電　　話　(02) 27992788
電　　郵　readers@gobooks.com.tw（讀者服務部）
pr@gobooks.com.tw（公關諮詢部）
傳　　真　出版部　(02) 27990909　行銷部 (02) 27993088
郵政劃撥　19394552
戶　　名　英屬維京群島商高寶國際有限公司台灣分公司
發　　行　希代多媒體書版股份有限公司/Printed in Taiwan
初版日期　2016年6月

國家圖書館出版品預行編目(CIP)資料

怪奇孤兒院2　空洞之城／蘭森・瑞格斯（Ransom Riggs）著, 陳慧瑛、曾倚華譯. -- 初版. -- 臺北市：高寶國際出版：希代多媒體發行, 2016.06
面；　公分. -- (Myst ; MS 025)
譯自：Hollow City
ISBN 978-986-361-302-2(平裝)

874.57　　105009023

GOBOOKS
& SITAK
GROUP©